2001年，紫色花海中

女人要学会播种，即使是在一个没有收获的季节。

女人太习惯以谷穗衡量是否丰收，殊不知有时播种就是一切。

开心的钥匙不是挂在山崖上，就在我们伸手可及的地方。

上：1974年，在学习　下：2005年，在弗洛伊德故居

阅读是一种精神的按摩。

当合上书的时候，你一下子苍老又顿时年轻。

菲薄的纸页和人所共知的文字只是由于排列的不同，

就使人的灵魂和它发生共振，为精神增添了新的钙质。

90年代，与花儿

我喜欢爱花的女性，花是我们日常能随手得到的最美好景色。
从昂贵的玫瑰到卑微的野菊。
花不论出处、朵不分大小，只要生机勃勃地开放着，就是令人心怡的美丽。

在挪威山谷

喜欢山所表达的精神，就游历和瞻仰山的峭拔和广博，
期望自己也变得如此坚强。
喜欢绿色和生命，喜爱人的丰饶和宝贵，
就爱惜资源，尊重自己也尊重他人。

女子心智图

女子心智图

毕淑敏 著

漓江出版社

序

女子心智图

如果把女子的心智画成一张草图，我想它该是一株三叶草。三叶草有个大名鼎鼎的弟弟，叫四叶草，也称幸运草。在西方的婚礼上，除了新郎新娘之外，还有必不可少的第三人，就是四叶草。在新娘的花束、新郎的胸花里，四叶草都必须在场。

四叶草的出现概率是十万分之一。也就是说，长十万株三叶草，才有可能出现一株四叶草。三叶草外貌平平，叶呈心状，叶心较深的部分，亦是心形，真是心心相印的模范。三叶草的世俗名，叫苜蓿草。我当兵时，营房边是一望无际的苜蓿地，备作军马饲料。春天苜蓿刚发芽，也被当作军人的主菜。

绝大多数女子的身份，如三叶草般朴素而平凡。我们的心智，也以大概率的三叶草为例吧。

你可能会问，心智是个什么东东啊？

“心智”是安放在我们身体里的大箩筐，包含一个人各项思维能力的总和。比如你的感受——眼耳鼻舌身观察到的所有景象，你的思索——对世界万物的理解、判断，你的行动——你基于上述感觉和判断做出的各种选择并付诸实施的做法。还有你自有生以来的所有记忆、你驰骋千万里的想象力、你层出不穷的假设、你千姿百态的幻想……你可能已经觉得眼花缭乱了，但这还只是一部分。你的心智还包括祖先遗留给我们的集体无意识。总而言之，心智是你的智能和潜能加在一起的总和。

如果你觉得这实在太庞杂，简单定义是——心智为一种能力。

你可千万不能嫌麻烦，就放弃了解这个劳什子。告诉你一个秘密：一个女子一生幸福与否，和心智水平直接相关。心智力量的强弱不一，将导致命运的天壤之别。心智模式，决定了你如何了解这个世界并如何与这个世界互动。当心智模式与认知事物发展的情况相符，就能有效地指导行动。反之，心智模式与认知事物发展的情况不相符，就会事与愿违红颜薄命。

举个例子。为什么同样的家庭悲剧，常常在一代又一代人身上，如同被人下了符咒般地重复？为什么看似极不相同的人，却有着大致相同的命运？为什么幸福的家庭总是相似的，而不幸的家庭各有各的不幸，但不幸的底色无法更改？为什么人人希望自己幸福，却常常有人陷入黑暗悲惨的绝境？

所有的女人都想寻求这个答案。和男性相比，女子在体力上较弱，历史的角色定位让我们对世界所知较少，比较容易吃亏。由于封建社会的漫长影响，女性至今仍不可能达到和男子完全平等。所以，我们更需良好的心智，作为开辟幸福的保障。

大自然的三叶草，被人们赋予的“草语”是——第一叶代表着希望，第二叶代表着付出，第三叶代表爱。这三样，均是天下女子的由衷希冀。要得到它们，需心智三叶草相助。让我们仿照大自然中的“草语”，也为心智三叶草拟个说法。

心智三叶草的第一片叶子，是获得知识。女子啊，你一定要热爱读书，读有字之书，也读无字之书。我们最初获得的知识，其实并不是来自文字，而是从周围的人，特别是自己的父母那里耳濡目染习得的。这些见解，有的对，有的不对。童稚幼小，仰人鼻息，只能无条件地遵从上辈，否则无法存活。无知无力的我们，无以辨析听来的话正确与否，照单全收。然而，子一代不是父母的复印机。作为模本的上一代人，并非完美到无懈可击。再者时代不断进步演变，就算从前正确的知识，现在也不能保证百分之百可靠。世间最先开始的学习，竟是有些无奈的被动。当然，这无可厚非，不过你长大后，需要严格甄选这笔遗产，去粗取精去伪存真。这是要举毕生之力完成的工作，你要争取得个高分。可叹很多女子，一辈子也没能写完这份作业。要么对父母言听计从，好似父母黑漆漆的拓本。要么一味造反，叛逆地对着干，走向另一个极端。平心静气地分辨哪些是精华哪些是糟粕，并不容易。说自己先人所传内藏糟粕，似乎不敬，但这的确是实际情况。伟人尚且三七开，凡夫俗子谁能保证言传身教句句是真理？所以，正确地认识这个问题，不但对自己安身立命大有好处，对于如何处理和前辈的关系，也很有裨益。第二个获得知识的途径是上学堂。对于老师，我们也曾倒头便拜满腔崇敬。他们传授最初的科学和文化，最基本的人间行为准则。我们对待老师的态度，也和对待家长相仿，一是尊敬，二是头脑过滤，分辨浊清，以助成长。第三个获得知识的途径，就是终身学习，向周围的人学习，向书本学习，向大自然学习……学习是灵魂的一日三餐。有些女子，把读美容的书、养生的书、保健的书、时髦的书、流行的书，看电视连续剧、电影……都当成学习，甚至沉迷其中。我个人觉得，这些活动，自然也可多少有所借鉴，但它们充其量仅仅相当临时果腹的快餐，有些还是垃圾食品。人吃东西不可偏食，读书也不能拘泥于狭小的实用主义。放开眼界，读古今中外圣贤之书，读那些经过千锤百炼历史淘洗之书，读科技和人文的最新进展成果。单是读还不够，还要深入进去想一想。要让人类智慧的结晶，点点滴滴渗入自己的思维结构中去。

心智三叶草的第二片叶子，是应用知识。它的重要性不言而喻，恕我不赘。

心智三叶草的第三片叶子——抽象推理。要说它的模样，实在不水灵。干燥，硬邦邦，缺乏温度。不过，你不能以貌取人，它是谋求幸福的不二法门。一个女子，一辈子要遭逢多少考验，多少苦难，多少困厄，多少低谷……真是无以计算。没有人会告诉我们有多少灾祸在不远处等着我们，唯一可以确定的是你绝不可能一帆风顺。这可如何是好？能救赎我们的就是抽象思维的推理能力。它说起来有点深奥，其实就是世界观和方法论的统一体。

你要学会透过现象看本质，你要对客观世界发展的深远过程有所预判。比如说，你要透过一个男人的举止言行，进入他的内心世界。就算你现在不能熟练掌握这个本领，也要训练自己对事物的本质属性进行分析，得出尽可能真切的判断。你学会归纳，比如面对五花八门的大麦、小麦、黄豆、绿豆、高粱、红薯……你知道它们万变不离其宗，都是“农作物”，都可食用。但蒺藜和毒蛇就不同了，你要提高警惕。你对花生过敏，但不能说所有的根茎类果实你都不能吃。不能以偏概全，不能因噎废食。不能因受了一个男人的骗，就说天下男人没有一个好东西。你被一个闺密背叛，不能从此不相信所有的朋友。要学会把偶然性的迷雾拨开，把繁杂的事物归类，把零散的印象整理提升……这一切，都是抽象思维这个面目冷峻的客人，背后藏着的那只手，将要展示给我们的精彩礼物。接过这线条冷硬的镜片，练出一双穿透事物和人物表面性的慧眼，看到它们背后所隐藏的本质。

俄罗斯的文学家车尔尼雪夫斯基说过这样一句话：“理论是冷冰冰的，可它能叫人去获得温暖。”让我们以心智的三叶草，培育出命运的三叶草。得到每个女子都梦寐以求的希望与爱，并向这个世界持续地付出善和暖意。

目录 Contents

第三辑　爱怕什么

第一辑

做女人的智慧

记得微笑，
记得骄傲，
记得自己。

做女人的智慧

智慧不是来自外界，而是女人自身的修炼。

不论男性还是女性，每个人都有一个自己发现自己、认识自己的过程，它伴随着一个人成长的全过程，也随着每个人的成长而深化。我来北师大读心理学，就是想更好地了解人、了解自己。我觉得，人如果能把自己搞明白，是件很有意思很好玩的事。作为女性，更要了解自己，发现自己。通常，人说“人贵有自知之明”，都是说要明白自己的不足之处。而我认为，女性不光要了解自己的缺点，更要了解自己的优点、自己的特点，这才真的“珍贵”。

我做过医生，对女性的生理比较了解。男女生理上最大的不同是生殖系统的不同，但这种不同并不从根本上决定性别的优劣、强弱。我觉得男女的差异主要体现在社会性别上。我在西藏当兵的时候，我们司令员曾特别惋惜地对我说：“你要是个男的就好了。”我问为什么，他说：“你挺能干的，我想提你当参谋，以后还可以当参谋长，可惜你是个女的，这就没有一点办法了。”这是我长大成人后，第一次鲜明地意识到男女性别上的不平等。现实中，女性在权利、义务、文化、尊严等方面与男性是有很大差距的，女性在社会上的声音总是很微弱，这是和人类社会的发展过程息息相关的。古时候人们要打仗，丈二的长矛，女的就是拎不动。而现在，坐在电脑前，男女都一样，而且女的输入得可能还更快。人类的科技进步，为推动男女平等提供了基础，男女因为生理原因导致的不平等是可以渐渐被淡化的。

我发现我们女性和男性的差异，主要是由文化上的原因造成的。比如，严父慈母大家都觉得很正常，但如果一个家里是严母慈父，大家会觉得有点例外。其实，慈、慈悲，是男女共有的品性，不是女人的专利。最近我看一位作家写的文章，说更年期本是人一个正常的生理过程，但人们说起时会认为它包含一种贬义。这里头就有非常多的文化因素。在大学听我做报告的女学生特别多，从她们的眼神中，我知道她们在思考，可到自由提问的时候，通常第一个站起来的总是男生。从我们的文化上讲，一个女孩子总要先看看别人讲什么，这么站起来会不会冒失啊，又担心自己的问题会不会太幼稚啦，实际上是一种文化在压迫着她。从某种程度上说，这是女性的"自动放弃"。人是生而平等的啊。平等不是等出来的，是自己做出来的。这种"文化上的压迫"存于心间，即使平等已经到来了，女性自己心里还是觉得不平等，那么，这种平等就不能真正到来。

女性要学会思考，真正成熟起来。女性心理成熟和自身的阅历在一定程度上相关，而这种阅历只是一种成熟的土壤，成熟则需要智慧。比如一个女人经历了失败的婚姻，上一次她找了一个比自己强的失败了，这次就去找一个差的，最后她可能结了四次婚，还是失败了。阅历没有上升成为智慧，没有思考，失败可能还会重复，而并不能使她真正成熟。我常常看到鸟儿一根一根地叼来树枝，千辛万苦也要给自己搭一个窝，我想，它们也是需要一个家，需要一种安全感。人也一样，只是女性在体力上没法跟男性比，所以，才对安全感要求更高。她们更需要男性的责任感，更需要关怀和呵护，这种需要是正当的。外在的柔软并不意味着女性就是弱者。在面对困境和生命挑战时，男女采取的方式可能不同，但克服困难的本质是一样的。女性凭借自己内在的力量，能够赋予自身生命的意义、人格的尊严。她们在挑战自我的程度上，在承担社会责任的能力上，和男性是相同的。

女性对自身的了解和认识，包括她对自身生命意义的认识。女性到底是为谁活着？很多女人视孩子和丈夫超过自己的生命，以他们为自己生存的意义而忽略了自己。丈夫、孩子无疑是值得女人为之付出的，但并不是女人的自身或全部。我们说，世界上没有相同的两片树叶，生命属于女人自己，女人应该是她自己，应该为自己活着。不少女人在失去丈夫时觉得自己没法活下去了，在孩子不在身边后突然觉得生活空空荡荡没了着落。漫长的岁月里，她们总是在等，等孩子的长大，等丈夫的闲暇，当这些都等到时，才发现自己已经衰老，已经远离了自己原本想干的事。每个人都应该对自己负责，女性如果把自己生存的意义完全寄寓于对方，寄寓于别人对自己负责，这对男人也是不公平的。

女人因为柔软，所以更需要智慧。情感充沛是女人天性的特点，但不应该是女人的弱点。情感是好东西，女人怎么能没有情感呢？只是女人在付出情感时需要判断对方的真假，付出情感后还要保持与男人发展的同步。当然，这种同步不一定是事业上的，而是精神上的同步，精神上的成熟。女人在工作、家庭中的角色本身也是在发展变化中的。一劳永逸是不行的，坐等十年，智慧也等不来。智慧不是来自外界，而是女人自身的修炼、内在的积累。智慧的女人给人的感觉会是宁静的、平和的。

如果我有一个女儿（我有一个很会自己拿主意的儿子），我不预期她将来干什么，我会让她自己去经历成长，我希望她去读更多的书，希望她在智慧上更胜一筹。我相信，读书会开启女性自身的智慧。

从女性的特点来说，女性敏感细腻，更容易感受幸福。每个人对幸福的定义是不确定的。我在感到自己有力量的时候，有一种幸福的感觉。这种“有力量”不是指别的，而是我能感知美好的东西，我有能力决定自己的生活。

由从医到写作，是因为写作让我觉得愉快，让我了解人，了解自己，发现自己。我没有理由去做让自己不愉快的事。生命有不可预见性，生活多么新奇，能让我不断地要向前走，不断地进步，我感到很高兴。我想，所有的女性都一样，如果能真正了解自己，能有智慧，做自己能做好的事，那么，幸福就在不远处。

淑女书女

读书的女人，更乐于思考，勇于决断，充满自信。

假若刨去经济的因素，比如想读书但无钱读书的女子，天下的女人，可分成读书和不读书两大流派。

我说的读书，并不单单指曾经上过小学中学大学硕士博士，读过的一本本的教材。严格地讲起来，教材不是书。好像司机的学驾驶和行车、厨师的红白案和刀功一样，是谋生的预备阶段，含有被迫操练的意味。

我说的读书，基本上也不包括报纸和杂志，虽然它们都印有字，按照国人敬惜字纸的传统，混进了书的大范畴。那些印刷品上，多是一些速朽的信息，有着时尚和流行的诀窍。居家过日子的实用性是有的，但和书的真谛，还有些差异。

好书是沉淀岁月冲刷的沙金，很重，不耀眼，却有保存的价值。它是地球上曾经生活过的那些智慧的大脑，在永远逝去之前自立下的思维照片。最精华的念头，被文字浓缩了。好像一锅灼热久远的煲汤，濡养着后人的神经。

书对于女人的效力，不像睡眠。睡眠好的女人，容光焕发。失眠的女人，眼圈乌青。读书的女人和不读书的女人，在一天之内是看不出来的。

书对于女人的效力，也不像美容食品。滋润得好的女人，驻颜有术。失养的女人，憔悴不堪。读书的女人和不读书的女人，在三个月之内，也是看不出来的。

日子是一天天地走，书要一页页地读。清风朗月水滴石穿，一年几年一辈子地读下去。书就像微波，从内向外震荡着我们的心，徐徐地加热，精神分子的结构就改变了，成熟了，书的效力凸显出来。

读书的女人，更善于倾听，因为书训练了她们的耳朵，教会了她们谦逊。知道世上多聪慧明达的贤人，吸收就是成长。

读书的女人，更乐于思考。因为书开阔了她们的眼界，拓展了原本纤细的胸怀。明白世态如币，有正面也有反面。一厢情愿只是幻想。

读书的女人，更勇于决断。因为书铺排了历史的进程，荟萃了英雄的业绩，懂得有得必有失，不再优柔寡断贻误战机。

读书的女人，更充满自信。因为书让她们明辨自己的长短，既不自大，也不自卑。既然伟人们也曾失意彷徨，我们尽可以跌倒了再爬起来，抖落尘灰向前。

读书的女人，较少持续地沉沦悲苦，因为晓得天外有天乾坤很大。读书的女人，较少无望地孤独惆怅，因为书是她们招之即来永远不倦的朋友。读书的女人，较少怨天尤人孤芳自赏，因为书让你牢记个体只是恒河沙粒沧海一粟。读书的女人，较少刻毒与卑劣，因为书中的光明，日积月累浸染着节操鞭挞着皮袍下的“小”……

淑字，温和善良美好之意。好书对于女人，是家乡的一方绿色水土。离了它，你自然也能活。但与书隔绝的日子，心无家园。半生过下来，女人就变得言语空虚眼神恍惚心地狭窄见识短浅了。

淑女必书女。

素面朝天

勇气不是储存在脸庞里，而是掌握在自己手中。

素面朝天。

我在白纸上郑重写下这个题目。夫走过来说，你是要将一碗白皮面，对着天空吗？

我说有一位虢国夫人，就是杨贵妃的姐姐，她自恃美丽，见了唐明皇也不化妆，所以叫……

夫笑了，说，我知道，可是你并不美丽。

是的，我不美丽。但素面朝天并不是美丽女人的专利，而是所有女人都可以选择的一种生存方式。

看看我们周围。每一棵树，每一叶草，每一朵花，都不化妆。面对骄阳，面对暴雨，面对风雪，它们都本色而自然。它们会衰老和凋零，但衰老和凋零也是一种真实。作为万物灵长的人类，为何要将自己隐藏在脂粉和油彩的后面？

见一位化过妆的女友洗面，红的水黑的水蜿蜒而下，仿佛洪水冲刷过水土流失的山峦。那个真实的她，像在蛋壳里窒息得过久的鸡雏，渐渐苏醒过来。我觉得这个眉目清晰的女人，才是我真正的朋友。片刻前被颜色包裹的那个形象，是一个虚伪的陌生人。

脸，是我们与生俱来的证件。我的父母，凭着它辨认出一脉血缘的延续；我的丈夫，凭着它在茫茫人海中将我找寻；我的儿子，凭着它第一次铭记住了自己的母亲……每张脸，都是一本生命的图谱。连脸都不愿公开的人，便像捏着一份涂改过的证件，有了太多的秘密。所有的秘密都是有重量的。背着化过妆的脸走路的女人，便多了劳累，多了忧虑。

化妆可以使人年轻，无数广告喋喋不休地告诫我们。我认识的一位女郎，盛妆出行，艳丽得如同一组霓虹灯。一次半夜里我为她传一个电话，门开的一瞬间，我惊愕不止。惨亮的灯光下，她枯黄憔悴如同一册古老的线装书。“我不能不化妆。”她后来告诉我，“化妆如同吸烟，是有瘾的。我已经没有勇气面对不化妆的我。化妆最先是为了欺人，之后就成了自欺，我真羡慕你啊！”从此我对她充满同情。

我们都会衰老。我镇定地注视着我的年纪，犹如眺望远方一幅渐渐逼近的白帆。为什么要掩饰这个现实呢？掩饰不单是徒劳，首先是一种软弱。自信并不与年龄成反比，就像自信并不与美丽成正比。勇气不是储存在脸庞里，而是掌握在自己手中。化妆品不过是一些高分子的化合物、一些水果的汁液和一些动物的油脂，它们同人类的自信与果敢实在是不相干的东西。犹如大厦需要钢筋铁骨来支撑，而决非几根华而不实的竹竿。

常常觉得化了妆的女人犯了买椟还珠的错误。请看我的眼睛！浓墨勾勒的眼线在说。但栅栏似的假睫毛圈住的眼波，却暗淡犹疑。请注意我的口唇！樱桃红的唇膏在呼吁。但轮廓鲜明的唇内吐出的话语，却肤浅苍白……化妆以醒目的色彩强调以至强迫人们注意的部位，却往往是最软弱的所在。

磨砺内心比油饰外表要难得多，犹如水晶与玻璃的区别。

不拥有美丽的女人，并非也不拥有自信。美丽是一种天赋，自信却像树苗一样，可以播种可以培植可以蔚然成林可以直到地老天荒。

我相信不化妆的微笑更纯洁而美好，我相信不化妆的目光更坦率而真诚，我相信不化妆的女人更有勇气直面人生。

假若不是为了工作，假若不是出于礼仪，我这一生，将永不化妆。

我所喜爱的女性

爱花，眼神悠然，依时婚恋，会做饭，爱读书，深存感恩之心又能独自远行……

我喜欢爱花的女性，花是我们日常能随手得到的最美好景色。从昂贵的玫瑰到卑微的野菊。花不论出处、朵不分大小，只要生机勃勃地开放着，就是令人心怡的美丽。不喜欢花的女性，她的心多半已化为寸草不生的黑戈壁。

我喜欢眼神乐于直视他人的女性。她会眼帘低垂余光袅袅，也会怒目相向、入木三分，更多的时间，她是平和安静甚至是悠然地注视着面前的一切，犹如笼罩风云的星空。看人躲躲闪闪，目光如蚂蚱般跳动的女性，我总疑心她受过太多的侵害。这或许不是她的错，但她已丢了安然向人的能力。

我喜欢到了时候就恋爱、到了时候就生子的女人，恰似一株按照节气拔苗分蘖结粒的麦子。我能理解一切的晚恋晚育和独身，可我总顽固地认为逆时辰而动，需储存偌大的勇气，才能上路。如果是平凡的女子，还是要珍爱上苍赋予的天然节律，徐步向前。

我喜欢会做饭的女人，这是从远古传下来的手艺。博物馆描述猿人生活的图画，都绘着腰间绑着兽皮的女人，低垂着乳房，拨弄篝火，准备食物。可见，烹饪对于女子，先于时装和一切其他行业。汤不一定鲜美，却要热。饼不一定酥软，却要圆。无论从爱自己还是爱他人的角度想，“食”都是一件大事。一个不爱做饭的女人，像风干的葡萄干，可能更甜，却失了珠圆玉润的本相。

我喜欢爱读书的女人。书不是胭脂，却会使女人心颜常驻。书不是棍棒，却会使女人铿锵有力。书不是羽毛，却会使女人飞翔，书不是万能的，却会使女人千变万化。不读书的女人，无论她怎样冰雪聪明，只有一世才情，可书中收藏着百代精华。

我喜欢深存感恩之心又独自远行的女人。知道谢父母，却不盲从。知道谢天地，却不畏惧。知道谢自己，却不自恋。知道谢朋友，却不依赖。知道谢每一粒种子、每一缕清风，也知道要早起播种和御风而行。

恰到好处的幸福

酒精不是越浓越好，期望不是越高越好，幸福也一样……

我学医生涯的开端颇为惊悚。根本就不懂任何医学知识的新兵到了西藏边防部队，卫生科长对我们说，给你们每人分一个老卫生员为师，让他先教你们打针，然后穿上白大褂就能上班了。

我觉得这不像学医，像学木匠。我师父是个胖胖的老卫生员。说他老，大约也只有20岁出头吧，但对十六七岁的我们来说，已足够沧桑。他找来一个塑料的人体小模型，用粗壮的食指在那人的屁股上画了个虚拟的“十”字，然后说：打针的时候，针头扎在臀部这个十字的外上四分之一处，不然容易伤了神经。伤了，下肢就会瘫痪。

很可怕。我点点头，说记住了，屁股的外上四分之一。

老卫生员说，从此你不能说屁股，说臀部。

我像鹦鹉一样重复：臀部，臀部。

老卫生员又说，记住消毒的步骤，先是2%的碘酒，再是75%的酒精。棉球要涂同心圆，不能像刷油漆似的乱抹。

我说，记得啦！

老卫生员又说，考考你。酒精要用多少度的？

我说，75%。

他说，那么，80% 的行不行呢？

我暗自揣摩，75% 一定是能达到消毒目的的最低标准。藏北山高路远，所用物资千里迢迢地运来，使用一定力求节省。所以，问题的答案不言而喻。

我说，80% 行。

老兵的面容很平静，继续问，那么，90% 的酒精怎么样？

我说，那当然也行。

老兵说，100% 呢？

我说，肯定更好啦！只是那样太浪费了。

老兵被高原紫外线晒成紫色的脸庞，变成棕黑色，说，错啦！75% 的酒精可以破坏细菌的膜，药水渗入内里去，整个细菌就被杀死了。浓度更高的酒精，飞快地把细菌外膜凝固了，就像砌起一道墙，反倒阻止了药液进一步浸透到细菌内部，杀不死细菌，有些东西，并不是越浓越好，要恰到好处。

那一天，我记住了“臀部”和“恰到好处”。

我到国外某机构参观。辉煌大厅中竖立着金字的企业精神。其中有一条，叫作“合理期望”。

我说，这一条有点特别。一般都会更励志一些，比如“崇高期望”云云。

陪同人员解答，这是我们的创始人尊崇的原则。期望并不是越高越好，而是要恰到好处。期望太高了，达不到，就会心生怨恨和沮丧，长久以往，就会丧失信心。期望太低了，没有动力和目标，得过且过，也会让人萎靡不振。所以，合理的期望，是一种正确评估，在愿望和实际情况之间，找到最佳的平衡点。

在那一瞬，我向后回忆想到了酒精，向前展望想到了幸福。

酒精的浓度不能太高，过了那个最佳值，结果就适得其反。幸福也是一样，切不要贪得无厌。

有些人，把目光瞄向自己目力所及的享受最高等级处。某种机缘看到了好房子，就设想以后能在这屋结婚生子。看到豪华的车，就设想能开着这车呼朋引类风驰电掣。看到人家的高职务，就发愿我以后要比你升得更高。看到别人的娇妻，就想我的伴侣定要倾国倾城。看到人家狂发美食图片，暗自发誓有一天我将吃龙肝凤髓并昭告天下。知道寿星活了 90 岁，就渴慕自己赶超 100 岁……

凡此等等，皆为不合理期望。

且不说把这些物质形态和外在指标当成是否幸福的指标是否明智，单说目光如此之高，便有违“恰到好处”这一原则。

房子完全不需要那么大，够用即可。太大了，就算你有那个银两买下来，也是暴殄天物。地球资源有限，你为什么要享用那么多的地盘，剥夺了他人的空间？

食品完全不必那么精益求精，因为它的主要功能是为我们的机体提供营养。只要洁净并能够供给身体的需求即可。太稀缺惊险的食材，太复杂劳烦的烹制方法，太考究并故弄玄虚的进食环境，都是不可取的。它们所附着的是炫耀高阶层的沾沾自喜，而这些，恰好和幸福朴素温暖的宗旨不相容。

配偶不必求国色天香出人头地，价值观相同，彼此说得来话，相互喜欢，就是神仙伴侣。

职务这件事儿，和你能力有一定的关联，但也和局面与关系牵连，并不是单纯凭着努力就一定能达到目的，高下也没有绝对的公平。刨去坏人，这世界上的能人很多，自己做不到那个位置，让别人来做，未必就一定不妥。僧多粥少的事情，为何非要收入你囊中？

车子主要是代步工具，不必把它看成是硕大的勋章或是族徽，彰显财力不可一世。那不是幸福的氛围，而是自卑的秽气沿街抛洒。

至于活多久，这可是含有天机的秘密。你不可胜天，不要太狂狷。

况且生死并不是胜败与否的决斗，只是无尽长河中的一环。泰然相向，生命之高下并不决定绵长或短暂，更在于丰美和深邃。

身体健康也不必求全，就算体检表上有了向上或是向下的小箭头，我们也可以适时纠正。实在纠正不了，从容逝去就是。幸福是思想的花朵，和身体器官是否无懈可击，并不相关。

恰到好处，是一种哲学和艺术的结晶体。它代表的豁达和淡然，是幸福门前的长廊。轻轻走过它，你就可以拍打幸福的门环。

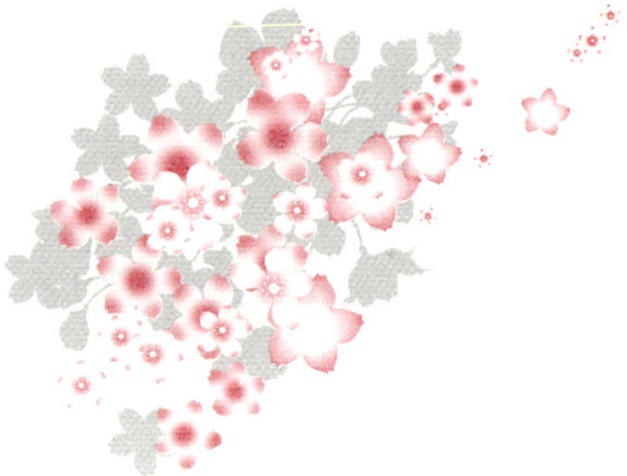

做自己身体的朋友

身体会报复每一个不爱惜不尊重它的人。

每个人都居住在自己的身体里面，从一出生到最后的呼吸时刻。这在谁都是没有疑义的，但我们对自己的身体知道多少？

尤其是女性，我们的身体不但是最贴切最亲密的房子，对大多数女性来说，还是诞育人类后代最初的温室。我们怎能不爱护这一精妙绝伦的构造？

我认识一位女性朋友，患了严重的妇科疾患，到医院诊治。检查过后，医生很严肃地对她说，要进行一系列的治疗，这期间要停止夫妻生活。她听完之后，一言不发扭头就走。事后我惊讶地问她这是为什么？为何不珍重自己的生命？她说，丈夫出差去了，马上要回家。如果此刻开始接受治疗，丈夫回来享受不到夫妻生活，就会生气。所以，她只有不在乎自己的身体了。

那一刻，我大悲。

女性啊，你的身体究竟属于谁？

早年当医生时，我见过许多含辛茹苦的女人，直到病入膏肓，才第一次踏进医院的大门。看她满面菜色，疑有营养不良，问起家中的伙食，她却很得意地告诉我，一个月买了多少鸡，多少蛋……听起来，餐桌上盘碗还不算太拮据。那时初出道，常常就轻易地把这话放过了。后来在老医生的教诲下，渐渐长了心眼，逢到这种时候，总要更细致地追问下去。这许多菜肴，吃到你嘴里的，究竟有多少呢？比如，一只鸡，你吃了哪块儿？鸡腿还是鸡翅？

答案往往令人心酸。持家的女人，多是把好饭好菜让给家人，自己打扫边角碎料。吃的是鸡肋，喝的是残汤。

还有更多的现代女性，在传媒广告绝色佳人的狂轰滥炸下，不满意自己身体的外形。嫌自己的腿不长，忽略了它最基本的功能是持重和行走。嫌自己的眼不大，淡忘了它最重要的功劳是注视和辨别。嫌自己的皮肤不细白，漠视它最突出的贡献是抵御风霜。嫌自己的手指不纤长，藐视了它最卓越的表现是力量与技巧……于是她们自卑自惭之后，在商家的引导下，使用种种方式迫害自己的身体，以致美容毁了容，减肥丧了命的惨事，时有所闻。

关于我们的身体——这所我们居住的美轮美奂的宫殿，你可通晓它的图纸？有多少女人，是自己的“身体盲”？

感谢中国有眼光的学者和出版家们，这两年来，翻译出版了一些有关女性身体的著作。在我手边的就有知识出版社出版的《我们的身体，我们自己——美国妇女自我保健经典》和东方出版社出版的《女性的身体——个人必备手册》。

以我一个做过医生的女性眼光来看，这两本书，做女人的，无论你多忙，也要抽空一读。或许正因为你非同寻常地忙，就更得一读。因为你的身体，是你安身立命的资本。如果你连自己的身体都不懂不爱，你何谈洞察世事，爱他人爱世界？

爱不是一句空话。爱的基础是了解。你先得认识你的身体，听懂它对你发出的特别信号，明白它的坚忍和它的极限。你的身体是跟随你终身的好朋友，在它那里，居住着你自己的灵魂。如果它粉碎了，你所有的理想都成飘萍。身体是会报复每一个不爱惜不尊重它的人的。如果你浑浑噩噩地摧残它，它就会冷峻地给你一点颜色看。一旦它衰微了，你将丧失聪慧的智力和充沛的体力，难以自强自立于世。

我希望有更多的姐妹们，当然也希望先生们，来读读这种关于身体的书。它是我们每人都享有的这座宫殿的导游图。

今世的五百次回眸

不为虚渺的擦肩而过，而把余生定格在回眸之中。

佛说，前世的五百次回眸，才换来今生的擦肩而过。顿生气馁，这辈子是没得指望了，和谁路遇和谁接踵，和谁相亲和谁反目，都是命定，挣扎不出。特别想到我今世从医，和无数病患咫尺对视。若干垂危之人，我手经治，每日查房问询，执腕把脉，相互间凝望的频率更是不可胜数，如有来世，将必定与他们相逢，是赖不脱躲不掉的。于是这一部分只有作罢，认了就是。但尚余一部分，却留了可以掌握的机缘。一些愿望，如果今生屡屡瞩目，就埋了一个下辈子擦肩而过的伏笔，待到日后便可再接再厉地追索和厮守。

今世，我将用余生五百次眺望高山。我始终认为高山是地球上最无遮掩的奇迹。一个浑圆的球，有不屈的坚硬的骨骼隆起，离太阳更近，离平原更远，它是这颗星球最勇敢最孤独的犄角。它经历了最残酷的折叠，也赢得了最高耸的荣誉。它有诞生也有消亡，它将被飓风抚平，它将被酸雨冲刷，它将把溃败的肌体化作肥沃的土地，它将在柔和的平坦中温习伟大。我不喜欢任何关于征服高山的言论，以为那是人的菲薄和短视。真正的高山是不可能被征服的，它只是在某一个瞬间，宽容地接纳了登山者，让你在它头顶歇息片刻，给你一窥真颜的恩赐。如同一只鸟在树梢啼叫，它敢说自己把大树征服了吗？山的存在，让我们永葆谦逊和恭敬的姿态，知道在这个世界上，有一些事物必须仰视。

今生，我将用余生一千次不倦地凝望绿色。我少年戍边，有十年的时间面对的是皑皑冰雪，看到绿色的时间已经比他人少了许多。若是因为这份不属于我选择的怠慢，罚我下辈子少见绿色，岂不冤枉死了？记得在千百个与绿色隔绝的日子之后，我下了喀喇昆仑山，在新疆叶城突然看到辽阔的幽深绿色之后，第一反应竟是悚然，震惊中紧闭了双眼，如同看到密集的闪电。眼神荒疏了忘却了这人间最滋润的色彩，以为是虚妄的梦境。就在那一瞬，我皈依了绿色。这是最美丽的归宿，有了它，生命才得以繁衍和兴旺。常常听到说地球上的绿地到了年末就全部沙化了，那是多么恐怖的期限。为了人类的长盛不衰，我以目光持久地祷告。

今生，我将一万次目不转睛地注视人群。如果有来生，我期望还将成为他们中的一员，而不是其他的什么动物或是植物。尽管我知道人类有那么多可怕的弱点和缺陷，我还是为这个物种的智慧和勇敢而赞叹。我做过一次人类了，我知道了怎样才能更好地做人，做人是一门长久的功课，当我们刚刚学会了最初的运算，教科书就被合上。卷子才答了一半，抢卷的铃声就响了，岂不遗憾？

把自己喜欢的事一一想来，我还要看海看花，看健美的运动员，看睿智的科学家，看慈祥的老人和欢快的少女，当然还有无邪的小童，突然就笑了。想我这余生，也不用干其他的事了，每天就在窗前屋后呆呆地看山看树看人群吧，以求个来世的擦肩而过。这样一路地看下去，来世的愿望不知能否得逞，今生的时光可就白白荒废了。于是决定，从此不再东张西望，只心定如水，把握当前。

不为虚渺的擦肩而过，而把余生定格在回眸之中。喜欢山所表达的精神，就游历和瞻仰山的峭拔和广博，期望自己也变得如此坚强。喜欢绿色和生命，喜爱人的丰饶和宝贵，就爱惜资源，尊重自己也尊重他人。

每一天都去播种

女人，你究竟为谁生活？

朋友，当我看你的信的时候，是一个阴雨绵绵的早上。我仿佛听到你在远处悠长的叹息。我认识很多这样的女人，青春已永远驶离她们的驿站，只把白帆悬挂在她们肩头。在辛劳了一辈子之后，突然发现整个世界已不再需要自己。她们堕入空前的大失落，甚至怀疑自己生存的意义。

女人，你究竟为谁生活？

当我们幼小的时候，我们是为父母而活着的。我们亲昵地呼唤，我们乖巧地举动，我们帮母亲刷锅洗碗，我们优异的成绩给父亲带来欣喜……女孩以为这就是生存的意义。

当我们青春的时候，我们是为工作和知识而活着。我们读书，我们学习，我们在自己的岗位上努力地工作着，我们得各式各样的奖状……女人以为这就是生存的意义。

当我们和人类的另一半结合在一个屋檐下的时候，我们以为太阳会在每一个早上升起，风暴会被幸福隔绝在遥远的天际。我们以丈夫的事业为自己的事业，无私地贡献出自己的一切。遵循美德，妻子以为这就是生存的意义。

当我们有了自己的孩子以后，我们视孩子胜过自己的生命。在母亲和孩子的冲突中，女人是永远的弱者。在干渴中，只要有一口水，母亲一定会把它喂给孩子。在风寒中，只要有一件衣，母亲一定会披在孩子的身上……母亲以为孩子就是自己生存的意义。

终于，丈夫先我们而去，孩子已展翅飞翔。岗位上已有了更年轻的脸庞，整个世界已把我们遗忘。

这个时候，不管你有没有勇气问自己，你都必须重新回答：为谁而生存？

丈夫孩子事业……这些沉甸甸的谷穗里，都有女人的汗水，但他们毕竟不是女人自身。女人是属于自己的，暮年的女人，像秋天的一株白杨，抖去纷繁的绿叶，露出树干上智慧的眼睛，独自探索生命的意义。

生命对于每个人，都是上苍只有一次的馈赠。女人要格外珍惜生存的机遇，因为她们的一生更多艰难。我们是为了自己而生活着，不是为其他的任何人。尽管我们曾经如此亲密，尽管我们说过不分离。但生命是单独的个体，无论怎样血肉交融，我们必须独自面临世界的风雨。

女人要学会播种，即使是在一个没有收获的季节。女人太习惯以谷穗衡量是否丰收，殊不知有时播种就是一切。开心的钥匙不是挂在山崖上，就在我们伸手可及的地方。

只要你感到是为自己而生活，世界也许就会在眼中变一个样子。写文章，为什么一定要发表？自己对自己倾诉，会使心灵平和。练书法，为什么一定要展览？凝神屏气地书写，就是与天地古今的交融。教学生，为什么一定要到学校？做善事，为什么一定要别人知晓？

他人的评判固然重要，但最重要的是我们对自己的评判，这是任何人也无法剥夺的权力。只要女人自己不嘲笑自己，只要女人不自认为自己不重要，谁又能让你低下高贵的头？

生命是朴素的，它让女人领略了风光之后，回归到原始的平静。在这种对生命本质的探讨中，女人更深刻地认识自身的价值。

在生命所有的季节播种，喜悦存在于劳动的过程中。

幸福的镜片

放大欢乐，缩小痛苦。

现今家庭，有些简直成了情绪火葬场。一位女友说，先生在外面笑眯眯，人都赞他脾气好，可回到家里，满脸晦气，令人沮丧。女友恼火地抗议，你不要金玉其外，轮到自家人时，却像八大山人笔下的鱼鹰，白眼球多，黑眼球少。先生立即反驳道，人又不是仪器，不可能总调整在最佳状态。发愁的时候，懊恼的时候，垂头丧气的时候，你让我到哪里撒火？和领导吵吗？不敢抗上。和同事争吗？来日方长，得罪不起。在公共汽车上和不相干的人口角吗？人家招你惹你了？那不是伤及无辜，太不五讲四美了。女友说，我是你亲人，却经常看你黑脸，你这不是残害忠良吗？先生说，家是最隐蔽最放松的场所，一个人若是在家里都不能扒下面具，赤裸裸做人，那才是大悲哀。我阴沉着脸，并非对你恶意，只是情绪病了。你装聋作哑好了，不必同我一般见识。有什么不中听的话，并非针对你，只是宣泄独自的郁闷。如果你爱我，就请原谅我的种种真实……

女友困惑地说，人怎么能把家庭当作消化情绪的垃圾场？这样下去，谈何幸福？！

我倒以为幸福的家庭，不妨成为回收情绪垃圾的炼炉。将成员的种种不快以至愤慨忧愁苦恼悲凉……都虚怀若谷地包容下来，然后紧闭炉门，不再泄漏。让那炉中真火慢慢熬炼，直到怨气焚化成白色无害的灰烬，随风飘逝，不见踪影。

这事说起来简便，实施的时候，却很易失控。人在家居，心不设防，就像没打过麻疹疫苗的小儿，对情绪缺少抵抗力。一旦心境恶劣，极易传染他人。又因至爱亲朋，血脉相通，结果一人发火，污染全体，大家受难。很多原本是外界的小风波，最后演成家庭的全武行。

好的家庭要有丝网般的滤过功能。快乐的幸福的消息，如高屋建瓴，肥水快流，多拉快跑，让佳音火速进入所有成员的耳鼓。忧郁的不幸的消息，只要不关急务，便遮掩它，蹒跚它，让时间冲刷它的苦涩，让风霜漂白它触目惊心的严酷。

好的家庭是会变形的镜片，能发生奇妙的折射。凸透使视物变大，凹透让东西变小。如果是愉快的源泉，哪怕只是夫妻间的一个手势，孩子捧出的一杯清水，远方朋友的一个问候，陌生人的一个祝福……都应透过放大镜，使它纤毫毕现，华光四射。让一朵杜鹃，蔓延出一片火红的山谷。让一个口哨，轰响成一部辉煌的乐章。从一片面包，憧憬出今后日子的和美丰足。携一缕春风，扩展成融融暖意，铺满整个家庭空间。

如果是苦难和灾异，比如亲朋远逝，祸起萧墙，泰山压顶，骤雨狂风……降临的种种天灾人祸，经了家庭镜片的折射，都应竭力缩小它的规模——淡化压力的强度，软化尖锐的硬度，衰减振荡的烈度，压缩波及的范围，控制哀痛的伤害，截短作用的时间……让家人在家的庇护下，惊魂甫定，休养生息，疗治创口，积聚新力，重新敛起生活的勇气。

这是否是澳洲鸵鸟的战术，一厢情愿？我想明晰的镜片和浑黄的沙砾有原则上的区别。无论喜讯还是噩耗，通过家庭镜片的折射，它们未曾消失，依然健在，改变的只是外界事物作用于我们的感觉。

放大欢乐，缩小痛苦，这就是幸福家庭的奇妙镜片功能。

关于女人和男人的吉光片羽

对于女人来讲，选择拒绝的流程就是选择生活的走向。

有些女人以为自由就是可以任意模仿男人的弱点，比如玩弄异性，这实在是对自身的侮辱和对自由的亵渎。

女人经常宣称自己在感受他人的直觉方面，如何敏锐，其实很多时候是她们注意到了种种难以觉察的细节。

比如掉了的纽扣说明不严谨，过分花哨的领带说明对方不懂得协调，脸上某种竖行的纹路说明他总是在人所不知的背后诡秘地耷拉着嘴巴……

每个人的性格都是一幅全息图像，女人不过更善于解读罢了。

很多人把对异性的征服，当作自己的业绩和成功。

其实性的本质永远是双方的给予与获取，就是从纯生物的角度看，它也是对等的交换。

把原本正常的事件，当作罕见的胜利大肆吹嘘，是心智愚昧和体能虚弱的体现。

对于女人来讲，选择拒绝的流程就是选择生活的走向。

天下无数繁杂的道路，你只能走一条。你若是条条都走，那就等于在原地转圈子，俗称“鬼打墙”。

女人使用拒绝的频率格外高，是因为女人面对的诱惑格外多。

拒绝是女人贴身的软甲，拒绝是女人进攻的宝剑。

拒绝卑微，走向崇高。拒绝不平，争取公道。

拒绝无端的蔑视和可疑的恩惠，凭自己的双手和头颅挺身立于性别之林。

不懂得拒绝的女人，如果不是无可救药的弱智，就是倚门卖笑的流莺。

因为拒绝，我们将伤害一些人。这就像春风必将吹尽落红一样，是一种进行中的必然。

女人永远是最爱怀疑又是最易轻信的动物。

她们什么都渴望得到，又什么都敢于付出。

没有人知道使女人十全十美的秘诀。

聪明的女人终生都在摸索，怎样使自己更幸福，使世界更美好。

倘若是男人嘛，还有一个放松的机会，那就是三五知己喝醉了酒，吐出几分真言。女人就只好憋在肚里，让那些心里话横冲直撞，直到把自己的神经撞出洞来。

有一种男人，冷漠后面有热情，平淡过后是高潮。就像一本开头不很精彩的书，动人心魄的章节在后半部。只要捺着性子读下去，你就会被深深地感动。

有的女人只是男人的一件行李。

有的男人只是女人的一件首饰。

婚后的男人，太累太累。好像追赶太阳的夸父，一头担着事业，一头担着家庭。

我们的记忆，同自己的伴侣紧密地缠绕在一处，像两种混淆于一碟的颜色，已无法分开。你原先是黄，我原先是蓝，我们共同的颜色是绿，绿得生机勃勃，绿得苍翠欲滴。失去了妻子的男人，胸口就缺少了生死攸关的肋骨，心房裸露着，随着每一阵轻风滴血。失去了丈夫的女人，就是齐崭崭折断的琴弦，每一根都在雨夜长久地自鸣……

面对相濡以沫的同道，我们忍心说我不重要吗？

女人常常在细微之处精细，在博大之处朦胧。显微镜和望远镜都是能把眼力达不到的地方看清楚，但两者绝不相同。男人瞩目宇宙，却常常忽略了脚下的石子。于是男人多谴责女人琐碎，女人多抱怨男人粗疏。改变几乎是不可能的，最好的变法是结合。将男人的大度与女人的纤巧集于一身，锻造新的人类。

假如我们被强暴，在做完了惩治凶犯的一切工作之后，拭干泪水，让我们重新开始吧。

丢掉有关那一刻所有的记忆，让我们像新生的婴儿一般坦荡。烧毁目睹我们灾难的旧衣服，让痛苦的往事一同化为飞烟。取清凉的山泉自头顶浇下，洗涤我们每一根如丝的长发。挑选一件更美丽的裙衫，穿上它快步行走在如织的人流中。

对生活中美好的事物，被强暴过的女人依旧可以发出真诚的微笑。

对生活中黑暗的角落，被强暴过的女人依旧可以发出强烈的谴责。

女人被强暴，是生命的记录上一处被他人涂抹的墨迹。轻轻擦去就是了，我们的生命依然晶莹如玉，洁白无瑕。强暴是发生于刹那的地震，我们需要久久的修复，但女性生命的绿色，必将覆盖惨淡的废墟。

让我们振作起来，面对强暴以及所有人为的灾难。这世上没有任何一种力量，可以强暴女性不屈的精神。

他人的评判固然重要，但最重要的是我们对自己的评判，这是任何人都无法剥夺的权利。只要女人自己不嘲笑自己，只要女人不自认为自己不重要，谁又能让你低下高贵的头？

假若一个村子的领导人里有百分之四十的妇女，就很难做出为争夺水源去同另外村落械斗的决议。她们会说，还有没有新的水源？我们再挖一口井或再开一条河……要不然，我们一个村子用一天水源吧。

即使一定要打仗，她们一定会更仔细地计算可能会牺牲多少人，会有多少母亲失去儿子，多少妻子失去丈夫，多少孩子失去父亲……

假如战争不可避免，她们也会更细致地安排怎样抢救伤员，保存更多的生命。

这一切不是因为女人的懦弱，而是因为她们担负着繁育生命的重担。

在人类所有重大决策上，一定要倾听女性的声音。不但因为她们的人数占了人类的一半，更因为她们是人类自身的生产者。

寻觅优秀的女人

优秀的女人＝善良＋智慧＋勇气＋美丽

女人占了人类的一半。这个数字是多少？假定人类有 60 亿，广义的女人（从垂垂老媪到嗷嗷待哺的女婴）就有 30 亿。假如我们把女孩的年龄界定在 15—30 岁，大约占女人总人数的五分之一吧，那也有 6 个亿了。

望漫天霞霓，俯苍茫人寰，常常想，这其中最优秀的女人该有多少？

优秀的女人首要该是善良。

之所以把善良排得唯此为大，是因为这个世界残酷太多。权力场、金钱场、情场、战场……到处弥漫着硝烟，到处流淌着血污。在温文尔雅的面纱下，潜伏着充满杀机的眼睛。优秀的女孩负有净化灵魂的使命，她们像明矾一样，使世界变得澄清。她们的血像油一般润滑了车轮，历史艰难地向前滚动。女人的善良是人类温情的源泉。

善良的女人知多少？

这个比例实在是不敢高估。女性其实是极不易保持善良的。她们遭受的屈辱多，她们自身的负担重。在被伤害之后，易滋生出火焰一样的报复，在悲伤之余，常在凄冷的黑夜咬牙切齿，对整个生活发出女巫般的诅咒。

原谅我，女人们，虽然我很想说出一个有关你们善良的高比例，犹如我们面对一块待检的金石，报出它是十金足赤。但事实是，历经磨难而终不改善良本性的女人，像一道穿流污浊仍清澈见底的小溪，其实是很罕见的。苍老的夫人多见狞恶之色、琐碎之色、猥琐之色，就是明证。

优秀的女人其次应该是智慧的。

女人比男人更需要智慧，因为她们是更柔软的动物。智慧是优秀女人贴身的黄金软甲，救了自身才可救旁人。没有智慧的女人，是一种遍体透明的藻类，既无反击外界侵袭的能力，又无适应自身变异的对策，她们是永不设防的城市。智慧是女人纤纤素手中的利斧，可斩征途的荆棘，可斫身边的赘物。面对波光诡谲的海洋，智慧是女儿家永不凋谢的白帆。优秀的智慧的女性，代表人类的大脑半球，对世界发出高亢而略带尖锐的声音，在每一面山壁前回响。

但女人难得智慧。她们多的是小聪明，乏的是大清醒。过多的脂粉模糊了她们的眼睛，狭隘的圈子拘谨了她们的想象。她们的嗅觉易在甜蜜的语言中迟钝，她们的脚步易在扑朔的路径中迷离。智慧不单单是天赋的独生女，她还是阅历、经验、胆魄三位共同的学生。智慧是一块璞，需要雕琢，而雕琢需要机遇。

不是每一块宝石都会璀璨，不是每一粒树种都会挺拔。

我是一个保守的农人，面对一块贫瘠土地上的麦苗，实在不敢把收成估计得太好。智慧的女人通常比我们想象的要少。

优秀的女人还需要勇气，在这颗小小的星球上，什么矛盾都不存在了，男人和女人的矛盾依然欣欣向荣。交战的双方永远互相争斗，像绳子拧出一个个前进的螺纹。假如你是一个优秀的女人，无论你朝哪个领域航行，或迟或早地将遭遇这个世界上最优秀的男人，不要奢望有一处干燥的麦秸可供你依傍，不要总在街上寻找古旧的屋檐避雨。

当你不如一个男人的时候，他会宽宏大量地帮助你；当你超过一个男人的时候，他会格外认真地对抗你。这不知是优秀女人的幸还是不幸？善良的智慧的有勇气的女人，要敢在黑暗的旷野独自唱着歌走路，要敢在没有桥没有船也没有乌鸦的野渡口，像美人鱼一般泅过河。

这个比例有多少？

望着越来越稀疏的队伍，我真不忍心将筛孔做得太大。但女人天性胆小，就像含羞草乐意把叶子合起来一样。你不能苛求她们。

现在，在漫长阶梯上行走的女人已经不多了。

最后让我们来说说美丽吧。

在这样艰苦的跋涉之后再来要求女人的美丽，真是一种残酷。犹如我们在暴风雨以后寻找晶莹的花朵。

但女人需要美丽。美丽是女人最初也是最终的魅力。不美丽的女人辜负了造物主的青睐，她们不是世上的风景，反倒成了污染。

何为美丽，一千个人有一千种说法。我只能扔出我的那一块砖。

美丽的女人首先是和谐的。面容的和谐，体态的和谐，灵与肉的和谐。美丽并非一些精致巧妙的零件的组合，而是一种整体的优美。甚至缺陷也是一种和谐，犹如月中的桂影。那不是皓月引发无数遐想最确实的物质基础吗？和谐是一种心灵向外散发的光辉，它最终走向圣洁。

美丽其次应该是柔和的。太辛辣太喧嚣的感觉不是美，而是一种刺激。优秀女人的美丽像轻风，给世界以潜移默化的温馨。当然它也容纳篝火一般的热情。可是你看，跳动的火苗舒卷的舌头是多么柔和，像嫩红的枫叶，像浸湿的红绸，激情的局部仍旧是细致而绵软的。

美丽的女人应该是持久的。凡稍纵即逝的美丽都不是属于人的，而是属于物的。美丽的女人少年时像露水一样纯洁，年轻时像白桦一样蓬勃，中年时像麦穗一样端庄，老年时像河流的入海口，舒缓而磅礴。

美丽的女人经得起时间的推敲。时间不是美丽的敌人，而只是美丽的代理人。它让美丽在不同的时刻呈现出不同的状态，从单纯走向深邃。

女人的美丽不是只有一根蜡烛的灯笼，它是可以不断燃烧的天然气。时间的掸子轻轻扫去女人脸上的红颜，但它是有教养的，还女人一件永恒的化妆品——叫作气质。可惜有的女人很傻，把气质随手丢掉了。

也许可以说，所有美好的女人都是美丽的。

我在女性的群体里砌了一座金字塔，它是我心目中的女性黄金分割图。

这样一路算下来，优秀的女人多乎哉？不多也。

是不是我的比例过于苛刻？是不是我对世界过于悲观？是不是我看女人的暗影太多？是不是优秀和平庸原不该分得太清？

现代的世界呼唤精品。女士们买一个提包都要求质量上乘，为什么我们不寻求自身的优秀？

优秀的女人也像冰山，能够浮到海面上的只有庞大体积的几十分之一。精品绝不会太多，否则就是赝品或是大路货了。

难道女人不该像拥有眼睛一样拥有善良吗？难道没有智慧的女人不是像没有翅膀的鸟儿一样无法翱翔？难道坚忍不拔果敢顽强对于女人不是像衣衫一般重要？难道女人不是像老媪爱惜自己最后一颗牙齿一样爱惜美丽？

让我们都来力争做一个优秀的女人吧。为了世界更精彩，为了自身更完美，为了和时间对抗，为了使宇宙永恒。

婚姻也需要学习

理解和退让是润滑油，共勉和并进是婚姻的理想状态。

一位心理学家说过：“婚姻关系是人类所有关系中，最为亲密和最为紧密的关系……”我初次听到此话，先是惊奇，然后有些不以为然。我想，母子关系、父子关系甚至祖孙关系，难道不是更为亲密和紧密的关系吗？我们不是都有这样的经验吗——母亲的怀抱和父亲的臂膀，是我们永久依傍的港湾！

那位心理学家接着说，爱一个和自己有血缘关系的个体，这在某些动物，完全可以做到，近乎一种本能。比如，一只母鹿在饿狮袭来的时候，宁愿牺牲自己，也要保护仔鹿的生命……动物界重复过无数次这般可歌可泣的场景，想来谁都不会怀疑。但是，爱一个和自己没有丝毫血缘关系的个体，直至结成相濡以沫生死相依的关系，这只有人类社会中才会存在。它在习俗和法律上被称为婚姻。因此，婚姻是一个创举，是一种进化，是一门艺术，在它中间，包藏着人类所有品质和关系的总和。它的基础应该是爱。

婚姻实质上是一个中性词。也就是说，它可以分为好的婚姻和不好的婚姻。高贵与卑鄙、真诚与虚伪、宽宥与刻薄、奉献与索取、提携与拖累、升华与堕落……凡此种种人类精神世界的状态，都可以在婚姻中找到它们的模型。试想一下，两个性别、背景、教养、性格、职业、爱好等都不同的人走到一个屋檐下，四目相对朝夕与共，那确是一种肝胆相照"图穷匕首见"的赤裸裸的真实。矛盾终将暴露，摩擦必然产生，理解和退让是润滑油，共勉和并进是婚姻的理想状态。在婚姻中，人们将被迫学习交流和谅解，在这种缩小了的世界中，模拟着整个人生的风云。

研究婚姻是一个大题目，尤其对准备走进婚姻的青年人来说，更应该是必修课。但在现实中，是一个相对薄弱的环节。中国的古话说：男大当婚，女大当嫁。好像只要年纪到了，去婚嫁就是了，至于婚嫁之后的事，男女青年自会料理。在我们的文化中，把对于婚姻的了解和把握，看成是一件瓜熟蒂落、水到渠成的事情，只要岁数到了，自然无师自通。这种想法带有原始社会的遗风，把婚姻的内核几乎等同于性的本能。但是，人类进化到今天，婚姻关系绝不仅仅是性的结合，而有了更为深邃宽广的内容。如果说单纯的生理机能还可待自然法则来开启，但是婚姻的社会性，是必须学习才能掌握的。可惜，我们的学校是不提倡谈恋爱的，既然连前奏都在禁止之列，那么，主题就更是不登大雅之堂了。这就出现了一个悖论——我们期待着更多高质量的婚姻，即将走入婚姻家庭的成员对此重大事件却是云山雾罩、不甚了了。他们和她们，或者道听途说、半遮半掩地自学成才，或者两眼一抹黑，仓促上阵，或者花拳绣腿，知其一不知其二更不知其三。更可怕的是，有些人自以为掌握了驭妻驭夫的婚姻秘诀，其实是以讹传讹的腐朽观念。这种婚姻的愚民政策，导致很多惨淡经营、得过且过的低质量婚姻，无知更导致很多悲剧上演。由此可见，婚姻教育极为重要，须未雨绸缪，从尚未走进婚姻的年轻人抓起，才可事半功倍。

每一个孩子都是从小处在父母的某种婚姻状态之中的。他们不但是这种关系的目击者、承受者，而且是学习者和传承者。所以我们常常听到这样的故事：一个从小生活在离异家庭中的孩子，长大后，非常渴望真情和幸福。但是，当他走进婚姻之后，如同中了魔法，竟然亦步亦趋地重复了父母失败的婚姻。有的人从此一蹶不振，也有的人不乏勇气和追求，屡败屡战，然而终是重蹈覆辙，难以自拔。我们在唏嘘这种人间悲剧的同时，不由得深深地反思——某些失败婚姻的模式，也同某种病症一般，具有传染和遗传的特质吗？

在婚姻中，有很多未知的领域需要探索和研究，任重而道远。

新世纪来临的时候，人们常常许下许多愿望。愿家庭快乐幸福，是全世界所有踏进和准备踏进婚姻的人的共同期望。让我们为这个理想而努力。

第二辑

真爱是照耀人生得以温暖的灯

在孤独的人生旅程中，
保有一份真爱，
就是照耀人生得以温暖的灯。

穿上白生生的羊绒衣

唯有天生的颜色，永不会改变。

那时候我十六岁，在西藏当兵。

牧场上，常常可以看到牧民在纺羊毛。左手拿着一个枣核形的线棰，上面别着一个发卡样的小工具，右手从羊毛堆里拈出一个头，缠在工具上一旋转，羊毛就像被施了魔法，乖乖地把原本藏在自己身躯里的毛线吐了出来。

纺羊毛的姿势很美，甚至可以一边走一边纺。于是牧民背上的羊毛堆渐渐缩小，最后终于消失在高原透明的蓝色空气里了。而手中的线棰则像一个贪吃的胖子，肚子膨胀起来，绕满了均匀细密的毛线。

一天，女兵里年长又最心灵手巧的小如说："我们自己来捻毛线，再染上颜色，再亲手织成毛衣，自己穿或送人，是不是都很别致？"

大家都乐意一试。

第一步是筹措羊毛。几天以后，每人都搜集了一麻袋。

小如找来的都是雪白的山羊毛，又轻又软，好像一朵朵轻柔的云彩。她说，这些羊毛不是用剪子剪下来的，是请牧民用手，从羊肚子下面最暖和的地方抓下来的。许多年之后，我才在书上看到，这种山羊身上最细软的小毛，叫“羊绒”，被人视为“软黄金”。我敢肯定，小如当时并不懂这些，她只是凭自己的聪慧和直觉，做出了这样的选择。

我的麻袋里黑毛也有、白毛也有，像一盘鏖战中的围棋。粗糙的硬毛夹杂其中，松针般挺立。小如说，这种毛织出衣服会很扎人。我满不在乎地说，我早打算好了，织毛袜子，不怕扎。

我们跃跃欲试地预备捻线。小如说：“别忙。羊毛还得洗呢。你们愿意穿着自己织的毛衣走过去，人家耸着鼻子说，怎么这么膻？”

我们就到狮泉河边去洗羊毛。

狮泉河浪花飞卷，好像无数狮子抖擞雪白的鬃毛，逶迤而来。

羊毛真的很脏，夹杂着粪球和草棍，还有纠结成缕的团块。雪水浸得我们十指冰凉，腰酸背疼。稍不小心，裹着水的羊毛就像一座浮岛，驾着波涛漂向下游的印度洋。

我看着渐渐远去的羊毛说：“完了！我的羊毛袜子要少织一个脚指头了。”大家就笑我说，袜子又不是手套，不分指头的。

小如奋勇地抢救她漂走的羊毛，几次险些跌进河里，裤腿全打湿了。往回走的路上，棉裤结了冰，咔嚓嚓发出玻璃纸的声音。我们笑她舍命不舍财，她说要织的毛衣很大很大，只怕这些羊毛还不够呢。

洗净的羊毛要晾干。羊毛湿的时候还挺乖，熨帖地伏在地上。但阳光使它们蓬松起来，轻盈起来。假如这时候刮来一阵风，它们就会像团团柳絮，飘飘然飞上冰峰。

我们只好像八脚蜘蛛一样，手舞足蹈地护卫着自己的羊毛，样子很狼狈。

总算可以开始纺线了。那活儿看起来不难，真干的时候，才发现很不容易。顾了捻线就忘了续羊毛，线就越来越细，像旱天的溪流，无声无息地断了。我捻的毛线又粗又硬，还疙里疙瘩地有许多接头，被大家称为“等外品”。

小如纺出的可是优质品。又白又细又匀，好像有一只银亮的巨蚕潜伏在她的羊毛堆里，忠实而勤勉地为她吐出美丽柔韧的长丝。

不管怎么说，我们每人都有了几大团毛线。

下一个步骤就是染线了。

先用脸盆盛水把颜料煮开，再把线桄浸在染液中炖。听着世界屋脊摇撼天地的罡风，看着炉子上一大盆冒着血红或翠绿气泡的沸水，真有身在魔鬼作坊之感。

为自己亲手捻的毛线挑选颜色，是一件很惬意的事情。

“我打算把毛线染成玫瑰红。你们想啊，在藏北的雪原上，我踩着一双玫瑰红的羊毛袜子，是多美丽的图画啊，简直有童话的味道……要不我就染成迎春花的明黄色……要不我干脆要大海的碧蓝色吧……”我神往地说。

小如毫不留情地泼凉水：“你把黑羊和白羊的毛捻在一起，颜色已经混浊不堪。你说的那些娇美颜色都染不成，只有老紫或深墨绿还可凑合。染成黑色最保险。”

我只好自我解嘲：“嘿！反正是袜子，踩在脚底下，谁也看不到。什么颜色无所谓。”

大家都很关心小如的毛线染成什么颜色。没料到她沉思良久说：“我什么颜色也不染了，就要这种白羊毛的本色。染的颜色再好看，天长日久终会褪色。唯有天生的颜色，永不会改变。”虽说小如讲得很有道理，大家还是把毛线染成了各种颜色。主要是我们第一道工序没做好，毛线已不能保持洁白，只有靠染色来遮丑了。

我把线染成黑色，油亮亮的，像乌鸦的翅膀，也很好看。

织毛线活儿了。大家不再彼此商量集体行动，开始单干。这个给妈妈织条围巾，那个给爸爸织条毛裤。在漫漫长夜里，无声地围着高原的炉火，独自抱着线团，遥想着亲人的面庞，飞针走线。

我不会织，就向小如请教。她埋着头织自己的伟大工程，匆匆忙忙给我写了一张织毛袜的要领，依旧嘟囔自己的针法：“一针上两针下，两针并一针……”

她织的毛衣很大，图案复杂。难怪要不停地念念有词，生怕织错了花样。

我打趣地说：“这么认真，是给谁织的呀？”

小如说：“给一个人呗。”

我刨根问底：“给一个什么人呢？”

“给一个你不认识的人啊。”她搪塞我。

“他在哪里呢？”我穷追不舍。

“他在一个很远的地方。”小如看着天边的雪山，雪山像银亮亮的锡箔铰成的图案，山上有我们的边防站。

“我现在不认识他，以后会不会认识呢？”

小如想了一下说：“我要是向你介绍他，你就会认识他。我要是不说，你就永远不会认识他。”

我胸有成竹地笑道：“小如姐，你错了。你就是不告诉我，日后在茫茫人海中，只要我遇见了，就会一眼认出他来。”

小如停下手里的毛衣针，温柔地露出白牙，说：“看把你能的。我才不信你能认出他来！凭什么呢？”

我说：“就凭这件白生生的羊绒衣啊。在当今这个世界上，可有一件羊绒衣，是这样自采自捻自洗自织自编花样造出来的吗？你设计的这个图案，天底下再没有第二份了。”

小如不语，只是嘻嘻地笑。

那件原白色的羊绒衣上，镂空地织着两颗套在一起的心，还有许多山和雪花。

格布上的花

有爱的日子是好日子，你的人生就绽开了鲜花。

好日子和坏日子，是有一定比例的。就是说，你的一生，不可能都是好日子——天天蜜里调油；也不可能都是坏日子——每时每刻黄连拌苦胆。必是好坏日子交替着来，如同一块花格子布。如果算下来，你的好日子多，就如同布面上的红黄色多，亮堂鲜艳。如果你的坏日子多，那就是黑灰色多，阴云密布。

以上的说法，想来会有人同意，但好日子和坏日子，是以什么来划分的呢？什么是好坏日子的分水岭试金石呢？看法恐怕就不一致了。比如，钱吗？好像，不是。有钱的人不一定承认他过的是好日子，钱少的人或没钱的人，也不一定感觉他过的就是坏日子。健康吗？好像，也不是。无痛无灾的人不一定觉得他过的是好日子，罹病残疾的人也不一定承认他过的就是坏日子。美丽和能力吗？似乎，更不像了。看看周围，有多少漂亮能干的男人女人，锁着眉苦着脸，抱怨着岁月的难熬啊……

说了若干的标准，都不是。那么，什么是好日子和坏日子的界限呢？

不知他人的答案若何，我猜，是爱吧。

有爱的日子，也许我们很穷，但每一分钱都能带给我们双倍的快乐。也许我们的身体不好了，每况愈下，但我们执着相爱的人的手，慢慢老去，旅途就不再孤独。也许我们是平凡和微渺的，但我们竭尽力量做着喜欢的事，心中便充溢温暖安宁。

这是什么呢？这就是好日子了。你的那块花格子布上，绽开了鲜花。

成千上万的丈夫

相信唯一，你就注定在茫茫人海东跌西撞寻寻觅觅。

有成千上万的男人，可能成为某个女人的好丈夫。

这句话，从一位做律师的女友嘴中，一字一顿地吐出时，坐在对面的我，几乎从椅子上滑到地上。

别那么大惊小怪的。这话也可以反过来对男人说，有成千上万的女人，可以成为你们的好妻子。你知道我不是指人尽可夫的意思。教养和职业，都使我不会说出这类傻话。我是针对文学家常常在作品中鼓吹的那种“唯一”，才这样标新立异。女友侃侃而谈。

没有唯一。唯一是骗人的。你往周围看看，什么是唯一？太阳吗？宇宙有无数个太阳，比它大的，比它亮的，数不胜数。钻石吗？也许有一天我们会飞到一颗钻石组成的星球，连旱冰场都是钻石铺的。那种清澈透明的石块，原子结构很简单，更容易复制了。指纹吗？指纹也有相同的，虽说从理论上讲，几十亿上百亿人当中，才有这种可能性。好在我们找丈夫不是找罪犯，不必如此精确。世上的很多事情，过度精确，必然有害。伴侣基本是一个模糊的数学问题，该马虎的时候一定要马虎。

有一句名言很害人，叫作：每一片绿叶都不相同。我相信在科学家的电子显微镜下，叶子间会有大区别，楚河汉界。但在一般人眼中，它们的确很相似。非要把基本相同的事物，看得大不相同，是神经过敏故弄玄虚。在森林里，如果戴上显微镜，去看高大的乔木，除了满眼惨绿，头晕目眩，无法掌握树林的全貌。只得无功而返，也许还会迷失方向，连回家的路都找不到了。

婚姻是一般人的普通问题，不要人为地把它搞复杂。合适做你丈夫的人，绝非前无古人后无来者的异数。就像我们是早已存在的普通女人，那些普通的男人，也已安稳地在地球上生活很多年了。我们不单单是一个人，更是一种类型，就像喜欢吃饺子的人，多半也热爱包子和馅饼。科学早就证明，洋葱和胡萝卜脾气相投，一定会成为好朋友。大豆和蓖麻天生和平共处。玫瑰花和百合种在一处，彼此都花朵繁茂，枝叶青翠。但甘蓝和芹菜相克，彼此势不两立。丁香和水仙花，更是水火不相容。郁金香干脆会置勿忘草于死地……如果你是玫瑰，只要清醒地坚定地寻找到百合种属中的一朵，你就基本获得了幸福。

当然了，某一类人的绝对数目虽然不少，但地球很大，人又都在走来走去，我们能否在特定的时间，遭遇到特定的适宜伴侣，也并不是太乐观的事。

相信唯一，你就注定在茫茫人海东跌西撞寻寻觅觅，如同一叶扁舟想捕获一匹不知潜在何处的鳟鱼，等待你的是无数焦渴的黎明和失眠的月夜。

抱着拥有唯一的愿望不放，常常使女人生出组装男友和丈夫的念头。相貌是非常重要的筹码，自然列在前茅。再加上这一个学历高，那一个家庭好，另一个脾气优雅，还一个事业有成……女人恨不能将男人分解，剁下各自最优异的部分，由女人的纤纤素手用以上零件，黏合成一个美轮美奂的新男人，该是多么美妙！

只可惜宇宙浩渺，到哪里寻找这样的胶水！

这种表面美好的幻想核心，是一团虚妄的灰雾在作祟。婚姻中自然天成的唯一佳侣，几乎是不存在的。许多婚礼上，我们以为天造地设的婚姻，夭折得如同闪电。真正的金婚银婚，多是历久弥新的磨合与默契。

女人不要把一生的幸福，寄托在婚前对男性千锤百炼的挑拣中，以为选择就是一切。对了就万事大吉，错了就一败涂地。选择只是一次决定的机会，当然对了比错了好。但正确的选择只是良好的开端，即使航向对头，我们依然还会遭遇风暴。淡水没了，船橹漂走，风帆折了……种种危难如同暗礁，潜伏航道，随时可能颠覆小船。选择错了，不过是输了第一局。开局不利，当然令人懊恼，然而赛季还长，你可整装待发，蓄芳来年。只要赢得最终的胜利，终是好棋手。

在我们人生旅途中，不得不常常进入出售败绩的商场。那里不由分说地把用华丽外衣包装的痛苦，强售给我们。这沉重惨痛的包袱，使人沮丧。于是出了店门，很多人动用遗忘之手，以最快速度把痛苦丢弃了。这是情绪的自我保护，无可厚非。但很可惜，买椟还珠，得不偿失。付出的是生命的金币，收获的只是垃圾。如果我们能够忍受住心灵的煎熬，细致地打开一层层包装，就会在痛苦的核心里，找到失败随机赠送的珍贵礼品——千金难买的经验和感悟。

如果执着地相信唯一，在苦苦寻找之后一无所获，或是得而复失，懊恼不已，你就拿到了一本储蓄痛苦的零存整取存单，随时都有些进账可以添到收入一栏里记载了。当它积攒到一笔相当大的数目，在某个枯寂的晚上，一股脑挤提出来，或许可以置你于死地。

即使选择非常幸运地与“唯一”靠得很近，也不可放任自流。“唯一”不是终身的平安保险单，而是需要养护需要滋润需要施肥需要精心呵护的鲜活生物。没有比婚姻这种小动物，更需要营养和清洁的维生素的了。就像没有永远的敌人一样，也没有永远的爱人。爱人每一天都随新的太阳一同升起。越是情调丰富的爱情，越是易馊，好比鲜美的肉汤如果不天天烧开，便很快滋生杂菌以至腐败。

不要相信唯一。世上没有唯一的行当，只要勤劳敬业，有千千万万的职业适宜我们经营。世上没有唯一的恩人，只要善待他人，就有温暖的手在危难时接应。世上没有唯一的机遇，只要做好准备，希望就会顽强地闪光。世上没有唯一能成为你的妻子或丈夫的人，只要有自知之明，找到相宜你的类型，天长日久真诚相爱，就会体验相伴的幸福。

女友讲完了，沉思袅袅地笼罩着我们。我说，你的很多话让我茅塞顿开。但是……

但是……什么呢？直说好了。女友是个爽快人。

我说，是否因工作和爱人都不是你的唯一，所以才这般决绝？不管你怎样说，我依然相信世界上存在着“唯一”这种概率。如同玉石，并不能因为我们自己不曾拥有，就否认它的宝贵。

女友笑了，说，一种概率若是稀少到近乎零的地步，我们何必苦苦抓住不放？世上有多少婚姻的苦难，是因追求缥缈的“唯一”而发生啊！对我们普通的男人和女人来说，抵制唯一，也许是通往快乐的小径。

关于爱的奇谈怪论

爱是一种需要不断修炼和提高的艺术。

爱是人们常常谈论的话题，因为在空气、水分、食物和安全之后，就是我们的爱了。比如安全这个问题，表面上看来是对环境的要求，其实是一种爱的深化，我们只有在爱中，才感觉自己是有价值，是值得爱护保护珍惜和发展的。一个丧失了安全感的人，是无法从容爱自己和爱世界的。比如人际关系，更是爱的浓缩和放大。难以设想，一个不爱他人的人，会有广泛的朋友和良好的社会关系。当然，他的身旁可能会聚集着一些人，但那不是心灵的需要，只是利益的驱使。谈到自我实现，更是爱的高级阶段。因为你的爱，超越了一己的范畴，才扩展到更广阔的人和事物。在这种升腾与弥散的过程中，爱变成一种柔和的光芒，从一个核心的晶体稳定地散发着，把温暖和明亮，播扬到远方。

但是，当人们议论起爱的时候，却有着许多混淆和迷乱的地方。爱成了一个花脸，大家都随心所欲地涂抹着它的面孔，把自制的油彩敷在它的嘴角和眉梢。爱于是变得面目诡谲和莫测起来。有几个流传很广的说法，我想提出讨论。

其一，爱和年龄有关吗？

这是人们通常不付诸书面，但却彼此心照不宣的概念。具体意思是——只有年轻人才享有充沛富饶的爱意，它的浓度随着年龄的增长而逐步递减，从高耸的爱的山峰萎缩至贫瘠的爱的荒原。由于这一假设的存在，年轻人因此而沾沾自喜，觉得自己仿佛享有一个爱的太平洋，可以不加计算地挥霍爱意。上了年龄的人则很气馁，当谈到爱的时候，很有一些王顾左右而言他的窘迫。爱的门扉已经像一间到了下班时间的商场，缓缓关闭。店员们带着疲惫的笑容在重复着“谢谢光临”，你也花光了所有的积蓄，即使别人不翻白眼，自己也无颜再耽搁，只有缩起脖子夹着尾巴却步抽身，才是明智之举。

有一种影响约定俗成，那就是——爱，似乎是年轻人的专利，或者只有他们才有深入探讨的必要。当人们说到中年或老年人的爱意时，会扭扭捏捏地觉得那是一种爱的残次品，不那么正宗，不那么地道。比如在形容青年以上年纪人的爱情的时候，基本不会用火热这个词，而只以温馨代替。毋庸置疑，温馨比火热的温度，要差着好几个数量级呢。

在人们约定俗成的看法中，爱是有年龄限制的。它大量地存在于生命旺盛的青少年，而较少地分泌于生命渐趋平稳和衰落的成熟期和晚期。

这岂止是谬误的，首先是奇怪的。它把爱这种密切属于人类的高等和神圣的感情，简化到相当于睾丸素、黄体酮之类内在的荷尔蒙分泌物和诸如皱纹和胡须这种简单的外在指标了。

这必然首先牵涉到爱是一种生理现象还是一种精神现象？

持年轻人拥有最多的爱意的看法的人，其实是把爱定位在激素特别是性激素的产量上了。如果这样来看，年轻人是一定会把老年人打败的。但不幸或者是有幸的是，爱是一种精神的状态，是一种需要不断修炼和提高的艺术，是一种积累经验审视自我的完善过程。因此，爱是和年龄无关的。

证据就是，爱可以在年轻人那里发生，也可以在老年人那里发生。从有人类以来的无数故事和历史可以证明，爱不是年龄的产品，它是心灵的能力。

其二，爱和对象有关。

中国有一句俗语，现在被人用得越来越多了，那就是——遇人不淑。原来是女人专用的，如今也常常听到被抛弃和被耍弄的男人长吁短叹此词。爱错了人的惨剧，古往今来，总是屡屡发生。人们在唏嘘之余，总是悲叹那薄命女子痴情汉，怎么不把眼睛拭亮，偏偏遇到了不该爱不能爱的人，糊里糊涂地就爱上了，且爱得水深火热！

于是顺理成章地归纳出：在此情此景中，爱是没有过错的，错的是那爱的对象，不能承接爱，不能感悟爱，不配得到爱……总之一句话——所爱非人。不是有一首很有名的歌吗，叫作《爱上一个不该爱的人》……

这就很有一点讨论的必要了。

爱在这种悲剧中，似乎是孤立的一盆水，可以从楼台上闭着眼睛，泼到任何一个人的头上，凭的是冥冥之中的概率。和那个施爱者是没有关系的。甚至有一种可怕的论调，爱是盲目的，爱是碰运气，爱是不可知不可测定的，爱是没有规律的……

爱在这里蒙上了宿命和诡谲的色彩，被妖魔化了之后，躲在命运的山洞里，伺机以画皮的模样谋害我们。

这样以少数人的愚蠢所导致的失利，来嫁祸于爱的清白之躯，是不公平和不正派的。

爱是一个正常心智的明媚选择，它积聚了一个人的精神能量和所有的素养智慧，是综合力量的体现。它首先表现在施爱者是有力量和有眼光的。如果你根本没有爱的能力，好比压根就不会游泳，你误入爱的海洋，你被淹得两眼翻白，甚至有生命危险，但这不是海水的过错，这是因为你对自己技艺判断的失误。这是你的责任，怎么能迁怒于一望无际波澜壮阔的大海呢？人们对于自然界是如此的宽宏大量和易于理解，为什么就对与我们休戚与共的爱，如此苛求相逼呢？这后面是否掩藏着我们人类对自己的宽纵和对无言情感的肆意欺凌呢？

你爱错了，责任在你。不但说明你的眼睛不亮，视力散光，聚焦不准，而且说明你根本就不懂什么是爱。灾祸发生之后，搞清楚责任，是一件很痛苦和扫兴的事情，特别是在枝蔓生长到一败涂地的时候，挖掘出最初那悲惨的种子，原来竟是自己亲手播种的，当灾异显出狞恶之相时，自己非但没有亡羊补牢斩草除根，反倒以血饲虎姑息养奸以致贻害无穷……需要极大的勇气和力量审判自己。甚至可以武断地说，由于这类悲剧事件的主人公，原本就对爱的理解，颇为肤浅偏颇，当他们气定神闲的时候，你都不能指望他们的明智与清醒。在危机翻江倒海而来的时候，期待他们能有很好的自省力度，几近奢望。同时，我也深信，不幸的现场，如果善加发掘，是一堂虽然付出高昂学费，但也会物有所值的宝贵课堂。有时，幸福这个老师，和颜悦色地教授给你的学问，绝对逊色于灾难声色俱厉的鞭挞。可惜的是，浑身伤痕的爱的败阵者，怨天尤人地呓语着，骂遍了天下人，单单饶过了自己。所以，我很想煞风景地提醒一下善良的人们，对在爱的战役中的败将，如果他或她没有对自身的反思和批判，如果在交了一笔昂贵的爱的学费之后，学会的只是指责怨恨，那么，无论他或她显出多么楚楚可怜的模样，你可以帮助以金钱，却勿倾泻情感。他们不懂真爱，还需努力学习。

搞清爱的最主要方面，不是在于爱的对象，而在于爱的主体，是沉冷峻严的判断。当你在人世间承受着种种知识的积累的时刻，你还需不断地历练对于爱的思索和实践。你要善于总结经验。如果不把主要的光圈聚焦在自己的爱的基准上，只是在大千世界的林林总总中发泄怨气、推卸责任，你就不但受到了来自他人的情感重创，而且还丢失了以后避开类似伤害的亡羊补牢的篱笆。

有很多人以为，只要成功地找到了一个可爱的人，爱就如霍乱病菌一般，自动地以几何数量级地滋生起来，剩下的事，就是不断地收获爱的果实了。爱主要是一个寻找的过程。找对了，就一好百好，找错了，就一了百了。是一件虎头蛇尾的事，成败仅仅维系在开端部分。

于是，找到那爱的对象就成了千钧一发生死未卜的事情。此事一完成，就马放南山，刀枪入库，只剩等着岁月这个发牌员，验证我们当初押下的签了。

爱是一时一事还是一生一世？

爱是一锤定音还是守护白头？

爱是一失足成千古恨还是勤勉呵护日积月累？

爱是变数还是常数？爱是概率还是守恒？

……

你的爱情等待你的看法。你的爱情验证你的看法。你能够有什么样的爱情观，你就有什么样的爱情。你的观念就是你的命运。

原谅我说得这般决绝甚至带有一点霸道。因为它实在太简单了。引发悲惨结局的肇事者，常常不是对复杂事物的判断，而是对常识的藐视和忽略。

爱情没有快译通

该说的你还得说出来，沉默不是金，是土是空气。

我和朋友做过一个游戏，很有趣。

你说你也想做，好啊，我希望大家都有机会参与，别看我们都已是成人，其实每个人心底都埋着一颗喜爱玩耍的种子。我先来讲一讲规则，所有的游戏都是有规则的，要想玩得好，就得守纪律，要不就乱了套了。

那规则就是——找一张白纸，写上你的一个常常出现的情绪，比如说——愤怒、怀念、孤独、忧郁等等。哦，看到这里，你可能要说，都是让人懊丧的情绪啊，正面的可不可以写呢？当然可以啦，比方高兴、喜悦、慈爱、关切等等，都行。

好了，现在你已写好了自己的想法。把那张藏着你的秘密的纸条对折，然后让它安安稳稳地平躺在桌上，一副大智若愚的模样，暂时谁也不让看。

此刻它就像一个沉睡的蚕宝宝，一动不动地眠着，只有到了揭开谜底的时分，才带着长长的思绪，飞出美丽的白蛾。

然后你找一个人，最好是对你比较了解，你把他当作知心朋友的人。你对他或她说，此刻，我正被一种情绪缠绕着，满心念的都是它。现在，你猜猜看，那是一种什么思绪？

他或她定会说，我又不是你肚子里的虫，怎么会知道？

你说，别急啊，我会给你线索，这就是我的表情。平日当我被这种情绪笼罩的时候，我就做出这副模样，你猜猜看。

说完以上的话以后，你就坐到他对面（为了叙述方便，我就不论男女，都用“他”字了），最好找一个光线明媚的地方，让你的一颦一笑，都让他尽收眼底。好啦，现在你心里默念着刚才写在纸上的字，脸上做出你沉浸在这种思绪中时对应的表情，也可以辅以身体的语言。比如，你平日愁苦的时候，蛾眉紧锁，杏眼低垂，再加上托着腮帮子，耷拉着头……总之，不要刻意表演，越自然，越像生活中真实的你越好。

你保持如此的表情和姿势一分钟后，就可以恢复常态了。然后让你的朋友说出，刚才你在想什么。

他或许会沉默，会思索，会疑惑……注意啊，你一定要有足够的耐心，并且有克制力，不可提示，不可启发，不可诱导。否则咱们就前功尽弃啦。

依我和朋友玩过多次的经验，此时绝大多数的人会沉思良久，好像他们面对的不是一个朝夕相处耳濡目染的大活人，而是恐龙什么的，然后久久不吭声。最后在大家都等得不耐烦的时候，才迟迟疑疑地吐出一个词，比如“苦闷……孤单……”，然后忙不迭地打开桌上的纸条。一看之下，半晌不语，那答案和猜测往往风马牛不相及。

比如一个美丽的女孩子，做出眺望远方的模样。她的男友猜测——你是在想家！想父母！她呸了一声说，糊涂虫，我是在想你！男友说，我不就在你身边吗？当你出现这种神态的时候，我总是吓得屏气息声，不敢打破沉默。我不知道自己哪点没有做好，惹得你不满意，你才如此凄楚地思念他人……女孩子说，你怎么会这么笨呢？你既然爱我，就该懂得我的心。男孩子说，爱，只能解决一部分的问题，并不能解决所有的问题。该说的你还得说出来，沉默不是金，是土是空气。女孩子说，我像革命先烈一样，我就是不说，我非要你猜。猜得出来我就嫁你，猜不出来，我就离开你……男孩子就愁眉苦脸地说，如果今后的几十年，天天都在灯谜和哑语中生活，累不累啊？！

另一个男子眼睛特别大。他做出第一个表情时，看着那铜铃一般圆睁的双眸，大家异口同声地说，噢，你在愤怒！

他一脸失望地说，才不是呢。好了，这个不算，我再做一次，他做出的第二个表情，又是如法炮制，瞪起双眼。大家稍微犹豫了一下，还是口径一致地说，你在发火！

他不甘心，又来了第三次。这一次的结果就更令人惆怅了。大家没精打采地说，你换个新内容让我们也好抖擞精神，干吗又做出打架的样子？！

男子汉后来沮丧地告知我们：他的纸条上，第一次写下的是“幸福”，第二次写下的是“喜爱”，第三次写下的是——“慈祥”！

你肯定要说，差得这般十万八千里，我才不信呢！你一定是没选好对象，或者是围观的人太弱智，才如此指鹿为马。

我一点也不生气你的这种指责，我很希望你能亲自试一试。找自己最亲爱的人，最好。假如能百发百中地猜对，那真是人间少有的幸福伴侣。

我耐心地等待着你的试验……怎么样，做完了吧？你不仅仅做了一次，而是做了许多次。桌上的纸条叠起又打开，打开又写下，好像一只只归巢后又驱赶而出的信鸽。你很希望能打破我的预言。但你做完后，为什么长久地沉默不语，还透出淡淡的忧伤？你的手指把纸条扯成一缕缕，任它飘荡，好似破碎的思绪。

是的，真正的现实就是这般冷静而无商榷。最厚重的隔膜，就在咫尺之遥。在你以为肌肤相亲的帷幔当中，横亘着无法穿越的海峡。

科学技术是越来越发达了，但迄今没有一种仪器，可以测量出人类情感的进行状态，可以预计出人的情绪指数。当我们能够探知遥远星球的一次轻微地震的时候，我们不知道自己的同床伴侣，是否辗转反侧。爱情没有快译通，心灵的交流如此细腻朦胧。当我们以为自己洞察他人心扉的时候，其实往往隔靴搔痒南辕北辙。

不要怨天尤人，不要动不动就上纲到爱与不爱。爱不是万能钥匙，爱不能在每一个瞬间都摧枯拉朽。爱无法破译人间所有的符码，爱纵是金属，也会有局限和疲劳。增进了解可以加固爱，误会错怪可以动摇爱，这是我们每个人都曾有过的体验。

隔膜往往是双层的。当我们无法正确地表达的时候，我们首先就失却了被人悟知的前提。所以，训练我们明快简捷准确平和的表达能力，是人生的重要课题。不要以为说出自己的心思是一件很简单的事情，在很多的时候，我们先是不敢说，再者是不肯说，然后是不屑说，最后就成了不会说。尤其是当我们软弱的时候，我们没有勇气说。当我们悲哀的时候，我们被文化的传统训导为不可说，说了就显懦弱，说了就是渺小。当我们痛苦的时候，我们以为不当说，说了就遭人耻笑。当我们孤独的时候，我们想不起说。

其实，一个人的坚强与否，不在于他是否说出自己的苦难，而在于他如何战胜自己的苦难。说的本身，也是一种描述和正视，当我们能够直视那些令人痛楚的症结的时候，力量也随之产生了。

既不夸大也不缩小，既不言过其实也不矫饰虚掩，直面惨淡的人生，逼视淋漓的鲜血，该是人生勇敢和智慧的境界。

其次，我们要会听。有人说，听谁还不会啊，是个人都带着自己的耳朵，想不听还办不到呢！

了解和交流，在于两颗心的同一律动，在于你深深地明了对方向你描述的那一切。从这个意义上说来，会听，也许是人生另一番需要修炼的深远功夫。坦诚说出自己的感受，即便艰难，好歹还有自我的内心世界可以参照，只需勇气和描述的技术，基本就可完成。但听的功力，除了有一双好耳朵，还需有一颗擦拭干净不畸形不变异的心。如果自己的心是哈哈镜，把人家的话听得变了形，那责任就不在说者，而在听者。

会听的心，要有大的空间，除了容纳自身，还能接纳他人。会听的心，要有对人的真诚，因为听的那一刻，你将把心灵至尊的位置，让给你的朋友。会听的心，是柔软和温暖的，让人感到很温馨。会听的心，是坚强的，因为它有自己顽强的意志，不会在袭来的痛苦之中摇摆淹没……

有一个可以救命的外科手术，叫作心脏搭桥，说的是在堵塞了血管的心脏上，再造一条新的流畅的脉络，让新鲜的充足的血液，流入衰弱的心脏。我很喜欢这个手术的名称，借来一用。我们除了在自己的心脏上搭桥，也需在不同的心脏之间搭桥，以传达我们彼此之间的感觉和友谊。

非血之爱

爱没有血缘关系的人，是一种需要，一种渴望，一种智慧。

爱，有无数种分类法。我以为最简明的是——以血为界。

一种是血缘之爱，比如母亲之爱亲子，儿子之爱父亲，扩展至子孙爱姥姥姥爷爷爷奶奶，亲属爱表兄表弟堂姐堂妹……甚至爱先人爱祖宗，都属于这个范畴。

还有一种爱在血外，姑且称为——非血之爱。比如爱朋友，爱长官，爱下属，爱动物……最典型的是爱自己的配偶。

血缘之爱是无法选择的，你可以不爱，却不可能把某个成员从这条红链中剜除。一脉血缘在你诞生之前许久，已经苍老地盘绕在那里，贯穿悠悠岁月。血缘之爱既至高无上又无与伦比的沉重，也充满天然的机缘和命定的随意。它的基础十分简单，一种名叫基因的小密码，按照数学的规律递减着，稀释着，组合着，叠加着，遂成为世界上最神圣最博大的爱的基石。

非血之爱则要奇诡神秘得多。你我原本河海隔绝，天各一方，在某一个瞬间，突然结成一体，从此生死相依，难道不是人世间最司空见惯又最不可思议的偶然吗？无数神鬼莫测的巧合混杂其中，爱与恨泥沙俱下无以澄清。激情在其中孕育，伟大与卑微交织错落。精神与人格，在血之外的湖泊中遨游，搅起滔天雪浪，演出无数悲欢离合的故事……爱恋的光谱，比最复杂的银河外星系轨道，还难以预计。

血缘之爱使我们感知人间最初的温暖与光明，督我们成长，教我们成人。它是孤独人生与大千世界的脐带，攀缘着它，我们一步步长大，最终挣脱它的羁绊，投入血外之爱。然后我们又回归，开始血缘之爱新的轮回。

血缘之爱是水天一色的淳厚绵长，非血之爱更多是一见钟情的碰撞和百转千回的激荡。

血缘之爱有红色缆绳指引，有惊无险，经历误会顿挫，多能化险为夷，曲径通幽。非血之爱全凭暗中摸索，更需心灵与胆魄烛照，在苍莽荒原中，辟出人生携手共进的小径。非血的爱，使每个人思考与成长，比之循规蹈矩的血缘，更考验一个人心智。

爱一个和你有血缘关系的人，是一种本能，一种幸福，一种责任，一种对天地造化的缠绵呼应。

爱一个和你没有血缘关系的人，是一种需要，一种渴望，一种智慧，一种对美与永恒的无倦追索。

我们一生，屡屡在血与非血的爱中沐浴，因此而成长。

购买一个希望

要有一颗生长希望的心。

那年在国外，看到一个穷苦老人在购买彩票。他走到彩票售卖点，还未来得及说话，工作人员就手脚麻利地在电脑上为他选出了一组数字，然后把凭证交给他。他好像无家可归，没有什么固定的目标要赶赴，买完彩票，就在一旁呆呆站着。我正好空闲，便和他聊起来。

我问，你为什么不亲自选一组数字呢？

他说，是我自己选的。我总在这里买彩票。工作人员知道我要哪一组数字。只要看到我走近，就会为我敲出来。

我说，那你每次选的数字都是一样的喽？

他说，是的。是一样的。我已经以同样的数字买了整整40年彩票。每周一次，购买一个希望。

我心中快速计算着，一年就算52周，四五二十，二五一十……然后再乘以每注彩票的花费……天！我问道，你中过吗？

他突然变得忸怩起来，喃喃说，没中过。有一次，大奖和我选的数字只差一个。

我说，那以后，你还选这组数字吗？

他很坚定地说，选。

我说，我是个外行，说错了你别见怪。依我猜，以后重新出现这组数字的概率是极低的，更别说还得有一个数字改成符合你的要求。

他说，你说得对，是这样的。

我就愣了。他衣衫褴褛面容憔悴。买彩票的钱虽然不多，但周复一周地买着，粒米成箩，也积成了不算太小的数目。用这些钱，为什么不给自己买一身蔽寒的衣服，吃一顿饱饭呢？再说，固执地重复同一组数字，绝不更改，实在也非明智之举。

我不忍伤他心，又不知说什么好，只有久久地沉默了。过了一会儿，他主动开口说，你一定很想知道那是一组什么样的数字吧？

我点头说，是啊。

他有些害羞地说，那是我初恋女友的生辰数字。每周我下注的时候，都会想起她，心中就暖和起来。

我说，那到了开奖的时候，你知道自己没中，会不会心中寒冷？

他笑了，牙齿在霓虹灯下像糖衣药片一样变幻着色彩。他说，不会。我马上又买新的一轮彩票，希望就又长出来了。我很穷，属于穷人的希望是很有限的。用这么少的钱，就能买到一个礼拜的快乐，这种机会，在这个世界上，实在是不多。更不用说，那个数字还寄托着我的回忆。如果我选的这组数字中大奖，她一定会注意到的，因为那是她的生辰啊。紧接着她会好奇是谁得了这份奖金，于是就能看到我的名字。她立刻就明白我这一辈子没有忘记她，而且我有了这么多的钱，她也许会来找我……

老人说完，就转过身，缓缓地走了。

后来，我把这个真实的故事讲给很多人听。每个人听完后都会长久地沉默。然后说，真盼望他中奖啊！

爱的喜马拉雅

爱对死亡的威胁，是一种不可逾越的永恒。

有一句流传广远的话，广泛地见于对英模楷范的宣扬中，那就是——他心中装着全体人民，唯独没有他自己。

反复灌输之下，就形成了一条关于爱的约定俗成。你爱众人吗，那你就肯定不爱你自己。你爱自己吗，那你就不可能爱更多的人。爱自己和爱他人是南辕北辙的。这句话的核心内容是——爱自己与爱他人不能共存。

按照这种说法，爱是一种不可分割的脆弱之物。它是整体的，又是非此即彼的。它不是红的，就是白的，绝不可能是粉红的。如果可以分而治之的，就不是爱了，只是一块烤煳的蛋糕。爱是排他的，而在这架跷跷板的两端，坐着我们自己的屁股和整个人民的利益。

这就使得爱变得残酷和狭隘起来。要一个人不爱自己，是不合生理和正常规律的。如果我们不爱自己，感觉冷了，不去加衣服，感觉饿了，不吃东西……那样我们连自己最基本的生存，都发生了不可照料的恐慌，我们如何还有余力爱他人，爱世界？

把个人的利益和整体的利益分裂对立起来，是一种人为的敌意。

顺序颠倒，情理不合。我们从自身的愉悦，自身的宝贵，感受到了世界的可爱和他人的价值。在使自己美好的同时，我们使整个世界由于我的存在，而多了一只飞舞闪亮的萤火虫。虽然微小，不乏光明和美丽。

爱是那样一种复杂和需要反复咀嚼和提炼的感觉。没有哪个词，可以成功地复制和转移我们对于爱的表达。爱是可以融解那么多情感的特殊液体，爱又是单纯简约精粹到任何语言的描述，都显索然和赘疣。

爱是人类所有发明中伟大和莫测的最初和收尾的精品，爱是永远不会有过剩危机的精神享用。

爱从自己开始，爱又绝不仅仅是局限于自己。爱最后还是要降落在自己脑海的机场上，爱从我们内心的光源，辐射到辽远的宇宙。爱能比我们的双脚走得更快更稳，爱能比我们的目光看得更深更远，爱能比我们的语言更美更多，爱能比我们的判断更直接更明晰……爱是这样的一座宝库，当你把信任存入它的柜台，它就把世上最美妙神奇的精神财富，源源不断地偿付给你。

也许有人会说，那古往今来的先烈和志士们，为了他人的利益，不惜牺牲了自己的性命，那又是在爱谁呢?

这的确曾是幼小的我百思不解的问题。每当我的思绪碰到这个隔离礅的时候，就不由自主地刹车了。但我终于在一个明朗的早上，突然开朗。先贤们依旧是爱自己的，而且爱得非同寻常，爱得摧枯拉朽。他们不惜以自己有形的生命，去殉了无形的理想。他们热爱自己的信仰，胜过爱自己的四肢百骸。他们是爱的喜马拉雅。正是由于他们的存在，更加证明了爱自己，会使人滋生出怎样不可战胜的力量和勇气。表达了爱对死亡的威胁，是一种不可逾越的永恒。那是爱的珠穆朗玛啊！在那寒冷苍莽的顶峰，爱就显现出圣洁和孤独的雪光。因为一般人的不可企及，就把它神化以至想当然地——对不起，我说的可能有点冒犯，因为我们未能以生死相抵——我们把先贤的献身简化了。我们以为他们不曾想到自己，实际上他们把自己的意志和选择，看得高于和重于人仅有一次的生命。他们是超拔和孤独的巨臂。

清醒地果敢地把生命投入某项事业当中的人，具备大智大勇大爱，值得人类瞻仰和崇敬。如果你未能体察这一点，且慢擅论信仰，犹如夏虫不可语冰。

还有一种略带神秘色彩的悖论，即爱是纯粹理论的冥想，或曰爱是纯技巧的堆积。

看起来水火不相容，其实是一个问题的两极。

很多人以为爱是虚无缥缈的感情，以为爱在我们的日常生活中，发生的频率十分稀少。以为只有空虚的细腻的多愁善感的人，才会在淋漓秋雨的晚上和薄雾袅袅的清晨，品着茶吹着箫，玩味什么是爱。以为爱的降临必有异兆，在山水秀美之地或是风花雪月之时，锅碗瓢盆刀枪剑戟必定与爱不相关。

还有很多人以为自己不会爱，是缺乏技巧。以为爱是如烹调书和美容术一样，可以列出甲乙丙丁分类传授的手艺，以为只要记住在某种场合，施爱的程序和技巧，比如何时献花何时牵手，自己在爱的修行上，就会有一个本质性的转变和决定性的提高。风行的各类男人女人少男少女的杂志上，不时地刊登各种爱的小窍门小把戏，以供相信这一理论的读者牛刀小试。至于尝试的结果，从未见过正式的统计资料，也无人控告这些经验的传授者有欺诈倾向。想来读者多是善意和宽容的，试了不灵，不怪方子，只怪自家不够勤勉。所以，各种秘方层出不穷，成为诸如此类刊物长盛不衰的不二法门。这也从另一个侧面说明，多少人求爱无门，再接再厉屡败屡试。

爱有没有方法呢？我想，肯定是有的。爱的方法重要不重要呢？我想，一定是重要的。但在爱当中，最重要的不是方法，而是你对于爱的理解和观念。

你郑重地爱，严肃地爱，欢快地爱，思索地爱，轻松地爱，真诚地爱，朴素地爱，永恒地爱，忠诚地爱，坚定地爱，勇敢地爱，机智地爱，沉稳地爱……你就会派生出无数爱的能力，爱的法宝，爱的方法，爱的经验。

爱是一棵大树。方法，是附着在枝干上的蓓蕾。

某年春节，我到江南去看梅花。走了很远的路，爬了许久的山，看到了无边无际的梅树。只是，没有梅花。

天气比往年要冷一些，在通常梅花怒放的日子，枝上只有饱胀的花骨朵。怎么办呢？只有打道回府了。主人看我失望的样子，突然说，我有一个办法，可以让梅花瞬时开放。

我说，真的吗？你是谁？武则天吗？就算你真的是，如果梅花也学了牡丹，宁死不开你又怎样呢？

主人笑笑说，用了我这办法，梅花是不能抵挡的。你就等着看它开放吧！

她说着，从枝上折了几朵各色蓓蕾（那时还没有现在这般的环保意识，摘花——罪过），放在手心，用热气暖着哈着，轻轻地揉搓……

奇迹真的在她的掌心，缓缓地出现了。每一朵蓓蕾，好似被魔掌点击，竟在严寒中，一瓣瓣地绽开，如同少女睡眼一般睁出了如丝的花蕊，舒展着身姿，在风中盛开了。

主人把花递到我手里，说好好欣赏吧。我边看边惊讶地说，如果有一只巨掌，从空中将这梅林整体温和揉搓，顷刻间就会有花海涌动了啊！

主人说，用这法子可以让花像真的一样开放，但是……

她的“但是”还没有讲完，我已知那后面的转折是什么了。就如此短暂的工夫，在我手中蓬开的花朵，就已经合拢熄灭，那绝美的花姿如电光石火一般，飘然逝去。

怎么谢得这么快？我大惊失色。

因为这些花没有了枝干。没有枝干的花，绝不长久。主人说。

回到正题吧。单纯的爱的技术，就如同那没有枝干的蓓蕾，也许可以在强行的热力和人为的抚弄下，开出细碎的小花，但它注定是短命和脆弱的。

我们珍视爱，是看重它的永恒和坚守。对于稍纵即逝的爱，我们只有叹息。

爱在什么时候，都会需要技术的。而且这些技术，会随着历史的进程，发展得更完善和周到。同时我们无论在任何时候，都更看重那技术之下的，深埋在雄厚土壤中的爱的须根。

如果你需要长久的致密的坚固的稳定的爱，你就播种吧。你就学习吧。你就磨炼吧。你就锲而不舍地坚持求索吧。爱必将降临在每一个真诚寻找它的眸子里。

一见钟情还是按图索骥

一见钟情的质量，不在开头，而在结尾。

我收到出版社寄来的一封厚厚的特快专递，签了名，撕开信封，才发现淡蓝色的特快专递信封里面，还藏着另外一封特快专递。

我先看的是出版社的信函。他们说：毕老师，这是一位读者的来信，写明了是转给您的，我们就没有打开，不知是何内容。我们虽然用的是最快的速度，辗转中恐怕也耽误了时间，请您原谅……

我常常收到读者来信，但用双重特快专递发来的信，实不多见。不知这封信里写的是什么，我很好奇。

以下是这封信的内容。

尊敬的毕老师：

我不知道这封信能不能到您手中。我在街上买过您的书，看了以后，觉得自己的故事比您书中所写到的所有故事都要精彩。我很想给您写一封信，可是我不知道您的地址，就算是知道了，我想，您可能常常收到很多读者来信，也许看也不看就送到纸篓里了（但愿我这是以小人之心，度君子之腹）。即便你有时会看看信，但我的信混杂其中，您很可能会忽略掉。我决心采取其他的方式让您读到我的信，这样我就写了一封信给您的那本书的责任编辑，很恳切地求她把我的信转给您。我相信当您看到这些文字的时候，我的信已经成功地转送到您手中了。

其实，我想问您的问题很简单，这就是——世界上到底有没有一见钟情这种东西呢？如果有，它是不是最美好的爱情？如果一个人得不到一见钟情，是不是人生就不够完美呢？比如灰姑娘和王子的爱情，肯定是一见钟情的，还有《西厢记》《牡丹亭》什么的，都是这种类型的，才成了千古绝唱。

好了，不说别人的事和古人外国人的事了，说我自己的事。

我是一个很美丽的女孩，可惜我不愿让您在大马路上把我认出来，否则的话，我应该把自己的照片寄一张给您，这样您就不会暗自笑我是自恋或是吹牛了。我的外形真的很不错，几乎称得上是“国色天香”了。其实，我也不懂这个词到底是什么意思，总之男人们常常这样形容我，在这里借用一下就是了。

我的自夸到此为止，言归正传。在18岁之前，我基本上是一个单纯的女孩，上了大学之后，才渐渐地变得复杂起来。我知道我的美丽是我的骄傲，上课的时候，连七八十岁的老教授也会多看我几眼，就更不用说那些年轻的讲师和男同学了。

能上大学的女孩很多，美丽的女孩也很多。但能上大学又美丽的女孩就不是太多了。现在不是到处都在讨论资源开发吗？坦率地说，我觉得自己就是一个很好的资源，要善待自己，把自己的资源充分地利用起来，我要把自己好好地嫁出去。好比一个抓到了一手好牌的人，我为什么不能大赢特赢呢？

我本来准备大学毕业以后，再慎重处理自己嫁人的问题，没想到猝不及防地就被丘比特的毒箭射中了。您一定要说，爱神之箭怎么能叫毒箭呢？因为它毒汁四溢，让我遍体鳞伤。

那天我到食堂打饭，很长的队，好不容易排到跟前了，不想我的饭卡突然找不到了，大师傅很不耐烦地催我，后面的同学熙熙攘攘一个劲地往前挤。正在尴尬万分的时候，一个很有磁性的声音，在我后脑的上方响起：你先拿我的饭卡买饭吧。我回头一看，一个高大英俊的男生正微笑地看着我，他的牙齿像米饭一样雪白。特别是他的整个身体，散发出一种独特的香气，真的，在饭厅数十种菜肴和煎炸烧烤之中，他的气味是那样芬芳清新。我一下子就被击中了，简直就像是被施了魔法，乖乖地拿了他的饭卡。

那天的中午饭，顺理成章是我们在一起吃的。因为我要还他的饭钱，所以我留下了他的住址。他是新来的研究生。我还记得那顿饭我们要的都是鱼香肉丝，那种甜滋滋的味道，我一辈子都不会忘记。

我们飞快地坠入了爱河。他对我说，很想租一间房子，和我住在一起。不然如果一天没有8个小时以上看到我抚摸到我，他什么课都听不进去。

我的计划被他的计划打破，我对自己说，为了他早日成才，也为了我的将来，就答应他吧。就这样，我们共筑了一间精致的爱巢，住了进去。

您一定不相信，我看起来是那种很时尚很前卫的女孩，其实骨子里是很保守的。我把自己的贞节一直保持到了我们住进小屋的那一刻。我以为他看到鲜红的血迹会很高兴，不料他皱了一下眉说，真没想到。我很奇怪，说你不高兴吗？

他说，不是不高兴，是觉得自己的责任太大了。那一刻，我突然萌生了不好的预感，觉得他是一个害怕负责的男人。

不过这种不祥的念头很快就消失了。我天天沉浸在芬芳的气味当中，非常幸福。我对他说，你知道自己有一种特别的气味吗？他很诚实地说，不知道。你可能是太喜欢我了，才生出幻觉。我当然不能承认幻觉这个说法，好像我的神经不正常了，我就请最好的朋友到我家来闻一闻。好友像猎狗一样地在我们的小巢里走来走去，最后她万分认真地对我说，除了男人的汗臭，并无其他味道。你以为你找到的是一头香獐或是麝香牛吗？你是情人眼里出西施，其实他和其他男人别无二致。

朋友走了，我也一笑了之。别人闻不到他的奇特，这最好了，要是人人都像我似的一见钟情，我的未来还不保险了呢！我们就这样幸福地过了109天，比《水浒》的108将还多一天，没想到那天晚上他吃完了我为他包的鸡肉馄饨之后，对我说，对不起，我不爱你了。我明天就会搬出这间房子。不过，请你放心，房租我已经交到月底了，你还可以安心住着，不必慌张。

我大吃一惊，说你怎么可以这样。他很震惊地说，我怎么就不可以这样？既然我们可以一见钟情，我也能和别人一见钟情。我爱上了另外一个女孩。我说你不要脸。他说，你不要出口伤人。我们本来就是同居，合则聚不合则散，你我都是自由人。我说，那你以前的山盟海誓呢？他说，你怎么可以相信那些！什么冬雷阵阵夏雨雪，现在全球大一统，咱们这里是夏天，南半球就是冬天，当然可以夏雨雪了。所以，没有不变的东西，要与时俱进嘛！

我真的很想像电影里那样，狠狠地抽他一个大嘴巴，但是极度的衰弱辖制了我，完全呆若木鸡，根本就抬不起臂膀，眼睁睁地看他收拾完了自己的东西，扬长而去。

我想问问您的就是：世界上有一见钟情这种东西吗？它是甘霖还是毒药？我相信一见钟情，可一见钟情的结果居然这样残酷。我以后还有能力爱一个人吗？它将是怎样的方式呢？

萧　箐

很多人以为自己的故事很独特，其实很多常常是每天都在世界各地重复上演的MTV。这样说的意思一点都不是小瞧了萧箐的痛苦。我们的痛苦并不是因为独特才引人注目，而是因为它来自我们最深的情感。无论起因多么平凡，都有可能引爆精神地层的断裂。

关于一见钟情，实在是一个古老的话题。如果把恋爱做一个最简单的分类——那就是一见钟情或是日久生情。

少男少女们期望一见钟情，那样更烂漫更突如其来更匪夷所思。文学家艺术家们也比较喜欢一见钟情，那样人物集中故事紧凑，冲突剧烈矛盾尖锐。比如一对男女谈了十年的恋爱才定下终身，这十年当中，男人没有出过一次差，女人没有生过一次病，双方的父母也都认为是天造地设，一齐投赞成票。你说这个爱情美满不美满呢？大家一定觉得很美满，可这个故事就没法写了，写了也没人看了。因为艺术的规律是“文似看山不喜平”，你得一波三折而不能一马平川。

青年人获取婚恋经验，一部分来自父母和周围的长辈，这本是一条很好的途径，可惜我们的传统中，要么是正襟危坐，把这些知识列为不登大雅之堂的隐秘，要么把民间地下的情色的渲染成了代用品，却少中肯的情爱指导。于是青少年关于爱情的学习，特别是女孩子，很多来自神话传说和言情故事。文学并不是生活的百科全书，很多时候它是写作者的一厢情愿。所以，关于一见钟情的描写充斥在爱情小说中，常常会使人误以为那是爱情的常态，甚至是唯一的状态。而实际上，一见钟情不过是爱情千姿百态中的一种。

爱情开始的时候，我们的体内发生了怎样的化学变化，这是科学家们至今尚未得出答案的悬疑。爱情可以从任何时间任何地方开始，也可以在任何地方的任何时间结束。你很难说哪一种方式最好，就像我们至今无法认定哪一种花草是地球上最美的生物。放眼人海，你更是可以看到以不同开端的爱情和婚姻，都有成功的金婚银婚和失败的塑料婚一次性筷子婚（这两个词是我发明的，表示短暂和垃圾之意。乱造词汇，请原谅）。比如父母之命媒妁之言的包办婚姻，那结局有跳井上吊的，也有白头偕老的。比如花前月下青梅竹马的情投意合，结局有红杏出墙也有风雨与共。

现在我们回到困扰主人公的关键问题上来。你相信世界上有没有一见钟情这种爱情方式呢？

我是又相信又不相信。为什么这样说呢？你要说没有吧，我曾亲耳听到若干青年男女描述他或她一见钟情时的感受。在某一特定的时刻，看到某一特定的异性怦然心动，异样感受像飓风一样袭来。心跳加速，口舌发紧，周围的空气不再被吸入肺里，而是变成了一种滚烫的喷香米酒，流溢在唇齿之间，让人心旌摇动，进入微醺的状态，眼睛好像吃多了深海鱼油一样闪闪发亮，嘴唇变得鲜红欲滴……

这种状态是确实存在的，有些人就此沉入爱的海洋不能自拔。其中有些人一生美满，有些人在结婚后再也找不到神奇的触电的感觉了，绚烂归于平淡之后，开始了冷战，甚至导致了家庭暴力，最后不得不黯然分手。

对于这个复杂的转折，心理学家给出了自己的解释。其实，世界上完全丧失前兆的一见钟情是没有的。人们对于自己伴侣的设计，有着奥妙的先入为主的轨迹。它不但存在于我们的理智当中，也潜伏在不曾察觉的潜意识当中。也许你从来没有在纸上列出过你对这个问题的标准答案，但这并不证明你是彻头彻尾的一张白纸，并不等于你对与什么样的人共度一生，完全没有过自己独特的思考和认真的设计。也许从父母的言传身教中，也许从邻里的街谈巷议中，也许从社会的规范评说中，也许从文学作品的潜移默化中……总之，纯粹的爱情白纸是没有的，在看似空无一物的卷宗里，有用铅笔虚线打下的草稿。在某个特定的时间，某一个特定的形象恰好嵌入了这个无形的标准之中，一见钟情就以迅雷不及掩耳之势把它变成了工笔重彩描绘的现实。所谓的一见钟情，不过是按图索骥。因为不知道萧箐的身世和家庭背景，这里就无法做更深的探索了。

还想谈谈嗅觉的意义。我是医生出身，对人的生理如何微妙地影响了人的心理很有感触。萧箐的故事里，嗅觉起了非常重要的作用，她是被气味所吸引，然后坠入了爱河。据科学家研究，主管嗅觉的脑细胞是十分古老的，动物们就是凭着独特的气味来分辨是否同类还是敌人，当然，也包括了择偶。在我们每个人的双眼之间、头骨内部与脑底结构中，生长着大约500万个以上的嗅觉细胞。这些细胞和脑部正中央的下丘脑紧密联系。而下丘脑控制着人的恐惧和悲欢等种种情感，当然了，它也支配着情欲。因此，味道有时在不知不觉中会强烈地扰动着我们关于爱情的判断。

爱情当然不仅仅是生理层面的变化，但当一见钟情这种非常类似化学反应的情况发生的时候，我们对此要有着更理智一些的了解和把握，这样对我们的幸福会更有帮助。

我有一个大胆的猜测，其实女人们涂抹香水，是为了减少一见钟情的机会，让自己和对方都有更多平稳的心态来用于选择。因为浓郁的香水遮盖了原本属于个人的气味，机器化大生产的千篇一律的香水让骚动沉静下来，就不会被某种特殊的体味撩动得忘情。

萧箐还提到了负责任和爱的能力方面，这些都是更重要的核心问题了。我们将在以后的篇幅里再做讨论。

常常爱惜

没有保护的爱惜，是一朵无蕊鲜花，可以艳丽，却断无果实。

拾起一穗遗落在秋天原野上的麦芒时，我们心中会涌起一种情感……

当水龙头正酝酿着滴落一颗椭圆形的水珠，一只手紧紧拧住闸门时，我们心中会涌起一种情感……

当凝望宝蓝的天空因为浓雾而浑浑噩噩时，我们心中会涌起一种情感……

当注视到一个正义的人无力捍卫自己的尊严，孤苦无助的时候，我们心中会涌起一种情感……

人类将这种痛而波动的感觉命名为——爱惜。

我们读这两个字的时候，通常要放低了声音，徐徐地从肺腑最柔软的孔腔吐出，怕惊碎了这薄而透明的温情。

爱惜的大前提，是爱。爱是人类一种最珍贵的体验，它发源于深刻的本能和绵绵的眷恋。爱先于任何其他情感，轻轻沁入婴儿小而玲珑的心灵。爱那给予生命的母亲，爱那清冷的空气和滑润的乳汁。爱温暖的太阳和柔和的抚爱，爱飞舞的光影和若隐若现的乐声……

爱惜的土壤是喜欢。当我们喜欢某种东西的时候，就期冀它的长久和广大，忧郁它的衰减和短暂。当我们对喜爱之物，怀有难以把握的忧虑时，吝啬是一个常会首选的对策。我们会俭省珍贵的资源，我们会珍爱不可重复的时光，我们会制造机会以期重享愉悦，我们会细水长流反复咀嚼快乐。

于是，惜就在不知不觉中发生了。

当我们爱惜的时候，保护的勇气和奋斗的果敢也同时滋生。真爱，需用生命护卫。真爱，就会义无反顾。没有保护的爱惜，是一朵无蕊鲜花，可以艳丽，却断无果实。没有爱惜的保护，是粗粝和逼人的威迫，是强权而不是心心相印。

爱惜常常发生。在我们不经意的时候，打湿眼帘。

爱惜好比一只竹篮。随着人类的进步，它越编越大了。盛着人自身，盛着绿色，盛着地球上所有的物种，盛着天空和海洋。

飘扬的长发与人生的幸福

先认清你是什么样的人，才好去寻找一个和你相宜的人。

接到一封读者来信，是一个名牌大学的男生写来的。他说恋爱过程连战累挫，女友抛弃了他，他很痛苦，简直丧失了活下去的勇气。他问我拯救自己的方式是否是马上进入下一场恋爱。以前的每一位女友都有飘逸的长发，都是一见钟情。他说，我还要找一头长发的女孩，还要一见钟情。

通常的读者来信，我是不回的。但这一封，让我沉吟。他谈到了厌世和一个我不能同意的救赎自我的方法，我想对长发谈点看法。因为长发对他形成了一种绝望与新生的象征。

早年间，看到很多女孩留长发，司空见惯了，也不去寻找这后面所包含的信息。后来，我偶然发现一位已婚女友的发式常有变化，有时是长发，有时是短发。刚开始我以为这是她出于美观或是时尚的考虑，后来她告诉我这和她的婚姻状况有关。如果这一阶段她和丈夫关系不错，她就留短发。如果关系很僵，她就留长发。我说，哦，我明白了，头发和爱情密切相关。她笑话我，说亏你还是个作家呢，难道不知头发是人的第三性征？

后来，我见到她稳定地梳起了马尾巴。说实话，那一头飘扬的长发（她的头发不错），和她满脸的皱纹实在是有些不宜。好在我已明白了头发的意义，对她说，你是下定了离婚的决心，要重新寻找新的伴侣了。

她有些惊奇，说我还没来得及告诉你，你怎么就知道了？

我说是你的头发出卖了你。她抚摸着头发说，这是爱情的护照。

从那以后我就对长发渐渐地留意起来。

女性的头发的样式，表示她的婚姻状况，这是一种集体无意识，已经深深地刻在我们的骨骼上了。女孩子为什么要留长发？首先因为一个人的头发，是一个很好的晴雨表，可以反映这个人的健康状况。在中医学里，称“发为血之余”。一个人的头发是否健康，表示着他的血脉是否丰沛充盈，生命力是否蓬勃旺盛。服饰可以调换，颜面可以化妆，但一个人的头发，是不能全面颠覆的。血自骨髓来，骨髓是一个人先天后天的精华之府。在骨髓的后面站着——肾。“肾主骨生髓”，这才是关键所在。众所周知，在东方人的文化中，肾并不仅仅是一个泌尿器官，而是和人的生殖系统有着极为密切的关系的。

好了，现在我们已经逐渐捅到了问题的核心。长发在某种意义上，表达的是这个人肾的健康状况，也就是间接地反映着他的生殖潜能。当你以为只是展示你飘扬的长发的时候，你其实是在暴露你的健康史。

所以，一般说来，未婚的和期望求偶的女子，爱留长发。如果一个未婚女孩留个短发，大家就会说她像个假小子。女子在结婚的时候，会把头发来一个改变。正如那首著名的歌曲中唱到的：“谁把你的长发盘起，谁为你穿上嫁衣？”

如今，对女子头发的要求，是越来越苛刻了。君不见某些品牌的洗发水广告，拍出的长发美女，那头发的长度已经到了一挂黑瀑的险恶境地。画面曲折表达的意思是——你想赢得性感高分吗？请向我看齐。潇洒到形销骨立的刘德华干脆说：我的梦中情人，有一头长发。

潜台词即是：你想成为著名歌星的梦中情人吗？此处有一个绝好的机会——请用我们这个牌子的洗发水吧！

这种要求渐渐全方位起来。比如男性歌手组合 F4 的走红，除了种种因素之外，我觉得和他们形象中的一头长发有相当的关联。不单男性需要知道女性的健康和性征资料，女性也有同样的要求。女性的潜在的平等诉求被察觉和被满足，于是 F4 蓬松长发油然而生并一炮蹿红。

不厌其烦地就头发讨论了半天，是想说明“性”这个因素，是仅次于“食”的人类基本本能之一，它的影响力不可低估。它在很多时候，渗入我们生活的种种缝隙中，以“缘分”甚至是“思想”这类面孔闪亮登场。

再来说说一见钟情。我是医生出身，见过若干就“一见钟情”的生物学分析。在那些神话般的境遇之中，很可能是男女双方的体味在相互吸引，要么就是基因的配型有着某种契合，还有免疫互补……甚至，童年经验也在润物细无声地影响着我们。不要把“一见钟情”说得那么神秘，那么不可思议。我们不是生活在真空，很多以为虚无缥缈的事件背后，有着我们今天还不能彻底通晓的物质基础。

在我们以为是天作之合的帷幕下，有时埋伏着的不过是人的本能这个老狐狸。我在这里绝没有鄙薄本能的意思，但作为主人，知道有乔装打扮的本能先生混在客人堆里一个劲儿地劝酒，觥筹交错时就要提防酩酊大醉，以防完全丧失了理智，被本能夺了嫡。

本能这个东西，很有意思。魔力就在于我们能否察觉它。它习惯在暗中出没，魔法无边。我们被它辖制而不自知，它就是君临天下的主宰。但是，如果把它揪到光天化日之下，它就像雪人一样瘫软乏力。假设那位来信的男生，知道了他期望找到一位长发女友这一先入的标准，不过是要查询和检验一个女子的生殖系统潜能和最近若干时间以来的健康状况，那么，他在考虑长发因素的时候，可能就有了更多的角度和更宽容的把握。

本能是很会乔装打扮的，它不狡猾，但它善变。能够识出它的种种变相，不仅要凭一己的经验，也要借助他人的心得和科学的研究。

如果现在有人对那个男孩子讲，你选择女友的标准只是看她如何性感，我猜他一定要反驳，说我根本就不是那样浅薄。我们情投意合，我们非常默契。我要找到的就是和她在一起的这一份独特的感觉……

其实在婚姻这件事上，绝对的好或是绝对的坏，大约是没有或是极少的，有的只是常态，只是平衡，只是相宜。单凭某个孤立的条件来寻找爱人，怕是不够成熟的表现。你是一个什么人，你可要先认清，才好去寻找一个和你相宜的人。我很喜欢一个词，叫作志同道合，人们常常以为这句话是指事业，我觉得写与婚姻更妙。

有的年轻朋友会说，我找的是伴侣，火眼金睛地把对方认清了不就得了，干吗先要从自己开刀？

理由很简单。忠诚的人只能欣赏忠诚，而不能欣赏背叛。诚恳的人只能接纳诚恳，而不能接纳谎言。慷慨的人可以忍受一时的小气，却不会喜欢长久的吝啬。怯懦的人可以伪装暂时的勇敢，却无法在无尽的折磨中从容。谁想用婚姻改造人，只是一个幻彩的泡沫，真实只能是——人必然改造婚姻。

恋爱婚姻是一个寻找对方更是寻找自己的过程。你整个的价值观和思想体系，都在这种亲密无间的关系中，得以延伸和凸现。

如果你把金钱当作人生的要素，你就不要寻找一个侠肝义胆的爱人。因为你即使在危难中曾受惠于他，但那是他的禀性，而非对你的赞同。当有一天你祭起“金钱至上”的大旗，无论你怎样千姿百媚，还是挽不回壮士出走的决心。

如果你荆钗布裙安于寡淡，就不要寻找一个鸿鹄千里的爱人。即使你以非凡的预见知道他会直抵云天，也不要向这预见屈服，把自己的一生押了出去。否则他的翅膀上坠着你，他无法自在遨游，你也被稀薄的空气掠得胆战心惊。

如果你单纯以色相示人，就要准备在人老色衰的时候，被厌恶和抛弃。如果你喜欢夸夸其谈，你就等着被欺骗的结局吧。

物以类聚，人以群分。失恋男生喜欢长发和一见钟情，他就不断地被这些吸引。他把恋爱当成了一道算术题，当一个答案打上红叉的时候，他赶忙用橡皮擦掉笔迹，在毛糙的纸上写下另一个答案。殊不知他早已将题目抄错。

不要把长发当成唯一,一见钟情也没有什么神秘。我手头就有若干个例子，某些离散的婚姻，往往始于绚烂无缺的开端。比起开头来，人们更重视过程和结尾，这就是“创业难，守业更难”。这就是“成百里半九十”的含义。

我在一个有鸟鸣的清晨给这位男生回信。因为我已心境沧桑，而对方是一位青年，人在清晨的时候心脉比较年轻。我说，不要把人生匆匆结束，不要把恋爱匆匆开始。你把一件事做完再做另一件事好吗？

他很快给我回了信。他说，不是我没有做完，而是事情已经被女友提前结束。我复信说，为了你一生的幸福，你要把爱的前提，好好掂量，为此花费一点时间是值得的。没想清楚之前，就不算真正结束。我明白你想用新鲜替代腐烂，想把新发丝黏结在旧发丝上让它随风飘扬……可你见过馊了的牛奶吗？如果你不把酸奶倒掉，不把罐子刷洗干净，便把新牛奶倒进去，那么，只怕很快我们就又要捂起鼻子了……

他已经久未来信了。我不知他是生我的气了，还是已酝酿了新的爱情。

爱情可算一种病？

不要为了命运的改观，把爱情变成了筹码。

如今的年轻人，他们的爱情观同以往相比有了很大的变化。“不敢去爱”、“不会去爱”成了一种普遍的心态。有人问：“爱情还值得相信吗？”也有人很现实地说：“爱情，就是嫁个殷实人家，吃穿不愁。”在他们身上，本应闪耀着七彩光芒的爱情变得世俗且苍白。爱情是否只是一种冲动？人们应该如何发展自己玫瑰色的爱情？带着这些问题，记者拜访了毕淑敏老师。

记者：毕老师，您好。现在社会上出现了越来越多的爱情病人。他们在选择爱情、发展爱情的过程中遭遇到了不少困难。您觉得，导致出现这些爱情病人最重要的原因是什么呢？

毕老师：首先，我可能要对这个称呼来一点小小的修正。现在社会上有很多对爱情退缩逃避甚至失败的例子，但我不想把他们称呼为病人。的确，有人说过，在恋爱中的人智商会倒退一万年。这虽是一句玩笑话，也说明恋爱是一个激情充溢理智相对匮乏的特殊阶段，有着非同寻常的心理过程。你说的那些年轻人不是病人，而是遭遇了一次严重的心理困惑。病人这顶帽子，会给人以压力。给谁贴上一个病人的标签，他就会觉得自己不正常了，成了异类，有了压力。这样吧，咱们折中一下，凡是在称呼爱情病人的地方，就特别加上引号——“爱情病人”，用以表示这不是真正的疾患，只是一种成长的困境。

记者：好的。那您觉得，为什么这些“爱情病人”会在我们这个时代出现呢？或者说，导致“爱情病人”对爱情适应不良的根本原因是什么？

毕老师：爱情，说到底是人与人之间的一种亲密关系。它超越了血缘、宗教、国界、种族、年龄等等，是人类一种高级的情感活动。一个人有没有发动爱情和分享爱情的能力，能不能对爱情负责到底，这是一个人的人格和整体心理健康水平的体现。“爱情病人”，不仅仅表现在对于爱情的无能和偏颇上面。总体上来说，他们的人际关系也处在一种亚健康的状态，甚至是病态的。无论是对他人的理解，还是正常的人际沟通，他们都存在一些问题。

记者：现今的社会环境稀释了爱情中很古典的一些品质，比如刻骨相思、忠贞、信赖等等。好像这些品质已经不再被看重，是过时的东西了。您如何看待这种现象？从社会发展的角度看，一个“爱情被普遍质疑”的社会有什么缺憾吗？

毕老师：信赖是人的安全感的最主要来源之一。在一个丧失了信赖的家庭中生活，人是不会感受到幸福的。而由爱情组成的家庭，无疑是获取和维持幸福感最宝贵的发源地。忠贞这个观点，可能要随着时代的进步做一点点修正，因为贞节有点从一而终的味道，比较而言，我更喜欢忠诚这个词。爱情和婚姻是一个心对心的相互承诺和对接。它需要的是相互之间严肃的尊重，贯穿其中的则是强烈的责任感牵手一生的坚定。说到刻骨相思，我觉得可能随着时代的发展，现代的人比古代的人要幸运很多了。古代靠的是鸿雁传书，常常生死离别音讯皆无，让恋人们望断天涯肝肠寸断。而现在有了无数的新技术，火车飞机电话视频手机短信无线上网等等，都让相爱的人有了更多相见交流的机会，可以一解相思之苦。从这个角度上说，时代改变了恋爱的硬件环境，只是爱情的软件恐怕很难改变，那就是彼此的尊重与相守。如果说“爱情被普遍质疑”了，这就是时代的悲剧。

记者：新一代年轻人普遍“个性强、以自我为中心、与人相处的能力较弱”。这似乎直接影响了他们谈恋爱的能力，您对此有何建议呢？

毕老师：与人相处不是天生就会的，需要学习。这不是一个简单的人际沟通或交流问题，需要付出艰苦的努力。首先，你要学会尊重别人。既不仰视，也不俯视。而是把对方看作和自己一样有血有肉的人。因为只有在平等的框架中，才会有真正富于建设性的关系。其次，你要学习一些人际关系的技巧。在农耕社会时代，一个普通人一辈子大约只接触几百个人，行走的区域不过方圆几十公里。人与人之间的关系，讲究的是“路遥知马力，日久见人心”，遵循的是循序渐进按部就班的缓慢逻辑。而一个现代青年，从结识人数来看，已经是几十倍几百倍地扩大了。他活动的范围也大大地超越了我们的祖先。以前的青年男女可以凭着父母之命、媒妁之言来确定自己的另一半。虽说酿成了很多悲剧，但在丧失自由的同时也免除了自己挑选的责任。就算是婚后两人感情不和，也可以把责任推到父母和媒人身上。如今社会进步了，谈恋爱就成了基本上是要自己独立完成的课题。在这方面，自由也是一把双刃剑。享有自由的同时，你也要承担责任。很多人平时高呼着要自由，但在这门严峻的功课面前，反倒一筹莫展，只得用逃避来掩饰自己的怯懦。爱情是美好的，但不是从天上掉下来的，要善于发现并坚持不懈地争取和建造。

记者：就您的体会而言，成长在新的历史环境中的这一代年轻人其“爱情观”与以往的有什么不同吗？开放而多元化的时代对爱情本身的影响，是积极的还是消极的？

毕老师：新的历史环境，为今天的男生和女生提供了更多的选择。开放而多元的文化取向，让爱情更加斑斓多姿。比如，从前认为女子要找的伴侣，一定要年纪比自己长、收入比自己多、学历比自己硬，个子也要比自己高……现在这样的条条框框已经被很多人放弃了。有人说："身高不是距离，年龄不是问题。"其实在他们眼中，身高、年龄，甚至国籍、肤色，都已经不再是爱情面临的最主要的问题。至于爱情观，有兴趣的人可以梳理一下——自己的爱情观究竟是什么样子的呢？我觉得它从属于一个人的世界观，是一个人整体素质和志向的一部分，不能脱离开全局来谈局部。有人以为爱情是个独立王国，是可以和一个人的出身背景、学术环境、人身素养、道德修炼、艺术禀赋、天性习惯等等割裂开来。爱情作为一种激情运作，是可以骤然产生的。有生理学家研究，所谓的一见钟情，其实就是基因的高度契合。但是对于人这种高级生物来说，单单是遗传基因的契合，并不能造就完美的爱情和婚姻。人不能被纯粹的生理结构牵着鼻子走，爱上一个人，同时也就意味着要接纳他的全部。很多人会有一叶障目，不见泰山的感觉。只看到自己愿意看的一面，放弃考察对方整体的心理状况，就事论事，就爱论爱。其实这是比较幼稚的。我建议一个人在确立自己的爱情观的时候，先找一找自己的人生观是什么。爱情是人生列车上的轮子，但并不是火车头。一个人不可能只是为了爱情而活着，那样就迷失了人生的深邃意义。到头来，爱情也变成虚空。

记者：越来越多的女孩将爱情作为改变自己命运的工具，您对此怎么看？对这些人，您有什么好的建议吗？

毕老师：说到这儿，我忍不住想稍稍修正一下这个说法。越来越多的女孩不是把爱情作为改变命运的工具，而是把婚姻作为改变的工具。在这里，爱情和婚姻并不完全可以画等号。在那种改变命运的希望中，仅有爱情是不够的。要想凭借着另外一个人一种力量来改变自己的处境，就必须把自己和那个人紧紧地绑在一起。通常的情况下，要绑得紧，就只有求助于有法律保护的婚姻。也许最后她们正是为了要改变命运，反倒要背弃纯真的爱情，走向无爱的婚姻。

如果爱情和命运两者的走向是一致的，那真是可喜可贺的事情。

估计对于这种选择，所有的人都会赞成。我们产生质疑的是另外一种：为了命运的改观，把爱情变成了筹码，让命运凌驾于爱情之上，爱情不过是命运的马仔。不过，女子借婚姻来改变自己的命运，古而有之，并不罕见。比如远嫁的王嫱，又比如女皇武则天。古代有，现在有，我相信以后也还会有。对此，人各有志不得勉强。爱情和婚姻是充满了独立色彩的单选题，每个人的卷子都不一样，也没有标准答案。我只是想提醒希图借婚姻改变命运的女子一句话——把自己的命运维系在另外一个人身上，无论有多少海誓山盟，无论你今天如何运筹帷幄，都是有风险的。一个人的命运应该始终掌握在自己手中，无论山高地远，无论暴雨狂风。

记者：好的，谢谢毕老师。

第三辑

爱怕什么

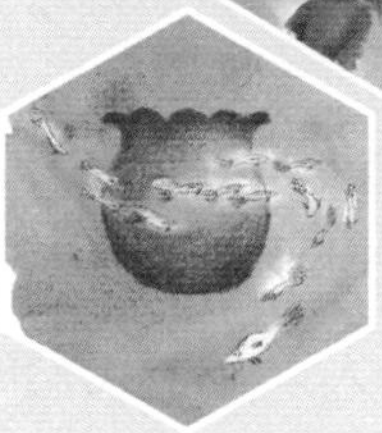

爱是没有天造地设的老师的，
爱又无法无师自通，
爱很艰巨，
爱要我们在时间中苦苦摸索。

爱怕什么

爱怕撒谎，怕沉默，怕脚力不健，怕平分秋色……

爱挺娇气挺笨挺糊涂的，有很多怕的东西。

爱怕撒谎。当我们不爱的时候，假装爱，是一件痛苦而倒霉的事情。假如别人识破，我们就成了虚伪的坏蛋。你骗了别人的钱，可以退赔，你骗了别人的爱，就成了无赦的罪人。假如别人不曾识破，那就更惨。除非你已良心丧尽，否则便要承诺爱的假象，那心灵深处的绞杀，永无宁日。

爱怕沉默。太多的人，以为爱到深处是无言。其实爱是很难描述的一种感情，需要详尽的表达和传递。爱需要行动，但爱绝不仅仅是行动，或者说语言和温情的流露，也是行动不可或缺的部分。我曾经和朋友们做过一个测验，让一个人心中充满一种独特的感觉，然后用表情和手势做出来，让其他不知底细的人猜测他的内心活动。出谜和解谜的人都欣然答应，自以为万无一失。结果，能正确解码的人少得可怜。当你自觉满脸爱意的时候，他人误读的结论千奇百怪。比如认为那是——矜持、发呆、忧郁……

一位妈妈，胸有成竹地低下头，做出一个表情。我和另一位女士愣愣地看着她，相互对视了一下，异口同声地说：你要自杀！她愤怒地瞪着我们说，岂有此理！你们怎那么笨？！我此刻心头正充盈着温情！愚笨的我们挺惭愧的，但没等我们道歉的话出口，那妈妈恍然大悟道：原来是这样！怪不得我每次这样看着儿子的时候，他都会不安地说：妈妈，我又做错了什么？你又在发什么愁？

爱是那样的需要表达，就像耗竭太快的电器，每日都得充电。重复而新鲜地描述爱意吧，它是一种勇敢和智慧的艺术。

爱怕犹豫。爱是羞怯和机灵的，一不留神它就吃了鱼饵闪去。爱的初起往往是柔弱无骨的碰撞和翩若惊鸿的引力。在爱的极早期，就敏锐地识别自己的真爱，是一种能力更是一种果敢。爱一桩事业，就奋不顾身地投入。爱一个人，就斩钉截铁地追求。爱一个民族，就挫骨扬灰地献身。爱一桩事业，就呕心沥血。爱一种信仰，就至死不悔。

爱怕模棱两可。要么爱这一个，要么爱那一个，遵循一种“全或无”的铁则。爱，就铺天盖地，不遗下一个角落。不爱就抽刀断水，金盆洗手。迟疑延宕是对他人和自己的不负责任。

爱怕沙上建塔。那样的爱，无论多么玲珑剔透，潮起潮落，遗下的只是无珠的蚌壳和断根的水草。

爱怕无源之水。沙漠里的河啊，即便不是海市蜃楼，波光粼粼又能坚持几天？当沙暴袭来的时候，最先干涸的正是泪水积聚的咸水湖。

爱怕假冒伪劣。真的爱也许不那么外表光滑，色彩艳丽，没有精致的包装，没有夸口的广告，但它有内在的质量保证。真爱并非不会发生短路与损伤，但是它有保修单，那是两颗心的承诺，写在天地间。

爱是一个有机整体，怕分割。好似钢化玻璃，据说坦克压上也不会碎，可惜它的弱点是宁折不弯，脆不可裁。一旦破碎，就裂成了无数蚕豆大的渣滓，流淌一地，闪着凄楚的冷光，再也无法复原。

爱的脚力不健，怕远。距离会漂淡彼此相思的颜色，假如有可能，就靠得近一点，再近一点，知道水乳交融亲密无间。万万不要人为地以分离考验它的强度，那你也许后悔莫及。尽量地创造并肩携手天人合一的时光。

爱像仙人掌类的花朵，怕转瞬即逝。爱可以不朝朝暮暮，爱可以不卿卿我我，但爱要铁杵磨成针，恒远久长。

爱怕平分秋色，在爱的钢丝上不能学高空王子，不宜做危险动作。即使你摇摇晃晃，一时不曾跌落，也是偶然性在救你，任何一阵旋风，都可能使你飘然坠毁。最明智最保险的是赶快从高空回到平地，在泥土上留下深深的脚印。

爱怕刻意求工。爱可以披头散发，爱可以荆钗布裙，爱可以粗茶淡饭，爱可以餐风宿露。只要一腔真情，爱就有了依傍。

爱的时候，眼珠近视散光，只爱看江山如画。耳是聋的，只爱听莺歌燕舞。爱让人片面，爱让人轻信。爱让人智商下降，爱让人一厢情愿。爱最怕的，是腐败。爱需要天天注入激情活力，但又如深潭，波澜不惊。

说了爱的这许多毛病，爱岂不一无是处？

爱是世上最坚固的记忆金属，高温下不融化，冰冻不脆裂。造一艘爱的航天飞机，你就可以驾驶着它，遨游九天。

爱是比天空和海洋更博大的宇宙，在那个独特的穹隆中，有着亿万颗爱的星斗，闪烁光芒。一粒小行星划下，就是爱的雨丝，缀起满天清光。

爱是神奇的化学试剂，能让苦难变得香甜，能让一分钟永驻成永远。能让平凡的容颜貌若天仙，能让喃喃细语压过雷鸣电闪。

爱是孕育万物的草原。在这里，能生长出能力、勇气、智慧、才干、友谊、关怀……所有人间的美德和属于大自然的美丽天分，爱都会赠予你。

在生和死之间，是孤独的人生旅程。保有一份真爱，就是照耀人生得以温暖的灯。

婚姻的四棱柱

婚姻的四种开端，指示着不同的道路。

人们谈论婚姻的频率，就像谈论坏天气。女人们凑到一处，更是三句话不离本行，家是女人永远的职业。若是在公园里看到掩面哭泣的女人，十有八九是为了爱情。

婚姻的第一种开端模式：莫逆之交。

天下婚姻万千，开端总是几种模式。好像你要是得感冒，起因脱不了受凉或是传染。要是患了痢疾，便一定是病从口入了。婚姻的第一种开端模式，是莫逆之交。何为莫逆？字典上写的是：彼此情投意合，非常要好。顾名思义，“莫”是“没有”的意思，“逆”是“方向相反”的意思。莫逆之交是一个否定之否定，表示高度的协调与一致。

有人说，要是夫妻两个人，几十年都没有一点分歧，是不是太乏味，太枯燥？好像对着镜子中的自己，如影随形一辈子，会不会无聊至极？这种揣测，乍一听很是有理。争吵好像是家庭的味精，矛盾仿佛黏合剂。很长一段时间内我也赞同这个观点。后来一次出差，遇到一对老夫妇，他们温存而默契的眷恋，深深感动了我。与那些无时无刻都想显示幸福的年轻夫妇不同，他们宁静谦和，彼此一个手势一声叹息，对方都心领神会……他们的和谐，像一串老檀香木珠，隐隐地但是持久地散发着温馨的香气，让每一个看到这情景的人，心中叹息。我说，你们银婚金婚的，就真没红过脸吗？那是不是也太没意思了？老翁说，我们有产生分歧的时候，但是不会吵架。人可以同自己争吵，但人不可以同一个如此深爱自己的人反目。我们都有使对方冷静的能力。吵架不会使人感到生活有趣，只会使人痛恨生活。生活的美好来自和谐与温暖。

我又对老媪说，你们一辈子不吵架，别人都不信呢。老媪微笑着说，别说你们不信，就是我们自己也不信。当初我们结婚的时候，并没想到一生不吵架。但这么多年过去了，我们真的无架可吵。有一天，我对老伴说，咱们吵一架吧，尝尝吵架的滋味。他积极响应说，好啊，开始吧。于是我说，你先吵吧。他谦让说，还是你先吵吧。我们互相看着，谦让了半天，结果还是没吵成。想起来，好懊丧啊。我说，哈！你们的经验是什么呢？让大家都学习一下多好。老翁慢吞吞地说，这可能是学不来的。我们平时都不同别人说我们不吵架的事，那会惹人笑话，好像这么大岁数了还在说谎。因为天下夫妻几乎都吵架，大家都不相信世上有不吵架的夫妻。我们很幸福，可幸福不是展品，我不想让所有的人都传颂这件事。我只能告诉你，也许我们是一个例外，但莫逆之交的夫妻，一生从不吵架的夫妻，绝对存在。我们可以没见过钻石，但我们不能否认，世上有这种硬度极高的宝贝，在旷野中闪烁。

第二种婚姻的开端模式，是患难之交。它好像最具戏剧性，古时的公子落难，小姐搭救，才女风尘，名士救援……惊险与曲折，自是不必说了。到了现代，就演变成或是战斗负伤，或是打成右派，或是上山下乡，或是远走异地，或是病体难支，或是飞来横祸……总之是一方遭遇大悲惨，大厄运，辗转于苦痛之中。另一方肝胆相照，鼎力相助，挽狂澜于既倒。于是爱的萌芽，就在这恶劣苦旱的土壤中滋生，掀开巨石，迎着风暴，绽开了绿的叶和红的花。

依我以前的印象，觉得这种开端的婚姻，是极稳固，极难得的。你想啊，大风大雨都闯过来了，在风和日丽的日子，岂不要收获加倍的幸福？没想到，许多惨痛的婚变，就蜷缩在这只涂满沧桑的旧匣子里。究其原因，在于事件起始部分的不平等。婚姻这件事，最要紧的是脸对脸，心靠心。

若有一方居高临下，就会埋伏畸变的导火索。当事人可能不自觉，但危险的种子已经种下。大难当头的时候，人的正义感、怜悯心都会异乎寻常地发达起来，拔刀相助与见义勇为，仁爱之心与乐善好施，甚至母性与女儿性，大丈夫“我不下地狱谁下地狱”的豪情，都油然而生，像五颜六色的调味酒，依次倾入堆积冰块的苦难之杯。于是略带苦味但却荧光四射的命运鸡尾酒，在艰窘之中，由位置较好的一方，绚丽地调配成功，递了过来。那另一方，在孤独苦寂中，将自我的感激误认为爱情，初起出于理智婉拒，最终抗拒不了凄凉与冷漠，依了人的本能，欣然接受，也是情理中的事。双方痛饮混合了各种复杂成分的婚姻酒，醉一个酩酊。那些世界上最动人的山盟海誓，往往发生在此时。然岁月更迭，逆境不可能永远存在，当外界的压力解除，爱情脱尽附加的藩篱，以本真的面目凸现的时候，潜伏的阴影就膨胀了。一旦双方地位、学识、教养、门第……的卵石，在激流消退后的平滩上裸露出来，无情的舆论又像烈日，将石头晒得如火如荼，婚姻的危机就笼罩头顶。

况且，婚姻不是账本，旧话重提没有用，一方永远地施予，另一方总是赤字，心理就失去平衡。有些恩情，也如仇恨一般，太深重了，便无法报答，有时简直想一逃了事。不平等的婚姻，当跷跷板上位置低下的一方，腾然升起的时候，双方能否寻找到新的支点，是婚姻继续的要素。患难是泥沙俱下的荒地，在那里寻到的爱情，绝非纯金精钢，还需顺境霹雳火的锤炼。

所以，患难之交不但不保险，很可能是饱含危机的婚姻。你看古今中外多少愁云惨淡的故事，都产生于这类土壤，就可知它的曲折艰险。并非要人在难中不谈爱情，我只是想说，苦难不是婚姻的保单。假如你是跷跷板位置较高的一方，请做好位置颠覆后的准备。假如你是位置较低的一方，请扪心自问，天翻地覆之后，我能否忠诚依然？！假如回答都是：不，不妨在患难中，对爱情三思而后行。

第三种婚姻的开端模式是一见钟情。

与其说它属于社会学心理学范畴，我更愿意相信它在生理学中的地位。原本素不相识的男女，在毫无先兆的一见之下，迸出激烈的火花，从此如醉如痴，天地为之动容。朝思暮想，百计千方，不成眷属，终日寝食不安。有的学者，对这种婚姻模式，给予高度的评价，认为它是人类本性的爆发，无功利杂质掺入，纯真契合，地久天长。我想，在那男女一见的瞬间，一定发生了一种我们目前的科学还不能完全解释的生理变化，大量的神秘物质分泌入血，年轻的机体，从瞳孔到心灵，都感到极大的愉悦。这种物质以高度的愉悦，牵引着我们，操纵着我们，使我们不假思索地按照它凌驾一切的指令，决定了终身的伴侣。对这种“惊鸿只一瞥，爱到死方休”的神秘过程，我不敢妄加揣测。私下里猜它的来源一定非常古老，是人类延续种族繁荣昌盛的钥匙之一。想那雌雄的相投，必无长远的卿卿我我，常常是电光石火的一瞬，成就了好事。一定有存在于基因的密令，操纵着冥冥中的结合。我想探究的是，作为高度发达创造了语言交流的人类，是否需对“一见定乾坤”的传统重新审视？那毕竟是一种非常状态，犹如飓风，无法天长地久地陪伴我们。不知道在哪一天黎明，激情悄然离去，连个招呼也不打，剩下冷却到常温的男女，相对无言。失却了神秘物质的激励和保护，以它为先导的婚姻，是否也将随风飘逝？婚姻不是“一见”，是一世相守的千见万见亿见。钟情是否是永不疲劳的金属，始终保持着最初的弹性？一见钟情的质量，不在开头，而在结尾。它可有终身的保修期？

现在要说四棱柱的最后一面了——萍水相逢。

这词一听，便让人生出凄凉漂泊之感。当人们谈论婚姻的双方，原是“萍水相逢”时，多的是无奈与宿命，还有些许的调侃，好像一只得来容易的旧履，不值得珍惜。

我们太轻慢了萍水啊。何谓萍？那是一种随波荡漾的低等植物，淡淡绿绿，草芥一般。任何一抹风都可以将它捋了去，抛向远方，颇似普通人的命运。两朵浮萍，没有背景，没有根，被不知何处来的气流推着，无目的地漫游，怎的就撞到了一起？俗话说：相逢是缘，相守是分。为什么遭遇的是这一朵浮萍，而不是那一株水草？为什么碰撞在这一块水域，而不是在那一方波涛？偶然的萍水相逢里头，藏着一个天大的必然的缘分？萍与萍之间，还有一个最大的优势，那就是平等。水平水平，天下没有比水更平坦的东西了。生在水里的植物，该是最懂得这道理。纵是不懂，水以天然的流动，也教会你懂。平等是一切婚姻的柱石，它不是一种有形的资产，却是长治久安的地平线。在平等的伞下缔结的爱情，少的是不着边际的浪漫，多的是同在一片蓝天下的理智。它们依傍于水，浮沉于水。雨打飘萍的时候，需同舟共济，水涨船高的时候，需宠辱不惊。需要磨合，需要考验，一个平淡的开端，未必不预示着一段肝胆相照的历史，象征着一个美满妥帖的结局。

萍水相逢和一见钟情，真是有些像呢。都是素昧平生，都是相约到老。千万不要把两者搞混啊。在开端的时候，它们像一对孪生姐妹，但女大十八变，渐渐地就有些质的分野了。一个是在瞬间爆炸，一个是徐徐地加温。婚姻的本质更像是一种生长缓慢的植物，需要不断灌溉，加施肥料，修枝理叶，打杀害虫，才有持久的绿荫。

在婚姻的入口处，立着这根四棱的柱子，每一面雕刻着不同的花纹，指示着不同的道路。每一个经过的男人女人，都按照自己的意愿，选择了一个入口。家庭就像单向的铁路，是没有回程票的。我们在婚姻的列车上，铿锵向前。在生命的终点站，有几多夫妇，手牵着手，从容出站？

虾红色情书

他在操纵你，你可有反操纵的信心？

朋友说她的女儿要找我聊聊。我说，我——很忙很忙。朋友说她女儿的事——很重要重要重要。结果，两个忙字，在三个重字面前败下阵来。于是，我约她的女儿若榧，某天下午在茶艺馆见面。

我见过若榧，那时她刚上高中，清瘦的一个女孩。现在，她大学毕业了，在一家电脑公司工作。虽说女大十八变，但我想，认出她该不成问题。我给她的外形打了提前量，无非是高了，丰满了，大模样总是不改的。

当我见到若榧之后，几分钟之内，用了大气力保持自己面部肌肉的稳定，令它们不要因为惊奇而显出受了惊吓的惨相。其实，若榧的五官并没有大的变化，身高也不见拔起，或许因为减肥，比以前还要单薄。吓到我的是她的头发，浮层是樱粉色，其下是姜黄色的，被剪子残酷地切削得短而碎，从天灵盖中央分披下来，像一种奇怪的植被，遮住眼帘和耳朵。以至我在很长一段时间内，觉得自己是在与一支鸡毛掸子对话。

落座。点了茶，谢绝了茶小姐对茶具和茶道的殷勤演示。正值午后，茶馆里人影稀疏，暗香浮动。我说，这里环境挺好的，适宜说悄悄话。

她笑了，是骨子里很单纯的表面却要显得很沧桑的那种。她说，到酒吧去更合适。茶馆，只适合遗老遗少们灌肠子。

我说，酒吧，可惜吵了点。下次吧。

若樨说，毕阿姨，你见了我这副样子，咱们还有下次吗？你为什么不对我的头发发表意见？你明明很在意，却要装出毫不在意的样子。我最讨厌大人们的虚伪了。

我看着若樨，知道了朋友为何急如星火。像若樨这般青年，正是充满愤怒的年纪。野草似的怨恨，壅塞着他们的肺腑，反叛的锋芒从喉管探出，句句口吐荆棘。

我笑笑说，若樨，你太着急了。我马上就要说到你的头发，可惜你没给我时间。这里的环境明明很雅致，人之常情夸一句，你就偏要逆着说它不好。我回应，说那么下次我们到酒吧去，你又一口咬定没有下次了。你尚不曾给我机会发表意见，却指责我虚伪，你不觉得这顶帽子重了些吗？若樨，有一点我不明白，恳请你告知。我不晓得是你想和我谈话，还是你妈妈要你和我谈话？

若樨的锐气收敛了少许，说，这有什么不同吗？反正你得拿出时间，反正我得见你。反正我们已经坐进了这间茶馆。

我说，有关系。关系大了。你很忙，我没你忙，可也不是个闲人。如果你不愿谈话，那我们马上就离开这里。

若樨挥手说，别别！毕阿姨。是我想和你谈，央告了妈妈请您。可我怕你指责我，所以，我就先下手为强了。

我说，我不怪你。人有的时候，会这样的。我猜，你的父母在家里同你谈话的时候，经常是以指责来当开场白。所以，当你不知如何开始谈话的时候，你父母和你的谈话模式就跳出来，强烈地影响着你的决定，你不由自主地模仿他们。在你，甚至以为这是一种最好的开头方法，是特别的亲热和信任呢！

若樨一下子就活跃起来，说，毕阿姨，您真说到我心里去了。其实，您这么快地和我约了时间聊天，我可高兴了。可我不知和您说什么好，我怕你看不起我。我想你要是不喜欢我，我干吗自讨其辱呢？索性，拉倒！我想尽量装得老练一些，这样，咱们才能比较平等了。

我说，若樨，你真有趣。你想要平等，但却从指责别人入手，这就不仅事倍功半，简直是南辕北辙了。

若樨说，我知道了，下回，我想要什么，就直截了当地去争取。毕阿姨，我现在想要异性的爱情。您说怎么办呢？

我说，若樨啊，说你聪明，你是真聪明，一下子就悟到了点上。不过，你想要爱情，找毕阿姨谈可没用，得和一个你爱他，他也爱你的男子谈，才是正途。

若樨脸上的笑容风卷残云般地逝去了，一派茫然，说，这就是我找您的本意。我不知道他爱不爱我，我更不知道自己爱不爱他。

若樨说着，从皮夹子里，拿出了一张折叠得整整齐齐的纸，递给我。

我原以为是一个男子的照片，不想打开一看，是淡蓝色的笺纸，少男少女常用的那种，有奇怪的气息散出。字是虾红色的，好像是用毛笔写的，笔锋很涩。

这是一封给你的情书。我看了，合适吗？

读了开头火辣辣的称呼之后，我用手拂着笺纸说。

我要同您商量的就是这封情书，它是用血写成的。

我悚然惊了一下。手下的那些字，变得灼热而凸起，仿佛烧红的铁丝弯成。我屏气仔细看下去……

情书文采斐然，述说自己不幸的童年，从文中可以看出，他是若樨同校不同系的学友，在某个时辰遇到了若樨，感到这是天大的缘分。但他长久地不敢表露，怕自己配不上若樨，惨遭拒绝。毕业后他有了一份尊贵的工作，想来可以给若樨以安宁和体面，他们就熟识了。在若即若离的一段交往之后，他发现若樨在迟疑。他很不安，为了向若樨求婚，他特以血为墨，发誓一生珍爱这份姻缘。

“人的地位是可以变的，所以，我不以地位向你求婚。人的财富是可以变的，所以我也不以财富向你求婚。人的容貌也是可以变的，所以我也不以外表向你求婚。唯有人的血液是不变的，不变的红，不变的烫，从我出生，它就灌溉着我，这血里有我的尊严和勇气。所以，我以我血写下我的婚约。

“如果你不答应，你会看到更多的血涌出……如果你拒绝，我的血就在那一瞬永远凝结……”

我恍然刚才那股奇特的味道，原来是笺上的香气混合了血的铁腥。

你现在感觉如何？我问若樨。并将虾红色的情书依旧叠好，将那一颗骚动的男人之心，暂时地囚禁在薄薄的纸中。

我很害怕……我对这个人摸不着头脑，忽冷忽热的……可心里又很有几分感动。血写的情书，不是每个女孩子都有这份幸运的。看到一个很英俊的男孩，肯为你流出鲜血，心里还是蛮受用的。我把这份血书给好几个女朋友看了，她们都很羡慕我的。毕竟，这个年头，愿意以血求婚的男人，是太少了。

若樨说着，腮上出现了轻浅的红润。看来，她很有些动心了。

我沉吟了半晌。然后，字斟句酌地说，若樨，感谢你信任我，把这么私密的事告诉我。我想知道你看到血书后的第一个感觉。

若樨说，……是……恐惧……

我问，你怕的是什么？

若樨说，我怕的是一个男人，动不动就把自己的血喷溅出来，将来过日子，谁知会发生什么事？

我说，若樨，你想得长远，这很好。婚姻不是一朝一夕的事情。每个女孩披上嫁衣的时候，一定期冀和新郎白头偕老。为了离婚而结婚的女人，不是没有，但那是阴谋，另当别论。若樨，除了害怕，当你面对另一个人的鲜血的时候，还有什么情绪？

若樨沉入当时的情景当中，我看到她长长的睫毛在急速地眨动，那是心旌动荡的标识。

我感到一种逼迫，一种不安全。我无法平静，觉得他以自己的血要挟我……我想逃走……若樨喃喃地说。

我看着若樨，知道她在痛苦地思索和抉择当中。毕竟，那个男孩迫切地需要得到若樨的爱，我一点都不怀疑他的渴望。但是，爱情绝不是单一的狙击，爱是一种温润恒远。他用伤害自己的身体，来企图达到自己的目的，如果一朝得逞，我想他绝不会就此罢手。人，或者说高级的动物，是会形成条件反射的。当一个人知道用自残的方式，可以胁迫他人按照自己的意志行事的时候，他会受到鼓励。

很多人以为，一个人的缺点，会在他或她结婚之后，自动消失。我觉得如果不说这是自欺欺人，也是一厢情愿。依我的经验，所有的缺陷，都会在婚姻之后变本加厉地发作。婚姻是一面放大镜，既会放大我们的优点，也毫不留情地放大我们的缺点。因为婚姻是那样的赤裸和无所顾忌，所有的遮挡和礼貌，都会在长久的厮磨中褪色，露出天性粗糙的本色。

……也许，我可以帮助他……若樨悄声说，声音很不确定，如同冷秋的蝉鸣。

我说，当然，可以。不过，你可有这份力量？他在操纵你，你可有反操纵的信心？我们不妨设想得极端一些，假如你们终成眷属，有一天，你受不了，想结束这段婚姻。他不再以血相逼，升级了，干脆说，如果你要离开我，我就把一只胳膊卸下来，或者自戕……到那时，你又该如何应对呢？如果你说，你有足够的准备承接危局，我以为你可以前行。如若不是……

若樨打断了我的话，说，毕阿姨，您不要再说下去了。我外表虽然反叛，但内心里却很柔弱。我没有办法改变他，和他在一起的时候，我很不安全。我不知道在下一分钟他会怎样，我是他手中的玩偶。

那天我们谈了很久，直到沏出的茶如同白水。分手的时候，若樨说，您还没有评说我的头发。

我抚摸着她的头，在樱粉和姜黄色的底部，发根已长出漆黑的新发。我说，你的发质很好，我喜欢所有本色的东西。如果你觉得这种五花八门的颜色好，自然也无妨。这是你的自由。

若樨说，这种头发，可以显示我的个性和自由。

我说，头发就是头发，它们不负责承担思想。真正的个性和自由，是头发里面的大脑的事。你能够把神经染上颜色吗？

校门口的红跑车

女人，最该捍卫的，就是我们的尊严。

女人们对自己的感情经历，大体上可分为三种。一种是讲，逢人就讲，对熟悉她和不很熟悉她的人，甚至车船旅途中的萍客，都可倾诉。一种是不讲，埋得很深，不少人把它像一种致命的病菌一样，带进坟墓。第三种是通常不讲，但在某一特别的场合和时间下，会对人讲。那种时刻，如果我恰巧成为听众的话，常常生出感动。因为我知道，此时一定有什么特别的情形，痛切地触动了她的内心。我也要感激她对我的信任和这一份特别的缘分。

那一夜，月亮非常亮。据说是1963年以来，月亮最亮的一个晚上。女孩对我说。

我是师范院校的学生。读师范的女生，基本上都是家境贫寒的，长相通常也不很好。这样说，我的女同学们，可能会不服气，但我说的是实话，包括我自己，相貌平平。大约读大二的时候，我们就可以做家教了。其实那时，我们和普通大学生所上的课，并没有大的区别，还没学到教学教法什么的，也不一定就能当好如今独生子女的小先生。师范院校的牌子挺能唬人的，再说我们也特需要钱来补贴。所以，同学们就自己组织起家教“一条龙”服务，每天派出代表，在大街上支个桌子，上书“家教”两字，等着上门求助的家长，接了活后再分给大家。谁领到了活儿，会从自己的收入当中，抽一部分给守株待兔的同学——我们称他们为“教提”。

有一天，教提对我说，给你分一个大款的女儿，你教不教？我说，钱多不多？他说，官价。我说，你还不跟大款讲讲价？他苦笑着说，讲了，不成。人家门儿清。我说，好吧，官价就官价。他说，那明天下午四点，范先生驾车到大门接你。

第二天，我提前五分钟到了学校门口。没人。我正好把自己的服装最后检视一遍。牛仔裤，白 T 恤——挺得体的，既朴素又充满了活力，而且这是我最好的衣服了。

四点整，一辆我叫不出名字的红跑车飞驰而来，停在我面前，一位潇洒的中年男人含笑问道：您是黎小姐吗？

我姓李，他讲话有口音，我也就不计较了，点点头。我说，您是范先生吗？他说，正是。咱们接上头了，快请上车吧，我女儿正在家等你呢。

我上了车，坐在他身边，车风驰电掣地跑起来。我从来没有坐过如此豪华的车，那感觉真是好极了。他的技术非常娴熟，身上散发着清爽的烟草和皮革混合的气味，好像是猎人加渔夫。总之，很男人。

他一边开车一边说，女儿的英语基础不是很好，尤其是胆小，不敢会话。口语弱极了，希望我不要在意。我的目光注视着窗外飞速闪动的街景，不停地点头……心想，同样的建筑，你挤在公共汽车上看，和坐在这样高贵的车里看，感受竟有那么大的差别啊。

很快到了一片“高尚”住宅区。（我对这个词挺不以为然的，住宅也不是品质，凭什么分高尚和卑下呢？）车在一栋欧式小楼面前停下，他为我打开车门时说，我的女儿英语考试成绩每提高一分，我就奖给你 100 块钱。

我充满迷茫地问他，你女儿的英语成绩，和我有何相干呢？我是来教历史的。

那一瞬，我们大眼瞪小眼，然后异口同声地说：对不起，错了。他赶紧带上我，驱车重回校门口，接上那位教英语的黎同学回家，而我也找到已经等得很不耐烦的范先生。

说实话，那天我对范先生的女儿很是心不在焉。这位范先生虽说也是殷实人家，但哪能与那一位范先生相比呢？我心里称那位先入为主的为——范一先生。

晚上，我失眠了。范一先生的味道，总在我的鼻孔里萦绕。我想，住在那栋小楼里的女人，该是怎样的福气呢？不过，想来素质也不是怎样的好吧？不然，她的女儿为什么那么胆小？要是我有这样的先生和家业，会多么幸福啊……

想归想。这年纪的女生，谁没有一肚子的幻想呢？天一亮，我就恢复正常了，谁叫咱是灰姑娘呢！下午四点之前，我又到了校门口，范二先生说好了再来接我。可能是因为头天迟到的缘故，我到得格外早。

走近校门，我的心咚咚跳起来——又看到了那辆非凡的红色跑车。我悄悄地站在一旁，因为和我没关系。他是来接英语系的黎同学的，这很好理解。

没想到，那辆红跑车，如水鸟一样无声地滑到了我面前，范一先生温柔地笑着说，李小姐，你好。

我说，您到得很早啊。

范一说，昨天我正点到时，你已经到了。所以我想你今天还会到得早，果然不错。我喜欢守时的人，咱们走吧。

他说着，打开了车门。

我说，范先生，昨天错了。

他笑笑说，昨天错了，今天就不能再错。我已将黎同学炒了，重新雇用你。

我很吃惊，说，你怎么会知道今天我们能见面？

他说，不要这么惊奇。你惊奇的样子，可爱极了。对于一个商人来说，这点信息有什么难呢？历史系，一个姓氏和“黎”近似的有着魔鬼身材的女生，现正做着家教……就这样啊。

我扶着车门说，我不是英语系的。

他说，你的大学只要是考上的，就可以教我女儿英语……上车吧，我女儿已经在等了。

在车上，所有昨天的感觉都复活了。正当我沉浸在速度的快感之中时，范一先生打断了我的美好感受。他说，看来你对自己太不在意了。

我说，此话怎讲？

他说，你穿着和昨天一模一样的衣服。你这样魔鬼身材的女孩，应该善待自己才是。

我说，一个穷学生，是无法善待自己的。

他说，我也当过穷学生，你的处境我能体会。但是，别忘了，你有资源啊。

我说，我有什么资源啊？芸芸众生而已。

他说，你的身材非常好，我昨天一眼就被吸引了。一个人，长相好，其实相对来讲比较容易。一张脸，才有多大的面积？对比匀称不算难。就是有些小的瑕疵，比如眼睛不够大，鼻梁不够挺直，做做整容也不难，巴掌大的地方，就那么几组零件，好安排。可一个人的身材，波及全身所有的结构，头颅过大过小都不成，脖子不长不行，脊柱要挺拔，胸腰的比例要适宜，腿更是重中之重，要是短了，纵使闭月羞花也白搭……你呢，刚刚好，所有的搭配都天造地设，你要懂得珍惜啊。而且我提醒你，女性的身材，是很脆弱的结构。上了年纪，就不一样了。锻炼出来的，节食出来的，和天然的，是不一样的……好了，我们到了。

又是那座小洋楼，但我无心观赏它的精致了。我的心被范一先生的逻辑催动，变得不安分了。这就像一个穷人，守着自己的几亩薄田苦熬。有一天，突然有人对你说，你田里长的那些草，都是人参啊。你还能心平气和吗？

不过，那天我还是抖擞起精神，辅导范一先生的女儿。我对女主人的羡慕和嫉妒，都不存在了。这是一个没有女主人的家庭，因此那女孩十分孤独内向。她的英语其实不是很差，只是因为不敢说，成绩才糟。

范一对我很满意，约定以后天天接我来做家教。我说，都是这辆车吗？

他说，你很在意这辆车吗？

我说，不是在意，是它美丽。

他说，我能理解。美丽的东西，人们都想和它在一起。好吧，即使我不能来，我也会派我的司机，开着这辆车来。

我和范一先生的女儿交了朋友，她的胆子渐渐大起来。嘴一敢张开，成绩就突飞猛进。

校门口每天准时出现的红色跑车，让我大出风头。有时候下午有课，我就编谎话请假，总之从未误了范一那边。期末，那女孩的英语成绩提高了25分，范一递给了我2500块钱。

我就接过来了。心安理得。

后来，他开始给我买衣服，我不要，他说，我是不忍暴殄天物啊。我就收了……直到有一天，他很神秘地拿出一个纸袋，说是托人特地从国外带回来的时装，送给我。那套衣服漂亮得让人心酸，让人觉得自己以前穿过的都是垃圾。

你今天能在我家就把这套衣服穿起来，让我看看吗？你知道，我也很爱美丽的东西啊。范一说。

我本不想答应，但我怕范一不高兴。工钱和奖金，都是我必需的，还有这套华贵的衣服。

我把卫生间里面门上的小疙瘩按死，开始换衣服。正当我把旧衣服脱下，新衣服还没上身的时候，门无声无息地开了。

我想看看自己的眼光，对你的三围的估计准不准？范一说。

我呼救反抗……偌大的房间里，只有我们两人，女孩到同学家去了。暴行之后，范一扔下一笔钱，说，我是很公平的。你们做家教，是按小时收钱，明码标价。我也是。你的每一厘米胸围，我付一笔钱。你的腰围比臀围每少一厘米，我付一笔钱。我可以告诉你，我从来没有给过任何一个小姐这么多的钱。你真是魔鬼身材啊。

我很想到公安局告他，可我怕舆论。每天招摇的红跑车，让我气馁。我也很想把钱扔到他脸上，然后扬长而去。那是电影里常常出现的镜头，但是，我做不到。我缺钱。我已经付出了高昂的代价，我要为自己保存一点物质补偿。

我想，一个人是不是记得住那些惨痛的教训，不在于片刻的决绝，更在于深刻的反省吧。

我再也没有见过范一。有时候，在镜子面前欣赏自己优美的身材的时候，我会想起范一的话。我承认这是一种资源，但是，所有的资源，都需要保护。越是美好的资源，越要珍惜。女人，最该捍卫的，不就是我们的尊严吗？！

在明月的照耀下，我看到她脸上的清泪。

眼药瓶的奥秘

导演一场闹剧，企图伪造一个现实，这就是欺骗了。

渠枫来见我的时候，披头散发，衣帽邋遢。对一个容颜娟秀的女孩子来说，糟蹋自己到了这种地步，可见她遇到了重大的困厄，心灰意懒，已经抛弃自爱，不再珍重。

她一屁股坐下来，从内兜深处掏出一件东西，握在手心，对我说，都是它把我毁了！

我以为那会是一枚珠宝首饰或是一个信物，要么干脆是一封绝交信，没想到在渠枫苍白的缓缓展开的手掌心里，是一只普通的塑料的小眼药瓶。到街上的药店，一块钱可以买回三只。

我细细地观察着这只药瓶。奇怪它有何魔力，竟能把一个青春年华的女大学生，折磨得如此憔悴萎靡？

药瓶基本上是空的，它的底部，有一些暗红色的渣滓沉淀着，好像是油漆的碎片。瓶颈部的封堵已被剪开。之所以特别提到了这一点，是它被剪开的位置，反常地偏下。一般人怕药水大量滴出，瓶尖部的口通常开得很细小。但这只眼药瓶，几乎是从瓶肩部被断开了，瓶颈缩得短短，仅够套上瓶帽。

我看着渠枫。渠枫也看着我。很久很久，沉默如同黑色的幕布，遮挡着我们。终于，渠枫说，你为什么不问我？

我说，我在等你。

渠枫说，等我什么？

我说，你来找我，就是信任我。我等着你把你想要对我说的话，说出来。

渠枫又继续沉默。当我几乎不寄希望的时候，她突然说，好吧，我就把一切都告诉你。

我爱上了申拜，一个并不高大但是很有内涵的男生。有同学说，依你的条件，可以找一个比申拜外形更酷的男孩，申拜矮了些，要知道，身高就是男人的性感喔！我说，我看重的是申拜的内在。注重男子的身高，是农耕社会和游牧民族的习气了，机械欠发达的时候，男人的力气就是他的资本，比如扛麻包挑担子什么的，当然是大个子占便宜。如今到了电子时代，经营决策，敲击电脑，都和身高无关。一个男人能不能给女人幸福，不在身高，在于内里的质量。

朋友被我驳得两眼如同死鱼，干张着嘴，无话可说。申拜知道了我的观点，对我更是呵护有加体贴入微。他说，我是他交的第一个女朋友，我说，你也是我的……我们的感情很快进展到如胶似漆。一天，我约他到我家玩，父母正好同到外地出差。夜深了，他抱着我说，他忍不住了，想彻底全面地得到我。我急忙推开他的手，说，不……不能……

我看他退开，情绪很伤感，觉得我对他不信任，就急忙安慰他说，不是我不愿意，是我还没做好这个准备。下次吧，好吗？

他很尊重我，就让自己渐渐地平息下去，那一天，我们好说好散了。

没想到他期待中的下次，竟那么快，就是第二天。也许是怕我父母很快就会回来，我们就不容易找到如此安全无干扰的地方了。又是我的小屋，又是子夜时分，我们聊着，却都有些心不在焉，在期待着什么，畏惧着什么，迎接着，又想躲避……

他突然拥着我说，今天，你准备好了吗？

我战战兢兢地回答，准备好了。

我把灯熄灭了。在黑暗中，我们脱掉所有衣服，把彼此还原成伊甸园中的模样。我躺在自己的小床上，看着窗外，觉得自己的床如此陌生，我就要在这张床上，变成申拜的新娘。我看到申拜被月光镀成青铜色的躯体，知道一个关键的时刻即将到来。

申拜的激情越来越蓬勃，我在昏眩中等待。就在箭即将离弦的时候，他突然抬起身体，说，渠枫，你说得对，我们还没有做好准备。既然我们要爱到地老天荒，为什么不能再等几个朝朝暮暮？我保存和尊重你的领土完整，直到婚礼之夜……

我拼命搂住他的身体，不让他离开我，声嘶力竭地叫道：不！申拜，你不能这样！不能！我要你！

但是，没用。申拜是一个自制力非常顽强的人，他一旦决定了，谁也无法更改。于是我绝望地看着他起身，拧亮电灯……于是，在明亮如昼的灯光之下，他看到了——在我的雪白的床单之上，有一片鲜红的血迹……

这是什么？他大吃一惊。

刚才，床单上还是什么都没有的啊……我干了什么？我什么都没干啊……

申拜惊愕地捶着自己的胸膛，我知道，在他的胸膛里，一颗纯洁的心正在粉碎。

他疯了似的抓住我，歇斯底里地喊道，这是你干的，是你！是不是？

我泪水凄迷地点了点头。这屋子里没有别人，不是我干的，又是谁干的？！

这就是你所说的要做的准备，对不对？你想伪装成一个处女，你作案的工具在哪里？在哪里？！申拜的目光喷吐着蔑视的火焰，嘴唇哆嗦。

我不说。我什么也不说。默默地穿上我的衣服。我看着申拜，如同路人。刚才，我们还在肌肤相亲啊。

申拜在我的房屋里疯狂地寻找，很快，他就在我的床下，找到了这只眼药瓶，里面还有几滴残存的血液。

申拜说，你是处女吗？

我说，我不是处女了。

申拜说，那个人是谁？

我说，是我以前谈过的一个男朋友。我不知道男人为什么要用性这种东西，让女人来证明自己的爱。我那时还小，我不知道说“NO”。当我发现他不可信任的时候，我就离开了他。

申拜捏着这个眼药瓶说，这里面是你的血吗？

我哭了，说，不是。我没有办法把自己的血装进这个小瓶里。如果做得到，我愿用千倍百倍的血来证明我的爱。

申拜毫不为之所动，冷冷地追问，那这是谁的血？

我说，不是谁，是一只鸡。那只鸡是我杀的，它的尸体在垃圾桶里。

申拜说，想不到，你设计得这样周密啊！

我放声痛哭道，我不愿失去你！我知道你在意！我没办法，才想出这个主意。我本来想用现成的猪血豆腐，但那是凝固的，根本就不能流淌了。我后来到了菜场，我想跟人要点鳝鱼血，就说是为了治病，可我还是没法子把它装进小瓶里。后来，我买了一只活鸡。菜贩子说，小姑娘，我替你杀了吧，不多收钱。我说，不，我自己杀！

我从来没有杀过任何活物，包括一只螳螂或是蝴蝶。可是，为了我的爱情，一回到家，我挥刀就把鸡头斩了下来。鸡血飙射一地，好像谋杀案的现场。我往一只碗里注了冷水，再加了点白醋，然后把鸡血控进去，拼命搅动。我从书上查到，这样血液就不会凝固了。然后我到街上买了几只眼药水瓶。先是开口剪得太小，血好不容易吸进去但又挤不出来，总之很不顺畅。我想熄灯后，留给我操作的时间不会太长，我得速战速决。后来我又把药瓶口子剪得太大了，瓶帽盖不住了。费了半天劲儿才弄得合适了，血吸进去后，一滴不漏。需要的时候，可以很快喷涌而出。一切都计算好了，只是没想到……

申拜双臂交叉，紧紧地抱住自己的肩膀，好像在狂风暴雨中。他冷笑道，你没想到什么？

我说，没想到你有如此坚强的毅力，没想到你那样地珍爱我……

申拜说，珍爱？只可惜，那是以前了。你伤害了我，什么都不存在了。保存好你的秘密武器吧！

他说着，把这个眼药瓶扔到我床上，扬长而去。

从那以后，我无论打他多少电话，他一概不接。我堵着他，好不容易见到了，也没一个眼神……我太痛苦了，生命已没有价值……渠枫拼命撕扯着自己的头发，没有一点痛觉的模样，好像那是一堆破渔网。

我看着愁云惨淡的渠枫，再看看那个眼药瓶。药瓶如同一个杀了人的子弹壳，丑陋而污秽。

我说，渠枫，你很后悔，你想挽回，你不知从何做起，对不对？

渠枫说，是啊，是啊。快教我怎么办。

我说，你先告诉我，你最伤了申拜心的是什么？

渠枫说，他嫌我不再是处女。

我说，如果真是这个原因，此事已无可挽回。即便你做了修补手术，不似这次露馅，但他已心冷如铁，你无法修补他的记忆。

渠枫想想，又说，他嫌我欺骗他。

我说，一个不诚实的人，确实人见人怕。你怎样才能让申拜认为你从此痛改前非，开始真诚？

渠枫说，我找到他，把我的苦心和忏悔告知他。如果他能原谅我，我就和他重新开始。如果他不能原谅我，我也只好认命了。但是，以后，我若再交了男朋友，该如何解释自己不是处女？

我说，交友的双方，都可以保留自己的隐私，这无可厚非。只是你机关算尽，导演了一场闹剧，你企图伪造一个现实，这就是欺骗了。恋人之间，谎言注定会杀伤幸福。渠枫，你已经付出了两次惨痛的代价，但是你还没有得到代价之后的思索。真正的爱情必定是真诚基础上的建筑。

遮颜男子

倘若有什么人把男女性关系说得轻描淡写或一钱不值，他如果不是极端的愚蠢，就一定是有险恶的用心。

一位做职业心理医生的朋友，对我讲过这样一个故事。

某个下午，也许是因为突如其来的豪雨，预约的咨客访过之后，没有新的咨询者来谈。我收拾好文件夹，准备下班，突然走进来一位年轻的男子。他西服笔挺，很有身份的样子。头上戴着一顶礼帽，帽檐压得很低，几乎看不清他的眉眼。我直觉到，这人有很深的隐秘，不愿让人知晓。他来找心理医生，想必是遇到了实在难以排解的苦闷。

他坐下来以后，对着我需要他填写的表格说，就不填了吧。因为，如果你一定要我填写，我就会编一些假资料在上面，无论是对我还是对您，都是一个尴尬和可笑的过程。

我点点头说，谢谢你这样坦诚地告诉我。不过，有一些资料，你是可以如实告诉我的。你对你的名字职务地址联系方式……都可以保密。但是，既然你是来和我讨论你的问题，那么关于你的婚姻状况，你的文化水准等等，应是可以回答的。如果我们连这种基本的信任都没有，那么，请原谅，即使你很愿意讨论问题，我也无法接受你的要求。

他若有所思，想了想之后，在空白的名字之后，写下了职业：国家公务员。教育水准：硕士。

我说，好吧，你可以不告知我你的姓名，但是，我怎么称呼你呢？

他说，你就叫我老路好了。

你一点都不老。看起来很年轻啊。我把感想告知他。

他说，你就把我当成一个老年人吧。

这是一个奇怪的要求，但我的来访者有很多令人诧异的想法，我已见惯不怪。

我说，咱们聊些什么呢？

他清清嗓子说，你能告诉我，女人和食物有什么区别吗？

一个怪异的问题。但他的眼睛，看得出认真和十分渴望得到答案。甚至，他还掏出了一个很精美的笔记本，想把我的话记录下来。

我说，女人和食物，当然是有非常重大的区别的。我看你是受过良好教育的人，一定晓得这两样东西，是完全不同的了。我想了解，你为何想到了这样一个问题？这其中发生了什么？我觉察到了你的迷茫和混乱。

他好像被我点中了穴位，久久地不吭声。停了半天，才说，是这样的。我在政府机构里任职，现在坐到了很高的位置。我的办公室里有一个秘书，是那种很优雅很干练的女孩，当然，外表也是非常漂亮的。你要知道，在当代大学生寻找工作的排行顺序里，公务员是高列榜首的。对于女孩子来说，更是一份优厚和体面的工作。这个女孩，就叫她蔻吧。蔻是我从大学生求职招聘会上特招来的，我需要一个善解人意练达能干的女秘书，当然，还要赏心悦目。我是一个讲求品位的人，我使用的所有物件，都是高质量的。我对我的秘书要求高，也是情理中的事。蔻来了以后，很快就适应了工作，比我以往的任何一届秘书，都更让我得心应手。我很高兴，觉得自己多了一条胳膊一条腿。我不是开玩笑这样说，是真心的。当你有了一个比你自己想得更周到的秘书之时，你觉得自己的生命被延长了，力量和智慧都加强了。

那是很美好的感觉。事情停留在这个地步就好了，但是，关系这种东西，不是你想让它发展到哪一步就可以凝结住的东西，它一旦诞生了，就有了自己的规律。因为我和蔻在一起工作的时间很长，每天都要讨论一些问题，交代一些事物，对于我是一个怎样的人，她很快就了如指掌。她说，她喜爱我的一切，从我的学识风度到细小的习惯和动作，连我的老伴非常不喜欢的我的呼噜，她都戏称为是一只安详的老猫在休养生息，预备着更长久的坚守和一跃而起……你知道，一个中年接近老年的人，被一名年轻女孩这样的观察和评价，是很受用的……

我听得很认真，我相信这些叙述的可靠性，不过，巨大的疑惑涌起，我说，对不起，打断一下。你一再地提到自己的年龄，还有老伴什么的说法……但是，我觉得这与实际不很吻合。

老路右手很权威地一挥，说，您先别急，且听我说。

我默不作声，迷惘越重了。

老路说，钱钟书说过，老年人的爱情就像是老房子着了火，没得救的。我和蔻的关系，燃烧起来了。是蔻点起的火，还不停地往上泼汽油。我一生操守严格，本以为自己年纪已经这样大了，从生理到心理，对于女色都会淡然，没想到，在蔻的大举进攻下，我的城堡不堪一击。连我们发生性关系的时间和地点，都被蔻以公务会面，堂而皇之地写在了我一周的计划中，那么天衣无缝。我被这个小女子安排进了一个圈套。当然，我还存有最后的理智，我对她说，这是你自愿的，咱们可要说清楚。蔻说，这都什么时候了，你这样控制？我给你吃一个药片，你就不会如此矜持了。说着，她拿出了淡蓝色的菱形药片……

我插话道，是伟哥？

老路说，是，正是。

我说，你吃了。

老路说，吃了，但是在吃之前，我还是清醒地同她约法三章。第一，我没有强迫你。第二，我不会和你结婚。第三，你不要以此来要挟我。

蔻冷笑着说，你可真是上个世纪遗留下来的人了。性是什么呢？食色，性也，就是说，它是正常的，是常见的，是没什么附加条件的。当你看到了一盘美食，你肚子正好饿了，很想吃，那盘美食也很想入了它所喜爱的人的肚子，这不是一拍即合两全其美的好事吗？你还犹豫什么呢？

话说到这份儿上，我真的被这种大胆和新颖的说法所俘获，我想，我可能真是老了吧？也许是伟哥的效力来了，也许是我内心里潜伏着一股不服老的冲劲，我巴不得被这么年轻的女孩接受和称赞，我就当仁不让了……

小小的咨询室里出现了长久的停顿。空气沉得如同水银泻地。

后来呢？我问。

后来，蔻就怀孕了。老路垂头丧气。

蔻不再说那些女人和食物是等同的话了，蔻向我要求很多东西。她要钱，这倒还好办，我是个清官，虽然不是很有钱，但给蔻的补偿还是够的。但蔻不仅是要这些，她还要官职，她要我列出一个表，在什么时间内，将她提为副处级，什么期限内将她提为正处级。还有，何时提副局级……我说，那个时候，也许我已经调走或是退休了，蔻说，那我不管。你可以和你的老部下交代，我有学历有水平，只要有人为我说话，提拔我是顺理成章的事情，只要你愿意，你是一定办得到的。我为难地说，国家的机构，也不是我的家族公司，就算我愿意为你两肋插刀，要是办不成，我也没办法。

蔻说，如果办不成，就是你的心不诚。

我有点恼火了，就算我在伟哥的作用下乱了性，也不能把这样一个小野心家送进重要的职务里啊。我说，如果我办不成，你能怎么样呢？

蔻说，你知道克林顿吧？你知道莱温斯基的裙子吧？你的职务没有克林顿高，可我的身上有的东西，比莱温斯基的裙子，可要力道大得多啊！

蔻现在还没有到医院去做手术，我急得不得了。我不知道向谁讨教，我就到你这里来了。当然，蔻对我也是软硬兼施，有的时候，也是非常温存。我真的不知道该怎么办了，那个孩子在一天天地长大，到了我这个年纪的人，对孩子还是非常喜爱的，但我更珍惜的是我一生的清誉，不能毁于一旦啊……

我赶快做了一个强有力的手势，截断老路的话，把我心中盘旋的疑团抛出——老路，不好意思，我一定要问清楚你的年纪，因为这是你的叙述中一个非常重要的线索，你不断地提到它，并感叹自己的经历，我想知道，你究竟有多大年纪？

老路目光犹疑而沉重地盯着我，说，既然你问得这样肯定，我也没办法隐瞒了，我 56 岁了。

我虽有预感，还是讶然失声道，这……实在是太不像了。你有什么秘密吗？

这是一句语带双关的话。我不能随便怀疑我的来访者，但我也没有必要隐瞒我的疑窦丛生。

老路长叹了一口气说，你眼睛毒。我当然是没有那么大的年纪了，这是我首长的年龄。除了年龄以外，我所谈的都是真的。只是首长德高望重，他没有办法亲自到你这里来咨询，我是他的助手，我代他来听听专家的意见，也可让他在处理如此纷繁和陌生的问题上，多点参考。

说到这里，老路长吁了一口气，看来这种李代桃僵的事，对他也是不堪重负。

轮到我沉默了。说实话，在我长久的心理辅导生涯中，不敢说阅人无数，像这样的遭遇还是生平第一次。我能够体会到那位首长的悔恨懊恼一筹莫展的困境，也深深地被蔻所震惊。这个美丽和充满心计的女子身上，有一种邪恶的力量和谋略，她真要投身政治，也许若干年之后，会升至相当的位置。至于这位为首长冒名咨询的男子，更是罕见的案例。

我说，终于明白你开始问的那个问题的意义了。女人和食物，是完全不同的。男女之间的性关系，绝不像人和物之间的关系那样简单和明朗。它是人类有史以来最亲密的关系之一。两个不同的人，彼此深刻地走入了对方的心理和生理，这是关乎生命和尊严的大事情，绝非电光石火的一拍两清。倘若有什么人把它说得轻描淡写或是一钱不值，如果他不是极端的愚蠢那就一定是有险恶的用心了。

至于你的首长，我能理解他此刻复杂惨痛的情绪，他陷在一个大的危机当中。他要做出全面的选择，万不要被蔻所操纵……

那天还谈了很多，临走的时候，老路说，谢谢你。

我说，如果你的首长还想咨询的话，希望他能亲自来。老路把礼帽往下压了压说，好吧，我会传达这个信息。

朋友讲完了他的故事。我说，那位上当的老人，来了吗？

朋友说，我从他的助手临走时压帽子的动作，就知道首长不会来的。

我说，这件事究竟怎样了结？

朋友说，不知道。世上的人，究竟有多少能分清食和色的区别呢？只要这事分不清，此类的事就永不会终结。

修补爱情

爱情的修理工，不能假手他人，只能是我们自己。

东西用得久了，便会磨损。小到一双鞋子，大到整个天空。于是诞生了修补这个行当。从业人员从街头古朴的老鞋匠，到谁都未曾谋面的一位叫作女娲的神仙。

只有珍贵的东西，才需要修补。我们不会修补一次性的筷子和菲薄的面巾纸，但若损坏的是一双象牙筷子和一幅名贵字画，又是家传的珍宝和友人的馈赠，那就大不一样了。你会焦灼地打探哪里有技艺高超的工匠，为了让它们最大限度地恢复原貌，不惜殚精竭虑。

我们修补，是因为我们怀有深情。在那破损的物件的皱褶里，掩藏着岁月的经纬和激情的图案。那是情感之手留下的独一无二的指纹，只属于特定的人和特定的刹那。

考古人员修复文物，所费的精力，绝对大于再造一件新品。比如一个陶罐，掉了耳朵，破了边沿，漏了帮底，假若它是新出厂的，肯定扔在垃圾箱里，但在修复者眼里，它们是不可替代的唯一。于是绞尽脑汁，将它复原到美轮美奂。陶罐里盛着凝固的历史和永恒的时间。

修补是一个工程，需要大耐心，大勇气，大智慧。耐心是为了对付那旷日持久的精雕细刻，勇气是为了在漫长的修复过程中，坚定自己的信念和抵御他人的不屑。智慧是为了使原先的破损处，变得更加牢靠而美观。

人们常常担心修补过的器物，是否还有价值。也许在外观上会遗有痕迹，但在内在品质上，修补处该更具强韧的优势。听一位师傅说，锔过的碗，假如再摔于地，哪怕别处都碎成指甲盖大的碗碴，但被锔钉箍过的瓷片，依旧牢牢地拢在一起。

爱情是我们一生中最需精心保养的器皿，它具备可资修补的一切要素。爱是珍贵的，爱是久远的，爱是有历史的，爱是渗透了情感的，爱是无价之宝。

爱情的修理工，不能假手他人，只能是我们自己。当我们签下爱情契约的时候，也随手填写了它的保修单。我们既是爱情的制造者，也是它的使用者和维修点。这种三合一的身份，使人自豪幸福也使人尴尬操劳。爱情系统一旦出了故障，我们无法怨天尤人，只有痛定思痛地查找短路，更换元件，改善各种环境和条件……

古书上说，假如宝玉有了裂纹，可用锦缎包裹，肌肤相亲，昼夜不离身，如此三年。那美玉得了人的体温滋养，就会渐渐弥合，直至天衣无缝，成为人间至宝。

不知这法子补玉是否灵验？若以此法修补爱情，将它放进两颗胸膛，以血脉灌溉，以精神哺育，以意志坚持，以柔情陶冶，它定会枯木逢春，重新郁郁葱葱。

家庭幸福预报

婚姻是一场马拉松跑，你可以张望，但不能回头。

今日世上多预报。比如天气预报、地震预报、商情预报、服装流行趋势预报，甚至连几十上百年后的日月食，都有了分秒不差的天象预报。不知为什么一桩婚姻诞生时，却没人对它的走向发布家庭幸福趋势预报。

料想此事太难。

人无慧眼，可穿透岁月层叠的雾岚，窥见新人的沧海桑田。天会变，道亦会变。地位、相貌、健康、性格……都像拥挤的卵石，在时间的渠里磕磕绊绊，几十年冲刷下来，筚路蓝缕，旧貌新颜，有的化作晶莹玛瑙，有的碎成粉渣石屑。意志不是金刚水钻，没有坚不可摧的硬度，柔软多孔的人心是善变的精灵。

更无一把衡尺，可丈量幸福的杯子是否饱满。你以为汹涌澎湃，他却道涓涓细流。你陷入悲痛欲绝，她沉浸风花雪月。思维无并联，神经永绝缘，是动物的造化之幸，也是人的悲哀之源。幸福也许是高速车上捆绑的安全带，因人制宜，松窄可调，不到车毁人危的关头，看不出它所捆定的价值。

幸福无框架，幸福无定义，幸福不会立此存照，幸福无法预支和储蓄。幸福可以压缩，幸福可以扩展。幸福无保修，幸福无退换……

谁愿面对一件标准模糊的朦胧产品，说短论长？

家庭的幸福，难道真是百面妖魔，没有丝毫蛛丝马迹可寻？幸福的趋势，竟如盲人摸象，永无程序可考？设想婚礼的筵席上，若有预告幸福指点迷津的权威术士，该是最受敬畏的上宾。

不知未卜先知的哲人，有何手段击穿未来，烛照今夕？依我之心，窃以为该先测测双方的智商。假如智慧相等或差池在 ±10% 的范围内，幸福便有了十分中二点五分的保障。想想看，若在几十年的耳鬓厮磨中，每一句话都呢喃两遍以上，彼此才能缓缓沟通，是否慢性受刑？爱是生死与共的事，其难度不次于哥德巴赫猜想。分秒必争斗转星移的今日，脑是每个人首要的固定资产，评估它的功能状态，是严肃认真必备必需的手续。男女相悦不仅是荷尔蒙素的迸发，更是理智沟回清醒的把握。

教育的差异可在漫长的日子里填平补齐，更何况家中回荡的多是人生冷暖，并非先贤凝固的文字。假如智慧不对等，鸿沟非人力可充垫，循环往复的对牛弹琴，最易生出惨淡的麻痹和难以疗救的倦怠。世上有许多背景悬殊的夫妻，在外人以为必是寡淡无味的相守中，其乐融融。不仅是情操的契合，实有神志棋逢对手的持久快意。

单有智商是不够的，还需品质的优良与性格的互补，分数前者占三后者占二吧。

婚姻是一场马拉松跑，从鬓角青青搏到白发苍苍。路边有风景，更有荆棘，你可以张望，但不能回头。风和日丽要跑，狂风暴雨也要冲，只有清醒如水的意志持之以恒的耐力，才能撞到终点的红绳。

婚姻在某种程度上，是阴阳的大拼盘。我总怀疑性格的近似，是滋生不幸的助剂。粉了还要紫，绿了还要青，雪上加霜是搭配学上犯忌的事。然而相反相成，刚柔相济，图纸上令人神往，实施起来难度很大。度的掌握重要而微妙。逆反太凶，则是冤家对头，虽有强的磁场引力，但长久相克，磨损太甚，只怕两败俱伤。然而适当的尺寸，又像丝丝入扣的魔鞋，缥缈大地，谁知遗走何方？有的人寻找一生，找到了，是大幸运。找不到，无望无奈，也可保有死水微澜的宁静。最怕的是委委屈屈地将就，合久必分，却又当断不断。好像快餐店的塑料低背椅，可待片刻，难以固守一生。道貌岸然地坚持，必是颈项腰腿痛。半辈子熬过去，脊柱都弯矮了。

善良在幸福这锅汤里，就像优质味精，断断少不得。我看至少把一点五分给它。现今有人觉得善良简直就是无用的别号，我却以为无论在生意场社交场上，善良多么忍辱蒙羞落荒而逃，友谊与家居的优美疆域，永远是它世袭罔替的领地。丧失善良的友谊，是溶了蒙汗药的酒池肉林。缺乏善良的婚姻，是危机四伏无法兑现的期票。婚姻易碎，婚姻易老，善良如绵绵长长包裹婚姻瓷器完整的丝缕，似青青翠翠保养婚姻花叶常青的圣水。

剩下的一分，不知判给谁好。机遇、门第、如影随形的契机、冥冥之中的缘分……都在争抢终局的发言权。它们都很重要，假如有道判定婚姻幸福的公式，都该罗列其内，在结尾处结结实实占一席之地。但我思索再三，决定将这场婚姻预言的最后因子，留给通常在爱情中故意漠视的金钱。

很世俗，但很实际。贫贱夫妻百事哀，当一生的基本生活需要都没有保障的时候，我不知家庭幸福的青鸟，可以栖息在哪棵无果的树上做巢。婚姻里沉淀着那么多的柴米酱醋盐，每一件都与金钱息息相关。我们有许多清高的场合可以不谈钱，但家是一个必须坦荡地经常地反复地赤裸裸地议论金钱的地方。对金钱的共同掌握和使用方向的通力合作，是家庭木桶防止渗漏的坚实铁箍。

钱绝不可以太少，男人女人，要用自己的双手，用血汗化作干净的金钱，注满列车正常行驶的油箱。钱多比钱少好，但不要超过双方卓越的智力与优良的品质可以控制的范畴。单纯的金钱，就像单纯的水一样，不加消毒照料，就会慢慢蒸发腐坏。金钱与善良结合，才是世上很多美好事物的摇篮。

如果我们看到一对男女结成连理时，智商均衡，天性互助，多温柔宽厚之心，也不乏冷静果决之勇，坚韧友爱，钱不多也不少，顾了温饱，尚有些微节余，可以奠定共同事业的起点，那么无论他们身材多么矮小，相貌多么平凡，出身多么低微，文化多么有待提高，情感多么不善表达，誓言如何稀少轻淡……甚至在外人眼里他们贫寒寂静，简单简陋，我都有足够的理由期待，他们会在艰窘中生长出至亲至爱的快乐与幸福。

我希望祝福成真。

假如一对新人智差殊异，性格无补，少温良仁爱的善美，多凛冽森严的辣手，钱不是太多就是太少……无论他们身高如何匹配，相貌如何俊美，家世如何渊源，文凭如何耀眼，情感如何缠绵，山盟如何海誓如何……有多少外在的光环闪烁；也无论青梅竹马，患难之交，萍水相逢，千里姻缘，弄巧成拙，指腹为婚……有多少内里的故事流传，我却总带着凄凉的心境，仿佛看到幸福终结的海市蜃楼，在不远处波光粼粼。哀痛使我无法扮出由衷的微笑。

这一回，但愿我看走眼了吧。

垃圾婚

不愿意当垃圾，很好办，离开垃圾就是了。

有一位女博士，电话里表示要采访我。因为日程排满了，我和她约了多日之后的一个晚上。那天，我早早到了咖啡厅。她来迟了，神情疲惫。我说，你是不是生病了？如果不舒服，别勉强。她很急迫地说，不不不……我现在就是希望和人谈话，越紧张越好。

于是，我们开始。她打开笔记簿，逐条提问。看得出，她曾做过很充分的准备，但此刻精神却是萎靡恍惚的。交流到正关键的时刻，她突然站起，说，不好意思，我上一下洗手间。

我当然耐心等待。她回来，落座，我们接着谈。不到十分钟，她又起身，说，不好意思——然后匆匆向洗手间方向小跑而去。

一而再，再而三。因为我们所坐的位置离洗手间有一段距离，拐来拐去一趟，颇费时间，谈话便出现了很多空白和跳跃。她不断地添加咖啡，直到我以一个医生的眼光，认为她在短时间内摄入的咖啡因含量，已到了引起严重失眠和心律紊乱的边缘。

我委婉地说，你要在意自己的身体。如果不适，咱们改日再谈吧。咖啡也要适当减少些，不然——像你这样美丽的女孩，会变得皮肤粗糙面容暗淡了……

她猛地扔开采访本，说，我这个样子，你仍旧认为我是美丽和光彩的吗？

我说，是啊。当然是。如果安安稳稳地睡上一个好觉，我相信你更会容光焕发。

她说，您说的睡觉，是什么意思呢？

我说，就是很普通很家常很必需的睡觉啊。温暖安全的房间，宽大的床铺，松软的枕头，蓬松的被子……当然了，空气一定要清新，略带微微的冷最好。哦，还有一件顶重要的事，要有一架小小的老式闹钟，放在床头柜上。到了预定时间，它会发出暗哑而锈的声音，刚好把你唤醒又不会吓了你一跳……起床了，你就可以生龙活虎快乐地做事了……

她用两只手握着我的手说，你怎么和我以前想的一模一样？！可惜，我现在不这样认为了。读博士的时候，我认识了乔，当他在草地上说，咱们睡一觉吧！我以为是仰望着蓝天白云，享受浪漫的依偎，没想到他就让我们的关系，从恋人火速到了夫妻。乔说，睡觉就是性的代名词。

女博士握着我的手，她的一只手很热，捂着咖啡杯的缘故。一只手很冷，那是此刻她的体温。

我说，乔是什么人呢？

她说，乔是个企业家，他没有很高的学历。乔说他喜欢读过很多书的人，特别是读过很多书的女人，尤其是读过很多书又很美丽的女人。我喜欢乔这样评价我的长处——读书和美丽。如果单看到我的书读得好，比如我的导师和我的师兄弟们，我觉得他们太不懂得欣赏女人的奥妙了。但如果只是看到我的美丽，比如有些比乔拥有更多财富和权势的人物喜欢我，但我觉得他们买椟还珠。

后来，我和乔结婚了。乔不算很富有，他原来说要给我买有游泳池的房屋，最后呢，只买了一套浴缸了事。但我不怨乔，我知道男人们都爱在他们喜爱的女人面前夸口。我相信只要乔好好发展，游泳池算什么呢？将来我们也许会拥有一个海岛呢！以我的学识和美丽，加上乔的生猛活力，我们是一对黄金伴侣。

说到黄金，结婚多少年之后，有一个称呼，叫作金婚。我看，婚姻必须双方原先就是两块黄金，结合在一起，才能是“金婚”吧？两块木头，用铁丝缠在一起多少年，也变不成黄金，只能变成灰烬。对不对？乔说，咱们一结婚，就是金婚了。

有一天，我有急事呼乔，乔那天为了躲一笔麻烦的交易，把手机关了。他说，呼机我开着呢，你呼我，我会回话。可我连呼多次，他就是没反应。晚上，我问乔说，你让我呼你，可你为什么不理我？他说，是吗？我不知道啊。他把呼机摘下说，哦，没电了。说完，他就出外办点小事。正好抽屉里有电池，就给他的呼机换上。电池刚换好，呼机就响了。来电显示了一个电话号码，并有呼叫者的全名——一位女士。留言也是埋怨乔为什么渺无回音，口气肉麻暧昧，绝非我这个当妻子的说得出来。让呼台小姐转达如此放肆的情话，也不怕闪了舌头。

我立马把呼机扔到床上，好像它是活蟑螂。本能让我猜出了它后面的一切，阴谋在我的身边已经潜伏很久了。

我要感谢我所受过的系统教育，让我在混乱中很快整出条理——我首先要搞清情况，我不能再被人蒙在鼓里。背叛和欺骗，是我的两大困境，我要各个击破。威严的导师可能没想到，他所教授我的枯燥的逻辑训练和推理能力，成为我在情场保持起码镇定的来源。我立即把呼机里的新电池退下，把乔的旧电池重新填进。然后，整个晚上，用最大的毅力，憋住了不询问乔有关的任何事宜，乔也没有注意到我的沉默。那个电话号码和姓名，像我学过的最经典的定律，刻在了我的脑海里。

我先是查了乔的手机对外联络号码。我知道了乔和那女人通话之多，令人吃惊。我又查到了那个女人的住址和身份。

我找到她。我不知自己为什么要先找到她，而不是先和乔谈。也许，我不想再听乔的欺骗之词，那不仅是对感情的蹂躏，也是对我的智商的藐视。在我的潜意识里，也有几分好奇。我想知道这个把我打得一败涂地的女人，是个什么样子。

我找她的那一天，精心地化了妆，比我去见任何一位我所尊重的男士，出席任何一个隆重的场合，都要认真。我挑选了自己最满意的服饰，临敲她门的时候，心怦怦直跳。很可笑，是不是？但我就是那样子，完全丧失了从容。

门开了。她说她就是我要找的人。我倚着门框，简直要晕倒。我以为自己将看到一位国色天香的玉人，那样我输得其所，输得心甘情愿。我会恨乔，但我还会保存一点尊严。但眼前的这个女人，矮、黑、胖，趿拉着鞋，粗俗得要命，牙缝里还粘着羽绒似的茴香叶子……

我问她那个传呼是什么意思。她说，你就是乔的那个博士老婆吧？你能想到什么意思，就是什么意思。你是博士吗，这点常识都没有！我什么也说不出来了，木然地往回走，那女人还补了一句，乔说了，跟博士睡觉，也就那么回事，没劲！

我跟乔摊牌了。他连一点悔恨的表示都没有，说，离吧。我本来以为博士有特殊的味道，试了试，也就那么回事，你要是睁一眼闭一眼地过，也行。你还这么心眼多且不饶人，得了，拜拜吧。

办离婚那天，正好距我们结婚的日子整整10个月。我不知道10个月的婚姻，有什么叫法，我把它称为垃圾婚。我们原本就不是金子，他不是，我也不是。把一种易生锈的东西和另一种易腐蚀的物件搁在一处，就成了垃圾。

我外表上还算平静，还可以做研究采访什么的。但我的内心受了重创。乔摧毁了我的自信心，我想，那个女人吸引他的地方是什么呢？容貌学历她一点没有。有的就是睡觉吧？那有什么了不起的？睡觉谁不会呢？我既然能做得了那么繁复深入的研究，睡觉能难得倒谁呢？我开始和多个男友交往，很快就睡觉。我得了严重的泌尿系统感染症，这两天又犯了，但咱们约好的时间我不想更改，这就是我不断地上洗手间的原因……

听着听着，我用手指围住滚热的咖啡杯。在她描述的过程中，我的指端渐渐冷却。

我该怎么办？女博士问我。

先把病治好。我说。

这我知道。也不是没治过。只是治好了，频繁地睡觉，就又犯了。她有些不好意思地说。

我说，睡觉，我说的是纯正的睡眠，对治病只有好处，没有坏处。女人们首先享有自己安宁的睡眠，才有力量清醒地考虑爱情啊。

女博士说，可是，我的垃圾婚姻呢？

我说，不是已经结束了吗？

她说，可是我还在垃圾堆里啊。

我说，你愿意当垃圾吗？

她说，这还用说吗？当然是不愿意的啦！可是，谁能救我？

我说，救你的只有一个人，就是你自己啊。既然你不愿意当垃圾，很好办。离开垃圾就是了。

她说，就这么简单啊？

我说，就这么简单。当然，具体做起来，你可能要有斗争和苦恼。但关键是决心啊。只要你下了决心，谁能阻止一个人从垃圾中奋起呢！

女博士点点头。招来侍者，说，我不要咖啡了，请来一杯白开水。我不再用浓浓的咖啡麻醉或是刺激神经了。有时候，最简单的办法，就是最有力量的啊。

我说，祝你睡个好觉。

为什么总是遇人不淑

如果从第一次婚姻里学到的不是正确的经验，就会可悲地进入一轮更盲目的赌博。

她坐下后第一句话是——我为什么总是遇人不淑？

我说，为什么要用“总是”这个词？

她叹了一口气说，我已经离过两次婚了。这一回，马上也要离了。

我也叹了一口气说，我听出你很难过，很想改变。你不知道自己什么地方出了毛病。你需要稳定和温暖，是这样的吗？

她一下子握着我的手，柔若无骨。连声说，是的是的！我不是爱离婚的女人，世界上有一些女人，不把离婚当回事，我要真是那样，也就不痛苦了。我是想好好过日子的女人，我在这方面下的功夫，比一般女人大多了。可我怎么就找不到爱我的男人？好男人都到哪里去了呢？

看着她绝望的神色，我说，你能告诉我，你是怎样遇到你的三位曾经的丈夫？

她滔滔不绝地打开了话匣子。

我从小是一个害羞的女孩，我总怕别人欺负我，个子小且胆小的女孩，多半都会这样的吧？当我知道男女之事以后，我想，一定要找个子高大的男生，这样，谁欺负我，他就会站出来保护我。第一位丈夫是我同学，个子高高，好似篮球运动员。我们俩的学习成绩都不怎么样，谁也用不着瞧不起谁。知根知底的，优缺点都一目了然，按说应该特踏实吧？所以，一有了工作，我们就结婚了。他当上了老板的保镖，一天跟着出入那些不三不四的场所，认识了一位洗头的小姐。我现在特恨“小姐”这个词。那算什么小姐啊？简直就是一个只能看小人书的打工妹。要是有点身份的小姐，起码傍一个“大款”“中款”吧，这小姐，苍蝇也是肉，连个保镖也不放过。后来，他俩被我在自己的家里，逮了个正着……我当时害怕极了，比那两个狗男女吓得还厉害。他们倒是比我镇静，我丈夫撂下一句话——你既然看见了，你就看着办吧！我呆呆地坐在家里，特别可惜我那精心布置的床，被糟蹋得乱七八糟的……别看我这个人个子小，可受不了这种窝囊气，我二话没说，离婚！

离了以后，我很快就从打击中恢复过来了，非要争一口气，要让我的前夫看看，你算个什么东西？你只能往底层里找，我呢？哼！这回找的不但个子要高过你，身份钱财都要比你强！话虽是这样说，但有才有身份的男人，大姑娘随便挑，干吗非得娶我这么一没学历二没个头三没好工作的二婚女子啊？我分析了一下自己的优势劣势，我长得不错，还因为从小就胆小，所以刚跟我接触的人，都以为我挺温柔的。许多男人啊，最看重的就是女人温柔。不信你到报纸上的征婚广告看看，有一个算一个，都是寻求温柔贤淑女子的。扬长避短吧，我就在这方面下功夫。学着做一个贤妻良母呗，没什么难的。只要说话声音轻一点动作慢一点，对小孩子特别疼爱就大功告成了。当然了，还得练着记住一些童话故事……因为我要找的那种身份的男人，基本上都是带一个小孩的，你要是能对他的孩子好，他自然会给你加分。我报了社会上的各种学习班，比如家长学校、烹饪班什么的。小姐妹都笑我，说你连个月娃子都没养下呢，自己连整虾都舍不得买，只吃虾皮，上这种班，不是跳级吗？我不理她们，也不告诉她们我的真实想法。要是万一失败了，多丢人啊。把这些都操练得差不多了以后，我就开始物色对象了。

从哪儿物色？当然是从征婚广告上了。这法子说起来挺笨的，其实多快好省。你买一堆报纸刊物，仔细研究，条件一目了然，一上午浏览百八十个男人的基本情况，不是难事。看得多了，也能增长经验，什么人是真心的，什么人是闹着玩的，甚至想占便宜的，估计个差不多。虽说里面有骗人的，但我也不是傻子，能分辨出个大致。感觉不好的，再不理他就是了。我特别重视身高这个条件，1.79 米以下的，免谈。

你猜得不错，我前夫就是 1.79 米。怎么我也得找一个比他高的，高 1 厘米也是高。按说我这些条件加在一起，也挺苛刻的。可我还真是找到了一个愿意见面的。个高，有钱，有一份体面的工作，有一个很可爱的孩子……一切的一切，都同我预计得一模一样。我给他做很可口的饭菜，亲吻他的孩子……

你问我这样做，是不是很勉强？说实话，有一点。但我知道这是为自己以后的幸福投资，也就一一地做了。这样接触了几次之后，是他催着结婚的。他说他太累了，需要一个安静的小潭。我说，我各方面的条件都不如你，你怎么会看上我呢？他说，前妻跟着别人走了，他下决心要找一个各方面都不如自己的人，只要对他好，对孩子好，就成了。钱挣多少是多呢？他挣的钱够用的了，我的钱不多，这没关系……这些理由挺充分的，是不是？我信服了，觉得苍天有眼，我的准备都派上用场了，熬出头了。

我们很快就结了婚。婚礼是到国外旅行了一趟，几乎没通知朋友。我的第二任丈夫说，他不想大肆铺张，只想安安稳稳地过日子。我倒是很想风光一把，特别是让我的前夫知道知道，他离开了我，我却过得更好了。但新丈夫说低调处理好，我也就依了他。我还要保持一个贤惠的形象嘛。也许，我当时强烈要求大肆操办一番，事情就会是另外的结局了。毕竟他是一个好面子的人……结婚以后，我的本色就慢慢露出来了，我不可能老忍着吧？他的孩子做得不对的，我也不能老哄着，是不是？爆发是因为我替他去开孩子的家长会。老师劈头盖脸地一顿训，我回来当然要转述给他的父亲。也许我的表情不够沉痛，也许我的忧虑不够发自内心，本来嘛，又不是我的亲生孩子，我能做到如此，已经很不错了。说着说着，我的第二任丈夫就开始生气，说我不是真心爱孩子，有点幸灾乐祸……最后说我是一只披着羊皮的狼……我太冤枉了，我怎么会是狼？我是打算当一只忠诚的看家狗啊。我们开始了争吵。夫妻吵架这事，是不能开头的。开了头，就有瘾，会越吵越来劲。正在这时候，他的前妻回来了。他们是怎么开始来往的，我不知道。有一天吵架之后他对我说，我们还是离婚吧。我要和前妻复婚。她表示悔改，我原谅她了。我已经不相信女人了，但对孩子来讲，毕竟还是他的亲妈。至于你，可以给你一部分钱作为补偿……

我走了。没要他的钱。我不是为了钱，才和他结合的。我努力做了，可他是把我作为一个替代品，我上当了。他结婚的时候不肯通知朋友，说明他自己就对这次婚姻没信心，不看重。

这一次，我真的垮了。后来，我很快有了第三次婚姻。要说我的第二任丈夫，什么都没给我留下，这不对。他把一个观念留给了我，就是找一个条件不如自己的人。这样，你就操持着主动，你可以不要他，他却要巴结着你……我再找丈夫的时候，什么条件都放弃了，只问一条，个儿要超过 1.82 米。

是的。我也涨了价码了。您可以想到，在这种倒霉的时候，我能有什么好运气？他是一个好吃懒做的人，就靠我的那点收入养活他。等把我吃光了，他就出去找别的女人。我说那就离婚，他觍着脸说，离婚干什么？凑合着过吧。我这是为你着想。像你这种女人，再离婚，谁还敢要你？丧门星！

我真的蒙了。不知道哪里出了问题。我不是一个坏女人，我也没有害过人。可命运为什么对我如此不公？俗话说，事不过三。我为什么三次婚姻都如此不幸？有时我想，好人和坏人总是有一定比例的吧？这世界上总还是好人多的吧？我就是在马路上随便拦住一个人，嫁给他，也不至于次次都输得这么惨吧？到底是什么地方出了毛病？

她一口气说了这么久，目光始终不对着我的脸，只是紧张忧郁地注视着我的手。好像我的手里，捏着根还阳救逆的仙草。

我缓缓地说，出毛病的地方，其实你自己是知道的啊。

她大吃一惊，说，您别开玩笑。我要是知道，还能一次次地陷到这么惨吗？我不会跟自己作对的！

我说，你的三任丈夫，都有一个共同点。你也反复多次提到，你找丈夫有一个雷打不动的条件……

她真是个聪明女子，马上说到，您是说我对身高的要求吗？这有什么错的呢？您到征婚广告上看看，基本上都有这一条。人之常情啊。

我说，我很理解你。但我想问，你在对男人身高的要求后面，寄托的是什么呢？

她想想说，我想……如果男方的个子高，以后生个孩子，个子也会高的。这不是优生优育的规律吗？

我说，你想得挺长远。这很好。可我一直没听到你有要孩子的打算。再者，对一桩婚姻来说，孩子并不是先决条件啊。请再想想，高个子后面的期望——是什么？

她低下头。想。当她再抬起头的时候，我看到了泪水。她说，我想要的是一份家庭的安全感。

我说，对极了。婚姻是要给人以安全感的。但最主要的安全感是从哪里来呢？从男人的头发？从男人的眼睛？从男人的籍贯？从男人的誓言？

她沉思了半晌，说，要从男人对爱情的忠诚来。和个子无关。小个子的男人，也一样能做个好丈夫的。

我握着她的手说，好。你讲对了一小半。还有一大半。

她说，婚姻的安全感更要从自己来。相信自己，不要把命运寄托在别人身上。这样，即便出了差错，也不会乱了分寸，病急乱投医。不会一错再错了。只要自己安全了，婚姻就安全了。

我送她出门的时候，紧紧地握着她的手。她的指尖依旧很凉，但已经有一种坚定的力量，蕴含在指掌之中了。

婚姻有漏

婚姻需要长久的持续的充满定力的忍耐。

实行计划生育多年，当年的婴孩开始踏上婚姻的红地毯。现在要想找一个家中有兄弟姐妹的配偶，概率已越来越低。在法院工作的朋友告诉我，双方都是独生子女的婚姻，离婚率相当高，且从结婚到离婚的时间短，甚至只有几天。我吓了一跳说，为什么？她说，理由当然是各式各样的，但我看，主要是事因有漏。

事情之发生，都有一个原因。这个原因如果不纯粹，就是因有漏。漏是沙漏的漏，一个缓缓下旋的洞。情感有多少血液经得住这般从夏到秋夜以继日地漏？一个有漏的婚姻，从一开始就是不结实的。当所有的情感都漏光的那一天，婚姻就扁了。

那么，婚姻的理由究竟是什么呢？有的人因为世俗的压力，父母的祈盼，舆论的导向，甚至觉得是在玩一个有趣的游戏。有的人以为那是一笔投资，一注筹码，一套吃饭的碗筷，一栋半山的豪宅。有的人只是头脑发热荷尔蒙亢奋，更可怕的还有政治与经济的陷阱与阴谋，都会织进婚姻之因。

除了这些以往婚姻中常见的漏，朋友说，独生子女的婚姻漏，最高发的是他们太想找到朝夕相伴的手足（这当然不是错），但是，却缺少和兄弟姐妹亲密相处的经验。他们缺少忍耐。

婚姻是需要忍耐的。长久的持续的充满定力的忍耐。忍耐一个任性的姑娘成长为干练的妻子，忍耐一个办事不牢的小伙子成为坚如磐石的汉子。忍耐孩子在啼哭和不断摔跤中长大，忍耐彼此的白发和倦怠。忍耐性格的摩擦和裂变，忍耐孤独与风寒……

婚姻无漏的理由只有一个，那就是爱。因为有了爱，才会长出茁壮的忍耐。忍耐磨砺着爱的光洁，使它在坚硬的同时润泽而美丽。

婚姻鞋

脚比鞋贵重。当鞋确实伤害了脚，我们不妨赤脚赶路！

婚姻是一双鞋。先有了脚，然后才有了鞋，幼小的时候光着脚在地上走，感受沙的温热，草的润凉，那种无拘无束的洒脱与快乐，一生中会将我们从梦中反复唤醒。

走的路远了，便有了跋涉的痛苦。在炎热的沙漠被炙得像鸵鸟一般奔跑，在深陷的沼泽被水蛭蜇出肿痛……

人生是一条无涯的路，于是人们创造了鞋。

穿鞋是为了赶路，但路上的千难万险，有时尚不如鞋中的一粒沙石令人感到难言的苦痛。鞋，就成了文明人类祖祖辈辈流传的话题。

鞋可由各式各样的原料制成。最简陋的是一片新鲜的芭蕉叶，最昂贵的是仙女留给灰姑娘的那只水晶鞋。

不论什么鞋，最重要的是合脚；不论什么样的姻缘，最美妙的是和谐。

切莫只贪图鞋的华贵，而委屈了自己的脚。别人看到的是鞋，自己感受到的是脚。脚比鞋重要，这是一条真理，许许多多的人却常常忘记。

我做过许多年医生，常给年轻的女孩子包脚，锋利的鞋帮将她们的脚踝砍得鲜血淋淋。粘上雪白的纱布，套好光洁的丝袜，她们袅袅地走了。但我知道，当翩翩起舞之时，也许会有人冷不防地抽搐嘴角，那是因为她的鞋。

看到过祖母的鞋，没有看到过祖母的脚。她从不让我们看她的脚，好像那是一件秽物。脚驮着我们站立行走。脚是无辜的，脚是功臣。丑恶的是那鞋，那是一副刑具，一套铸造畸形残害天性的模型。

每当我看到包办而蒙昧的婚姻，就想到祖母的三寸金莲。

幼时我有一双美丽的红皮鞋，但鞋窝里潜伏着一只夹脚趾的虫。每当我不愿穿红皮鞋时，大人们总把手伸进去胡乱一探，然后说：“多么好的鞋，快穿上吧！”为了不穿这双鞋，我进行了一个孩子所能爆发的最激烈的反抗。我始终不明白：一双鞋好不好，为什么不是穿鞋的人具有最后的决定权？！

旁人不要说三道四，假如你没有经历过那种婚姻。

滑冰要穿冰鞋，雪地要着雪靴，下雨要有雨鞋，旅游要有旅游鞋。大千世界，有无数种可供我们挑选的鞋，脚却只有一双。朋友，你可要慎重！

少时参加运动会，临赛的前一天，老师突然给我提来一双橘红色的带钉跑鞋，祝愿我在田径比赛中如虎添翼。我褪下平日训练的白网球鞋，穿上像橘皮一样柔软的跑鞋，心中的自信突然溜掉了。鞋钉将跑道锲出一溜齿痕，我觉得自己的脚被人换成了蹄子。我说我不穿跑鞋，所有的人都说我太傻。发令枪响了，我穿着跑鞋跑完全程。当我习惯性地挺起前胸去撞冲刺线的时候，那根线早已像绶带似的悬挂在别人的胸前。

橘红色的跑鞋无罪，该负责任的是那些劝说我的人。世上有很多很好的鞋，但要看适不适合你的脚。在这里，所有的经验之谈都无济于事，你只需在半夜时分，倾听你脚的感觉。

看到好几位赤着脚参加世界田径大赛的南非女子的风采，我报以会心一笑：没有鞋也一样能破世界纪录！脚会长，鞋却不变，于是鞋与脚，就成为一对永恒的矛盾。鞋与脚的力量，究竟谁的更大些？我想是脚。只见有磨穿了的鞋，没有磨薄了的脚。鞋要束缚脚的时候，脚趾就把鞋面挑开一个洞，到外面去凉快。

脚终有不长的时候，那就是我们开始成熟的年龄。认真地选择一种适合自己的鞋吧！一只脚是男人，一只脚是女人，鞋把他们联结为相似而又绝不相同的一双。从此，世人在人生的旅途上，看到的就不再是脚印，而是鞋印了。

削足适履是一种愚人的残酷，郑人买履是一种智者的迂腐；步履维艰时，鞋与脚要精诚团结；平步青云时，切不要将鞋儿抛弃……

当然，脚比鞋贵重。当鞋确实伤害了脚，我们不妨赤脚赶路！

危险的花烛

无论恋爱时怎样深入了解，结婚仍蕴含了深刻的未知。

洞房花烛夜，金榜题名时。一句古话。一句从男人口中说出的话。为什么这么讲？我问过若干的女人，年轻的和年老的。问她们濒临结婚时的感受，有人说企盼，有人说恐惧。更多的人说——焦虑。就是没有人把它比作高考成功，加官晋爵。

我常常不明白，结婚是常人常事，金榜题名，却是凤毛麟角。要知道，即使在希望小学深入穷乡僻壤的今天，大学也绝非人人有得上，结婚却是基本普及。两者的概率相差很大，怎能不分青红皂白就烩成一锅？

婚礼是性交的广告。这是鲁迅说的。他老人家刻薄尖利，但一语中的。对于婚礼的豪华铺排，兴师动众，单独看去，有些莫名其妙。但从巨资投入广告以推广正宗产品这个角度想，很多的不明白就水落石出。

在我们的古老文化中，婚礼是一件纯粹正面的事情。比如对罹患重症的病人，可以用结婚这件事来冲喜，好像它是一支千年的深山老参，喝下去能够回阳救逆。最耳熟能详的典型，要数《红楼梦》中的贾宝玉。但好像非但他没能霍然痊愈，古籍中的其他案例也是胜少败多。

在西方近代的心理学和社会学的研究中，远没有我们这样乐观。他们把结婚看成一把双刃剑，既有积极正面的一面，也不乏消极负向的一面。有一种表格，是专门统计人们对日常生活中发生的种种变化，能否良好地适应。那表可谓包罗万象，把世人可能遭遇的变故，都囊括了进去，从双亲逝去到圣诞节旅游，从搬家坐牢到离婚退休……然后给一个量化的分值。（洋人有点刻板机械，是不是？但也有好处，就是利于比较。本着他山之石，可以攻玉的谦虚精神，我们姑且就参考它。）

通过对5000多人的调查研究表明，当变化的指数大于150的时候，绝大多数人就会感到严重的不适，导致抑郁或是心脏病发作。

那么在这份表格当中，各种具体事件的分值是怎样的呢？按影响严重程度排列起来，位于前列的三项是：

金牌：配偶的死亡。分值100。

银牌：离婚。分值73。

铜牌：夫妻分居。分值65。

……

至于印象中对健康影响甚大的金钱，威力倒远比我们的想象要轻弱。比如抵押和借贷1万美元，分值只有17，仅相当于过一次半的圣诞节。

是的，过节也会带给人焦虑。圣诞节的分值是12，细细想，也有道理。人逢佳节倍思亲，缠绵的眷恋和离愁，相信每一个游子都没齿不忘。就算合家欢了，假日经济一蓬勃，熙熙攘攘地出行，那份辛苦与消耗，也未必能被游山玩水的快乐冲抵。

说了这许多，一定想知道结婚的分值。

告诉你这个答案——50。

相当于死亡的一半。相当于离婚的三分之二。相当于分居的77%。

我猜很多人看到这个分值的反应，和我一样，先是惊讶然后是嗤之以鼻，最后竟有隐隐的谴责了。危言耸听吧？能有那么严重吗？不至于！燃烧的红烛，高悬的灯笼，大红的喜字，纷飞的糖果……难道竟是温柔陷阱，给我们的身心构成巨大的压榨？

多年前因为不以为然，反倒特别清楚地记下了这组数据。并且在之后的若干岁月里，总惦记着击溃这个论点。于是，我遇到“围结婚期”（借鉴“围产期”这一术语，我自拟出了“围结婚期”。时间范围以婚礼为轴心，前后各约数月）前后的男女，总要问询他们的感受。

结果，我大大地诧异了。现代人，无论男性还是女性，普遍对婚姻有着难以言说的惆怅。两个出身、身份、学历、性格、爱好、职业……差异多多的人，由于婚礼，走到一方屋檐下。无论恋爱时怎样深入了解，结婚依然为这种关系带来了质的变化，于是它就蕴含了深刻的未知。未知带来了不安定感，由于不安定，便滋生出浓厚的焦虑和恐惧。在这个前所未有的重大决定面前，越是认真负责和有思考的人，越是感到某种深层的紧张和不安。是啊，两株不同的植物，从各自的土壤中连根拔起，摩肩接踵地栽到一个狭小的盆里，从此以后，连一滴露水都要彼此劈开饮下。这一份亲密接触，在温柔中潜藏着强烈的摩擦和张力。

于是，现代的婚姻就成了阵地。在喜烛红色的火焰中，弥散着芬芳而危险的硝烟。

哑幸福

幸福很矜持。遭逢时不提前打招呼，离开时不说明和申辩。

初逢一女子，憔悴如故纸。她无穷尽地向我抱怨着生活的不公，刚开始我还有点不以为然，很快就沉入她洪水般的哀伤之中了。你不得不承认，在这个世界上，有些人就是特别的倒霉，女人尤多。灾难好似一群鲨鱼，闻到某人伤口的血腥之后，就成群结队而来，肆意啄食他的血肉，直到将那人的灵魂曝成一架白骨。

从刚开始，我就知道自己这辈子不会有好运气的。她说。

我惊讶地发现，在一片暗淡的叙述中，唯有说这句话的时候，她的脸上显出生动甚至有一点得意的神色。

你如何得知的呢？我问。

我小时候，一个道士说过——这小姑娘面相不好，一辈子没好运的。我牢牢地记住了这句话。当我找对象的时候，一个很出色的小伙，爱上了我。我想，我会有这么好的运气吗？没有的。就匆匆忙忙地嫁了一个酒鬼，他长得很丑，我以为，一个长相丑恶的人，应该多一些爱心，该对我好。但霉运从此开始。

我说，你为什么不相信自己会有好运气呢？

她固执地说，那个道士说过的……

我说，或许，不是厄运在追逐着你，是你在制造着它。当幸福向你伸出银指的时候，你把自己的手掌，藏在背后了。你不敢和幸福击掌。但是，厄运向你一眨眼，你就迫不及待地迎了上去。看来，不是道士预言了你，而是你的不自信，引发了灾难。

她看着自己的手，摩挲着它，迟疑地说，我曾经有过幸福的机会吗？

我无言。有些人残酷地拒绝了幸福，还愤愤地抱怨着，认为祥云从未卷过他的天空。

幸福很矜持。遭逢的时候，它不会夸张地和我们提前打招呼。离开的时候，也不会为自己说明和申辩。

幸福是个哑巴。

全家福的碎屑

幸福没有统一的标准，也无需别人的肯定。

她是一个再婚的女人，穿着华丽得体，脸上浮动着礼仪性的微笑。看到我，她说，我现在十分幸福。

我们是在一个短暂的会议上结识的，吃饭时，正巧坐到一起。得知了我的职业，她说，晚上我也许会找你聊天。

此刻她来了，在沙发上很端正地坐下，裹着裙子的双膝，有教养地并拢后微微斜倚着，双手交叉抱在胸前，恰到好处地微笑。饭店千篇一律的落地灯，透过冷白的纱罩，从她的侧后上方轻柔地打下来，勾画出她脸庞优雅的轮廓和细致的皱纹。

我真的很幸福。重复地说过这句话之后她松开手臂，从钱夹中拿出一张全家福的照片给我看，一个大男孩和一个小女孩拉着手，一位中年男子，很踌躇满志的样子。她本人，仰望云彩微笑。背景是某游乐园巨大的摩天轮，悬挂着的每一间彩色小屋都紧紧地关着门，像无尽的删节号，在蓝天滑行。

我看了看，依旧什么也没说。

怎么，您不相信我幸福吗？她的声音好像有些气恼了，但笑容仍在。

我依旧沉默。从她进屋这短暂的时间，我不断听到“幸福”这个字眼，以至于让我高度怀疑它的真实性了。真正幸福的人，是不会半夜三更地到一个陌生人的房间来倾诉。当某人反复描述某种情境的时候，多半是他自己对此产生了怀疑。

我稍作解释：幸福不幸福，通常只是当事人内在的感觉，没有统一的标准，也无需别人的肯定。所以，我很难说什么……

之后又是长久的沉寂。也许是我的无言，更激起了她的讲述欲望。

——我是一个离了婚的女人。不是我想离，实在是没办法过下去了。他发了财搞第三者不说，还在外面和那女人租了房子。刚开始是每天半夜才回来，我不说什么，总想用自己的温柔来感动他。没想到他顽石心肠，一点也不悔改。夜不归宿从每周一天，发展到三天四天，后来，干脆住到那里，公开成了一家子。倒把自己真正的家，当成了酒店。那些年，我天天以泪洗面，可我挺坚强的，真的，和谁都不说。我这人自小就要强，不能让旁人看我的笑话。小学中学同学聚会，我全都打扮得漂漂亮亮去，一次也不落，叫谁也看不出我不快活。可是我不能跟他们深谈，从小就待在一块，都是知根知底的人，话一多了，非露馅不成。倘若女友只要问一句，你怎么那么瘦啊？我的眼泪就止不住了……

在那种见不得人的日子里，我忍啊忍的，总想，人心都是肉长的，终有一天，负心的男人，会认清这世上谁是真正的贤妻。一回，他破天荒地早回来了，我还没来得及给个笑脸，他说，你不是一天夸自己多么贤惠吗，今儿考验考验你。那边停电了，洗衣机没法使了，换下的衣服都臭了，你马上给洗出来吧。她可比你讲究，洗干净点，晾干了，得熨平……我当时什么话都说不出来，就是你娶了两个老婆，我也算大的，怎么能反过来伺候你们这对狗男女！我把一包脏内衣，兜头兜脑地甩到他身上，转身上了法院。

离了婚，前夫不要孩子，抚养费给得也很少。我发了狠，一定要让女儿过上公主般的生活，让那个男人看一看，没有他，我们活得更有滋有味。话说起来容易，但一个白发悄然上头的女人，钱哪里是容易挣的？后来，找到了一家卖玩具的公司，那儿是提成制，你卖得多，就能挣得多。人家一看我这么大岁数了，说，卖玩具可是年轻人的事业，得欢蹦乱跳的，自己整个是一大玩家，孩子们才会乐意买。您啊，还是去卖个纺织品什么的，兴许还有点收益。他们说得在理，可卖衣料赚得太有限，我得养活孩子啊，就硬着头皮卖起了玩具。一说玩具，您可能就想起积木、空竹什么的，那些太古老了。现在都是高科技的东西，一部动画片放出来，紧跟着上市的玩具，都是那里头有名有姓的玩偶，狂风似的迷倒了无数孩子。做这种玩具商，弄好了是个暴利行当，只不过一般人不大知道内情。销玩具的季节性很强，春节前大热卖，再有就是每年暑假。刨去这两个旺季，就很淡净。孩子们学习紧，考了期中考期末，谁还尽给孩子们买玩具啊。此行中的老手，都跟北方农民似的，干半年闲半年，忙时忙死，闲时骨头生锈。他们干得长了，都有自己的据点，也就是老客户，像一张绳床，织得密密麻麻。我一个青春不再的女人，哪里插得进去！所以，我刚入行时，收入很可怜。我想，这么下去，我们娘俩离饿死也不远了。我得改换策略。呛别人行的事，我不能干。我没那个本事，能把别人的老关系抢过来。退一万步讲，即便成，我也下不了那个手，叫人戳脊梁的事，咱不能干。后来，淡季来了，大伙都闲着。我想，为什么不能试试呢？生孩子是不分淡季旺季的，每年每一天，都会有孩子过生日。现今的孩子是小皇帝，七大姑八大姨的，都赶来凑热闹。送豪华玩具，是个风光事。我上了年纪，要是直接和买玩具的孩子打交道，肯定不如那些和孩子年龄接近的大娃娃们占优势，但我要是和成年人交往，以一个妈妈的身份出现，那些想给孩子买玩具的亲属们，就容易相信我。这个路数定下来，我就不辞劳苦地跑商场推销订货。我长的模样不像个商人，是个缺陷其实也是个长处，更容易让别人少戒心，乐意买我推荐的货色，把我看成是一个爱孩子的妈妈……刚开始，口干舌燥啊，说得我都腻烦听见自己的声音了。我把玩具操纵得比任何一个调皮的孩子，都更出彩，简直成了一个大顽童。我的业绩开始缓缓上升。有点像盐碱地的果树，刚栽下的时候，带死不活的，真不敢寄什么希望。但慢慢地它扎下根来了，一天比一天有起色，开始挂果子了……

我轻轻地摆了摆手。她是个很敏感的女人，立刻把说了半截的话含住了。

我说，我很理解你的努力和艰辛。但是，我们的时间有限，我想你到这里来，恐怕最主要的不是讲你怎么成了好玩具商。我更关心的是你的痛楚。

她的脸一下子变了颜色和形状，瓜子脸痉挛，青色透过脂粉渗出来，颤抖着说，我苦，您怎么看出来的？

我说，是猜。

她紧咬嘴唇，好像有些东西要自动跳出来，她在做最后的抵抗。

我依旧什么也不说，等着她。

过了好半天，她说，好吧，我都告诉您。我干吗上这来？不就是要找个人，把心底的黄连水倒倒吗？要不，我会被自己的过去呛死的。她的语句快而微微颤抖。

后来，我有钱了。挺多，够我们娘俩过日子的。我想找个丈夫了。以前我没钱的时候，不敢找，怕自己条件太差，找不到好的，让女儿也跟着受屈。现在，有条件了，我也能挑挑别人了。挑了多少人，才挑中了我现在的丈夫。他也是被人抛弃的，我想吃过亏的人，应该更懂得珍惜。他也带着一个男孩，他前妻也是不要孩子的。他没钱，日子像我以前那么苦。总而言之，我俩有那么多相像的地方，同病相怜啊。一见面，我就喜欢上他了。我说，我会给孩子当好后妈的，跟对我的孩子一样好。有我们娘俩吃的，就有你们爷俩吃的。

婚礼我是竭尽所能地办，声势浩大。我把能请的同学都请来了，让他们亲眼看到我的富贵和快乐，并且证明我不是一个贪图财势的女子，我一心追寻的是我的幸福，被人抛弃一次，并没有什么了不起的，我又站起来了。

婚后不久，女儿就对我说，她不喜欢哥哥。她挺乖的，早就改口叫爸叫哥了。我想她一个人待惯了，有个适应的过程。我对男孩格外好，因为不想叫人说我这个后妈偏心。他在学校闹事，我去挨老师的训斥，代他检讨，交罚款。后来他和小流氓打架，把人家的一只眼弄瞎了，人家要把他送去劳教。我吓坏了，心想，没和这家结亲以前，这孩子还没这样，现在出了事，传出去，我还有什么脸啊！于是，我拿出自己积蓄的一半，帮他把这件事摆平了。原来丈夫不知道我有多少钱，从这事以后，他就倚在我身上，啥也不想干了。我跟他说，我的钱没多少了，咱一家四口，要是光花不干，支撑不了多少时间。他不信，说我为了一个不是自己的孩子，都能一下子出那么多钱，不定潜伏着多大的油水呢。

这些我都忍了，心想将就着过吧。我不能再离婚了，离过婚的女人输不起了。你第一次错了，人家还会同情你，你再次错了，人家只有嘲笑你。所有的朋友都以为我过得很好，我无法把真相说出来。

后来，我发现原本跟我无话不谈的女儿，话越来越少，简直就成了哑巴。我问什么她都不说，我知道她恨我把两人之家变成了四人之家。可她就不想想，一个孩子没有爸爸，人家会怎么看？现在，起码这个家表面上是完整的。至于别的事，自己不说，谁也不知道。

我就生活在这样的幻想中，直到有一天，在沙发上发现了血迹。我家养了一只猫，我以为是谁叫猫抓了，就嚷嚷起来。那要是得了狂犬病可不得了，赶快到防疫站打针吧！当时只有两个孩子在家，我女儿脸色惨白，但还是什么也不说。那个男孩就跪下了，说他把妹妹给强暴了……

我的如花似玉的女儿啊！那一刻，山崩地裂啊。

我以为我会昏过去，可惜我没有。我想这事怎么办呢？我要去告官。丈夫知道了，也给我跪下了。说你要是告了，有什么好的？我丢人，我儿子丢人，可你女儿也丢人，你更丢人……你们丢的人更丑更大更多！

那个旺季，我一分钱的玩具也没卖出去，大家都说我是叫幸福泡软了，连活计也不想干了。只有我自己知道，那是怎样的苦海。面对大伙的玩笑，我更是说不出一句真话。丈夫说的也许有理，一切都已是生米熟饭，你告了，什么也不会改变，得到的只是耻笑。还不如自己憋着，好歹在外面还有一份面子，所以……

所以，你就怀揣着全家福的照片，不停地给人看，不停地重复“我很幸福”这样的谎言！我说，心因为怜悯和愤怒而撕裂。她不是我遇到的最悲惨的女人，但却是最自欺欺人的懦弱者。

可不这样，我有什么法子？离过婚的女人输不起啊……她闭上眼睛，有一颗很大的泪水从一只眼里流下来，另一只的眼角始终干燥。我该怎么办啊？！她发出母狼一样的哀号。

我说，离过婚的女人，可以再离婚。跌倒了的女人，可以原地爬起来。女儿是受害者，丢人的绝不是你们。人为什么要生活在自己编织的谎言中？你口口声声说最爱自己的女儿，可你辜负了她的信任。你是她的保护人，你没有尽到自己的职责！你纵容了犯罪，你懦弱，你无能，你生活在一个残酷的谎言中，你也在对女儿犯罪……

她终于收起了自己的笑容，放声痛哭，泪如雨下。

我所能做的唯一的事，就是不停地给她递纸巾。满地的白纸团触目惊心地滚动着，好像此处降下特大的冰雹。

许久许久，她终于停止了哭泣。我看到一种力量的光芒，闪烁在她因为哭泣而变得真实的脸颊上。

现在，我最该干的是什么？她有些不知所措地看着我。

我说，以你在商场上的征战，我相信你是一个有勇气有智慧的女子。你是一定知道自己该干什么的。

她若有所思。然后喃喃地说，我知道我第一件事该干什么了。

她把那张全家福抽出来，撕得粉碎。指甲因为过度用力，边缘变得毫无血色。相纸裂解成只有玉米粒大小的碎屑，她到卫生间，放水把全家福的尸骸冲走了。

我不幸福，但是我有勇气面对它。临走的时候，她说。

第四辑

心轻者上天堂

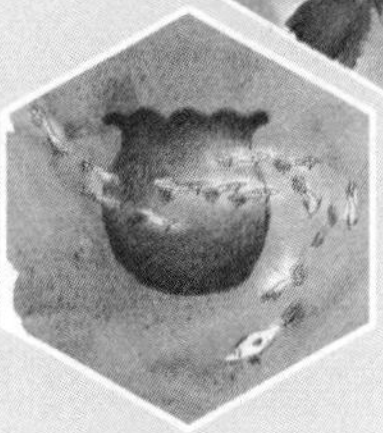

天使之所以能够飞翔，
是因为天使的心很轻。

心轻者上天堂

在还能微笑和努力的时候，就把心上的坠累一一摘掉。

埃及国家博物馆，有一件奇怪的展品。一方用精美白玉雕刻的匣子，大小约和常用的抽屉差不多，匣内被十字形玉栅栏隔成四个小格子，洁净通透。玉匣是在法老的木乃伊旁发现的，当时匣内空无一物。从所放的位置看，匣子必是十分重要，可它是盛放什么东西用的？为什么要放在那里？寓意何在？谁都猜不出。这个谜，在很长一段时间内，让考古学家们百思不得其解。后来，在埃及中部卢克索的帝王谷，在卡尔维斯女王的墓室中，发现了一幅壁画，才破解了玉匣的秘密。

壁画上有一位威严的男子，正在操纵一架巨大的天平。天平的一端是砝码，另一端是一颗完整的心。这颗心是从一旁的玉匣子中取出的。埃及古老的文化传说中，有一位至高无上的美丽女性，名叫快乐女神。快乐女神的丈夫，是明察秋毫的法官。每个人死后，心脏都要被快乐女神的丈夫拿去称量。如果一个人是欢快的，心的分量就很轻，女神的丈夫就判那颗羽毛般轻盈的心，引导着灵魂飞往天堂。如果那颗心很重，被诸多罪恶和烦恼填满褶皱，快乐女神的丈夫就判他下地狱，永远不得见天日。

原来，白玉匣子是用来盛放人的心灵的。原来，心轻者可以上天堂。

自从知道了这个传说，我常常想，自己的心是轻还是重，恐怕等不及快乐女神的丈夫用一架天平来称量，那实在太晚了。呼吸已经停止，一生盖棺定论，任何修改都已没有空白处。我喜欢未雨绸缪，在我还能微笑和努力的时候，就把心上的坠累一一摘掉。我不希图来世的天堂，只期待今生今世此时此刻朝着愉悦和幸福的方向前进。天堂不是目的地，只是一个让我们感到快乐自信的地方。

心灵如果披挂着旧日尘埃，好像浸满了深秋夜雨的蓑衣，湿冷沉暗。如何把水珠抖落，在朗空清风中晾干哀伤的往事？如何修复心理的划痕，让它重新熠熠闪亮一如海豚的皮肤在前进中把阻力减到最小？如何在阳光下让心灵变得通透晶莹，仿佛古时贤臣比干的七巧玲珑心，忠诚正直诚恳聪慧，却不会招致悲剧的命运？

我们不是从一张白纸开始自己的心灵健康之旅，背负着个人的历史和集体的无意识。在文化的熏染中长大，它们对我们的影响复杂而深远，微妙而神秘。

豆角鼓

人间的温情能跨越无数岁月和命运的阴霾。

有一个在幼儿园就熟识的朋友，男生。那时，我们同在一张小饭桌上吃饭。上劳动课的时候，阿姨发给每人一面跳新疆舞用的小铃鼓，里头装满了豆角。当我择不完豆角丝的时候，他会来帮我。我们就把新疆铃鼓称为豆角鼓。

以后几十年，我们只有很少的来往，彼此都知道对方在城市的某一个角落里，愉快地生活着。一天，他妻子来电话，说他得了喉癌，手术后在家静养，如果我有时间的话，请给他去个电话。我连连答应，说明天就做。他妻子略略停了一下说，通话时，请您尽量多说，他会非常入神地听。但是，他不会回答你，因为他无法说话。

第二天，我给他打了电话。当我说出他的名字以后，对方是长久地沉默。我习惯地等待着回答，猛然意识到，我是不可能得到回音的。我便自顾自地说下去，确知他就在电线的那一端，静静地聆听着。自言自语久了，没有反响也没有回馈，甚至连喘息的声音也没有，感觉很是怪异。好像你面对着无边无际的棉花垛……

那天晚上，他的妻子来电话说，他很高兴，很感谢，希望我以后常常给他打电话。

我答应了，但拖延了很长的时间。也许是因为那天独自说话没有回声的感受太特别了。后来，我终于再次拨通了他家的电话。当我说完，你是 ×× 吗？我是你幼儿园的同桌啊……

我停顿了一下，并不是等待他的回答，只是喘了一口气，预备兀自说下去。就在这个短暂的间歇里，我听到了细碎的哗啦啦声……这是什么响动？啊，是豆角鼓被人用力摇动的声音！

那一瞬，我热泪盈眶。人间的温情跨越无数岁月和命运的阴霾，将记忆烘烤得蓬松而馨香。

那一天，每当我说完一段话的时候，就有哗啦啦的声音响起，一如当年我们共同把择好的豆角倒进菜筐。当我说再见的时候，回答我的是响亮而长久的豆角鼓声。

我眉飞扬

心悦诚服地接受自己的外形，包括身体的所有细节。

眉毛对人并不是非常重要的。我之所以这么说，是因为人如果没有了眉毛，最大的变化只是可笑。脸上的其他器官，倘若没有了，后果都比这个损失严重得多。比如没有了眼睛，我说的不是瞎了，是干脆被取消掉了，那人脸的上半部变得没有缝隙，那就不是可笑能囊括的事，而是很可怕的灾难了。要是一个人没有鼻子，几乎近于不可思议，脸上没有了制高点，变得像面饼一样平整，多无聊呆板啊。要是没了嘴，脸的下半部就没有运动和开阖，死板僵硬，人的众多表情也就没有了实施的场地，对于人类的损失，肯定是灾难性的。流传的相声里，有理发师捉弄顾客，问:“你要不要眉毛啊？”顾客如果说要，他就把眉毛剃下来，交到顾客手里。如果顾客说不要呢，他也把顾客的眉毛剃下来，交到顾客手里。反正这双可怜的眉毛，在存心不良的理发师傅手下，是难逃被剃光的下场了。但是，理发师傅再捣蛋，也只敢在眉毛上做文章，他就不能问顾客:“你要不要鼻子啊？”按照他的句式，再机灵的顾客，也是难逃鼻子被割下的厄运。但是，他不问。不是因为这个圈套不完美，而是因为即使顾客被套住了，他也无法操作。同理，脸上的眼睛和嘴巴，都不能这样处置。可见，只有眉毛，是面子上无足轻重的设备了。

但是，也不。比如我们形容一个人快乐，总要说他眉飞色舞，说一个男子英武，总要说他剑眉高耸，说一个女子俊俏，总要说她蛾眉入鬓，说到待遇的不平等，总也忘不了眉高眼低这个词，还有柳眉倒竖眉开眼笑眉目传情眉头一皱计上心来……哈，你看，几乎在人的喜怒哀乐里，都少不了眉毛的份。可见，这个平日只是替眼睛抵挡下汗水和风沙的眉毛，在人的情感词典里，真是占有不可忽视的位置呢。

我认识一位女子，相貌身材肤色连牙齿，哪里长得都美丽。但她对我说，对自己的长相很自卑。我不由得又上上下下左左右右地将她打量了个遍，就差没变成一架B超仪器，将她的内脏也扫描一番。然后很失望地对她说，对不起啦，我实在找不出你有哪处不够标准，还请明示于我。她一脸沮丧地对我说，这么明显的毛病你都看不出，你在说假话。你一定是怕我难受，故意装傻，不肯点破。好吧，我就告诉你，你看我的眉毛！

我这才凝神注意她的眉毛。很粗很黑很长，好似两把炭箭，从鼻根耸向发际……

我说，我知道那是你画了眉，所以也没放在心里。

女子说，你知道，我从小眉毛很淡，而且是半截的。民间有说法，说是半截眉毛的女孩会嫁得很远，而且一生不幸。我很为眉毛自卑。我用了很多方法，比如人说天山上有一种药草，用它的汁液来画眉毛，眉毛就会长得像鸽子的羽毛一样光彩颀长，我试了又试，多年用下来，结果是眉毛没见得黑长，手指倒被那种药草染得变了颜色……因为我的眉毛，我变得自卑而胆怯，所有需要面试的工作，我都过不了关，我觉得所有考官都在直眉瞪眼地盯着我的眉毛……你看你看，直眉瞪眼这个词，本身就在强调眉毛啊……心里一慌，给人的印象就手足无措，回答问题也是语无伦次的，哪怕我的笔试成绩再好，也惨遭淘汰。失败的次数多了，我更没信心了。以后，我索性专找那些不必见人的工作，猫在家里，一个人做，这样，就再也不会有人见到我的短短的暗淡的眉毛了，我觉得安全了一些。虽然工作的薪水少，但眉毛让我低人一等，也就顾不了那么多了。

我吃惊道，两根短眉毛，就这样影响你一生吗？

她很决绝地说，是的，我只有拼力弥补。好在商家不断制造出优等的眉笔，我画眉的技术天下一流。每天，我都把自己真实的眉毛隐藏起来，人们看到的都是我精心画出的美轮美奂的眉毛。不会有人看到我眉毛的本相。只有睡觉的时候，才暂时地恢复原形。对于这个空当，我也做了准备，我设想好了，如果有一天我睡到半夜，突然被火警惊起，我一不会抢救我的财产，二不会慌不择路地跳楼，我要做的最重要的一件事，就是掏出眉笔，把我的眉毛妥妥帖帖画好，再披上一条湿毛毯匆匆逃命……

我惊讶得说不出话来，然后是深切的痛。我再一次深深体会到，一个人如果不能心悦诚服地接受自己的外形，包括身体的所有细节，那会在心灵上造成多么锋利持久的伤害。如霜的凄凉，甚至覆盖一生。

至于这位走火也画眉的女子，由于她内心的倾斜，在平常的日子里，她的眉笔选择得过于黑了，她用的指力也过重了，眉毛画得太粗太浓，显出强调的夸张和滑稽的戏剧化了……她本想弥补天然的缺陷，但在过分补偿的心理作用下，即使用了最好的眉笔，用了漫长的时间精心布置，也未能达到她所预期的魅力，更不要谈她所渴望的信心了。

眉毛很重要。眉毛是我们脸上位置最高的饰物。（假如不算沧桑之刃在我们的额头上镌刻的皱纹。）一双好的眉毛，也许在医学美容专家的研究中，会有着怎样的弧度怎样的密度怎样的长度怎样的色泽……但我想，眉毛最重要的功能，出了遮汗挡沙之外，是表达我们真实的心境。当我们自豪的时候，它如鹰隼般飞扬；当我们思索的时候，它有力地凝聚；当我们哀伤的时候，它如半旗低垂；当我们愤怒的时候，它——扬眉剑出鞘……

假如有火警响起，我希望那个女子能够在生死关头，记住生命大于器官，携带自己天然的眉毛，从容求生。

我眉飞扬。不论在风中还是雨中，水中还是火中。

当我们想家的时候

我们都曾欢欣地接受过母爱，也都可以成为辐射母爱的源泉。

常常想家。

当我们想家的时候，其实是想起了母亲。当我们想起母亲的时候，其实是想起了无边无际云蒸霞蔚的爱。当我们想起爱的时候，其实是想起了如天宇般宽广淳厚的温暖和一种伟大神圣的责任。当我们想起责任的时候，其实是在宁静致远地思索人生的真谛和生命的尊严。

世上没有关于家的节日，好在有一个母亲节，让我们飘荡的心有所附丽。每年这一天，人们心心相印地隆重纪念这个民间节日，感念一种饱含沧桑的爱。

最初发起为母亲设定一个节日的人，定是一位成年的男人或是女人。太小的孩子，我以为是无法理解母爱的。婴儿的热爱的涌起，更多的是源于一种生命本能的驱动。孩子从母亲那里，得到最初的食物和衣着，看到世上第一张欢颜，听到人间第一句笑语……小小的心，像一只薄而透明的钵，盛满了乳色的爱，悄悄涟漪着。以孩子的智力，必认为这些都是上天无缘无故倾倒的玉液琼浆，是与生俱来的赠品。

作为施与的一方，母爱有时也是本能以致盲目愚蠢的代名词。母爱单纯也复杂，清澈也浑浊，博大也狭窄，无偿也有偿。体验这种以血为缘的爱，感知它的厚重深远，纪念它的无私无畏，弘扬它的旗幡，播撒它的甘霖，需要灵敏的悟力和细腻的柔情。世人只知给予艰难，其实接受也非易事，需要虚怀若谷的智慧。只有容纳得多，才有可能付出得多。对于早年无爱的生命来说，就像没有河溪汇入的干涸之库，无法想见会在旱魃猖獗时会有泉眼喷涌。

母亲于是成了一种象征。

她是低垂的五谷，她是无尽的蚕丝，她是冬天的羽毛和夏天的流萤。她是河岸的绿柳依依，她是麦田的白雪皑皑。她是永不熄灭的炉火，她是不肯降下毫厘的期望标杆。她是成绩单上的一枚签名，她是风雨中代人受过的老墙。她是记忆中永恒年轻的剪影，她是飓风中无可撼动水波不兴的风眼。

母爱并不仅仅从生育这一生理过程中得来，它是心灵的产物而不是子宫的产物。生育只是母爱的土壤，它可以贫瘠也可以富饶，可以繁衍灵芝也可滋生稗草。

我愿把人类那种最崇高而结晶的挚爱，无论来自男女，统称为母爱。母爱如盐。盐主要是来自大海，母爱最主要的蕴含地，当然是母亲了。但世上还有湖盐、井盐、岩盐、池盐……母爱并不是母亲的专利，它是人类所有最美好最无私最博大的爱的总命名。比如未生育的女子，也会富含母爱，像医家泰斗林巧稚大夫，她的双手，便是摆渡万婴安达人世的慈航。在人类的发展史上，更有无数志士仁人，把无边的爱意和关怀倾泻人寰。那爱的纯正灼热，至今散发着炙烤肺腑的力度，促人们警醒，激人们向前。

无论我们是男人还是女人，成人还是少年，我们都曾欢欣地接受过母爱，我们也都可以成为辐射母爱的源泉。

青虫之爱

妈妈是无所不能无所畏惧的。

我有一位闺中好友，从小怕虫子。不论什么品种的虫子都怕。披着蓑衣般茸毛的洋辣子，不害羞地裸着体的吊死鬼，一视同仁地怕。甚至连雨后的蚯蚓，也怕。放学的时候，如果恰好刚停了小雨，她就会闭了眼睛，让我牵着她的手，慢慢地在黑镜似的柏油路上走。我说，迈大步！她就乖乖地跨出很远，几乎成了体操动作上的劈叉，以成功地躲避正蜿蜒于马路的软体动物。在这种瞬间，我可以感受到她的手指如青蛙腿般弹着，不但冰凉，还有密集的颤抖。

大家不止一次地想办法治她这毛病，那么大的人了，看到一个小小毛虫，哭天抢地的，多丢人啊！早春天，男生把飘落的杨花坠，偷偷地夹在她的书页里。待她走进教室，我们都屏气等着那心惊肉跳的一喊，不料什么声响也未曾听到。她翻开书，眼皮一翻，身子一软，就悄无声息地瘫到桌子底下了。

从此再不敢锻炼她。

许多年过去，各自都成了家，有了孩子。一天，她到我家中做客，我下厨，她在一旁帮忙。我择青椒的时候，突然从蒂旁钻出一条青虫，胖如蚕豆，背上还长着簇簇黑刺，好一条险恶的虫子。因为事出意外，怕那虫蜇人，我下意识地将半个柿子椒像着了火的手榴弹扔出老远。

待柿子椒停止了滚动，我用杀虫剂将那虫子扑死，才想起酷怕虫的女友，心想刚才她一直目不转睛地和我聊着天，这虫子一定是入了她的眼，未曾听到她惊呼，该不是吓得晕厥过去了吧？

回头寻她，只见她神态自若地看着我，淡淡说，一个小虫，何必如此慌张。

我比刚才看到虫子还愕然地说，啊，你居然不怕虫子了？吃了什么抗过敏药？还是狠斗私字一闪念，阶级觉悟有了大提高？

女友苦笑说，怕还是怕啊。只是我已经能练得面不改色，一般人绝对看不出破绽。刚开始的时候，我就盯着一条蚯蚓看，因为我知道它是益虫，感情上接受起来比较顺畅。再说，蚯蚓是绝对不会咬人的，安全性能较好……这样慢慢举一反三，现在我无论看到有毛没毛的虫子，都可以把惊恐压制在喉咙里。

我说，为了一个小虫子，下这么大的功夫，真有你的。值得吗？

女友很认真地说，值得啊。你知道我为什么怕虫子吗？

我撇撇嘴说，我又不是你妈，我怎么会知道啊！

女友拍着我的手说，你可算说到点子上了，怕虫就是和我妈有关。我小的时候，是不怕虫子的。有一次妈妈听见我在外面哭，急忙跑出去一看，我的手背又红又肿，旁边一条大花毛虫正在缓缓爬走。我妈知道我叫虫蜇了，赶紧往我手上抹牙膏，那是老百姓止痒解毒的土法。以后，她只要看到我的身旁有虫子，就大喊大叫地吓唬我……一来二去的，我就成了条件反射，看到虫子，灵魂出窍。

后来如何好的呢？我追问。依我的医学知识，知道这是将一个刺激反复强化的结果，最后，女友就成了巴甫洛夫教授的案例，每一次看到虫子，就恢复到童年时代的大恐惧中。世上有形形色色的恐惧症，有的人怕高，有的人怕某种颜色，我曾见过一位女士，怕极了飞机起飞的瞬间，不到万不得已，她是绝不搭乘飞机的。一次实在躲不过，上了飞机。系好安全带后，她骇得脸色刷白，飞机开始滑动，她竟号啕痛哭起来……中国古时的“一朝被蛇咬，十年怕井绳”说的也是这回事。只不过杯弓蛇影的起因，有的人记得，有的人已遗忘在潜意识的晦暗中。在普通人看来是微不足道的小事，对当事人来说，痛苦煎熬，治疗起来十分困难。

女友说，后来有人要给我治，说是用逐步脱敏的办法。比如先让我看虫子的画片，然后再隔着玻璃观察虫子，最后直接注视虫子……

原来你是这样被治好的啊！我恍然大悟道。

嗨！我根本就没用这个法子。我可受不了，别说是看虫子的画片了，有一次到饭店吃饭，上了一罐精致的补品。我一揭开盖，看到那漂浮的虫草，当时就把盛汤的小罐摔到地上了……朋友抚着胸口，心有余悸地讲着。

我狐疑地看了看自家的垃圾筒，虫尸横陈，难道刚才女友是别人的胆子附体，才如此泰然自若？我说，别卖关子了，快告诉我你是怎样重塑了金身。

女友说，别着急啊。听我慢慢说。有一天，我抱着女儿上公园，那时她刚刚会讲话。我们在林荫路上走着，突然她说，妈妈……头上……有……她说着，把一缕东西从我的发上摘下，托在手里，邀功般地给我看。

我定睛一看，魂飞天外，一条五彩斑斓的虫子，在女儿的小手内，显得狰狞万分。

我第一个反应是像以往一样地昏倒，但是我倒不下去，因为我抱着我的孩子。如果我倒了，就会摔坏她。我不但不曾昏过去，神志还从没有过的清醒。

第二个反应是想撕肝裂胆地大叫一声。因为你胆子大，对于惊叫在恐惧时的益处可能体会不深。其实能叫出来极好，可以释放高度的紧张。但我立即想到，万万叫不得。我一喊，就会吓坏了我的孩子。

于是，我硬是把喷到舌尖的惊叫咽了下去，我猜那时我的脖子一定像吃了鸡蛋的蛇一样，鼓起了一个大包。

现在，一条虫子近在咫尺。我的女儿用手指抚摸着它，好像那是一块冷冷的斑斓宝石。我的脑海迅速地搅动着。如果我害怕，把虫子丢在地上，女儿一定从此种下了虫子可怕的印象。在她的眼中，妈妈是无所不能无所畏惧的，如果有什么东西把妈妈吓成了这个样子，那这东西一定是极其可怕的。

我读过一些有关的书籍，知道当年我的妈妈，正是用这个办法，让我一生对虫子这种幼小的物体，骇之入骨。即便当我长大之后，从理论上知道小小的虫子只要没有毒素，实在不值得大惊小怪，但我的身体不服从我的意志。我的妈妈一方面保护了我，一方面用一种不恰当的方式，把一种新的恐惧，注入我的心里。如果我大喊大叫，那么这根恐惧的链条，还会遗传下去。不行，我要用我的爱，将这链条砸断。

我颤巍巍地伸出手，长大之后第一次把一只活的虫子捏在手心，翻过来倒过去地观赏着那虫子，还假装很开心地咧着嘴，因为——女儿正在目不转睛地看着我呢！

虫子的体温，比我的手指要高得多，它的皮肤有鳞片，鳞片中有湿润的滑液一丝丝渗出，头顶的茸毛在向不同的方向摆动着，比针尖还小的眼珠机警怯懦……

女友说着，我在一旁听得毛骨悚然。只有一个对虫子高度敏感的人，才能有如此令人震惊的描述。

女友继续说，那一刻，真比百年还难熬。女儿清澈无瑕的目光笼罩着我，在她面前，我是一个神。我不能有丝毫的退缩，我不能把我病态的恐惧传给她……

不知过了多久，我把虫子轻轻地放在了地上。我对女儿说，这是虫子。虫子没什么可怕的。有的虫子有毒，你别用手去摸。不过，大多数虫子是可以摸的……

那只虫子，就在地上慢慢地爬远了。女儿还对它扬扬小手，说“拜……”

我抱起女儿，半天一步都没有走动。衣服早已被黏黏的汗浸湿。

女友说完，好久好久，厨房里寂静无声。我说，原来你的药，就是你女儿给你的啊。

女友纠正道，我的药，是我给我自己的，那就是对女儿的爱。

母爱的级别

母爱不能只停留在低级阶段，要向高级阶段转化。

有人说，爱是与生俱来的。母爱是我们理解爱的最好的范本和老师。我以为，错。爱是需要学习，需要钻研，需要切磋，需要反复实践，需要考验，需要总结经验，需要批评帮助，需要阅读需要讨论，需要提高需要顿悟……总之，需要一切手段的打磨和精耕细作的艺术。

与生俱来的只有动物的本能。人的爱，超越了血缘、种族、国界，它辽阔的翅膀抵达宇宙的疆界，这是地球上任何一种动物，不可能天然辐射的领域。所以，爱不是如同瞳仁的颜色和身高的尺度，是一串基因决定的先天，而是后天艰苦琢磨的成长之丹。

印度狼孩的故事，是一个动物母爱的典范之作。有时想，假如是一个人类的母亲，得到了一只狼的幼崽，将会怎样？一般情形下，怕是不会用乳汁哺育它长大的吧。这不但说明了母爱是盲目的，还说明如果单纯比较母爱的浓度，也许人还不如一只动物。有人会说，狼长大了，会咬人，谁敢喂它？那么，一只小鼠，就会有人类的母亲用乳汁哺育它吗？答案也基本上是否定的。

母爱并不是爱的高级阶段，因为它仅仅是人类的一种本能。人类的婴儿接受母爱，是被动和无意识的。在感知的那一方面来讲，母爱首先是物质的，是生存的必要条件。如果没有母亲的乳汁和精心呵护，小婴儿根本就无法生存。所以，母爱的早期阶段是分割界限不清晰的融合和多方面付出的照料性质，高级阶段则升华为分离和精神的构建。世上有许多母亲，可以把属于动物本能那一部分做得较好，就是可以完成对子女的衣食住行的补给维护，但是对高级部分，就是超越一己博爱人类——从血缘分离弥散扩展和广博的爱，就未必能及格以至优秀。

我们不时地听到某个母亲，因为孩子的学习成绩不好，竟把自己的亲生孩子殴打致死。这是爱吗？很多人说这不是爱，因为他们本能地拒绝承认这是爱，在他们眼中，爱是纯正和没有任何杂质污染的，包括爱是不能有失误的。但我想说，假使把那位死去的孩子复活，问他或她，你的妈妈是否爱你，我想，他和她带着满身伤痕，也会说，妈妈爱……

因为母爱的初级阶段，就是如此盲目和自怜自恋的。她很可能不尊重孩子，难以清晰地界定孩子是另一个完整的独立的个体。她把自己的感受和期望，强加在一个与她完全不同的人身上，就会酿成悲剧。这不但是生理上的，还有更深的心理上的痕迹。我要说，很多成人的家庭不幸和性格缺憾，追索起来，都和母爱只停留在低级阶段，未能完成向高级阶段的转化有关。单纯的低级的母爱，是泥沙俱下糟粕与精华并存的原始状态。

在母爱的高级阶段，母亲要高屋建瓴地完成与孩子的分隔。她高度尊重生命的不同个体之间的差异，帮助一个新的生命走向灿烂和辉煌。这种境界，即使是一个潜质优等的母亲，如果不经过修炼和学习，也是不容易天然达标的。如果将它比作一座关键的闸门，我们将忧虑地看到——无数的母亲被隔绝在门的这一边，只有少数优异的母亲，才能跨越这对她们自身也充满挑战的门槛，完成爱的本质的升华。

既然母爱里包含着如此分明和严格的界限，我们有什么理由坚持——母爱就一定是我们接受爱的完善楷模呢？

所以，我宁可说，爱是没有天造地设的老师的，爱又是无法无师自通的。爱很艰巨，爱要我们在时间中苦苦摸索。

家是有生命的精灵

我们是自己家庭的制造者，也是自己家庭的保健医生。

当医学生的时候，一天，教授拿着一枝新柳走进教室。它嫩绿的枝管上，萌着鹅黄的叶蕾，大梦初醒的样子。我们正不知一向严谨的教授预备干什么，教授啪地折断了柳枝。绿莹莹的顶端顿时萎下来，唯有青皮褴褛地耷拉着，汁液溅出满堂苦苦的气息。教授说：“今天我们讲骨骼。医学上有一个重要的名称，叫作柳枝骨折，说的是此刻骨虽断，却还和整体有着千丝万缕的联系。我们的职责，就是把这样的断骨接起来，这需要格外的冷静、格外的耐心……”

一次，到了大兴安岭。老猎人告诉我，如果迷了路，沿着柳树，就能走出深山。

我问为什么，老猎人说：“春天柳树最先绿，秋天它最后黄。柳树成行的地方必有活水，水往山外流，所以你跟着它，就能找到家。”

心中一动，我记下了柳树如家。

一位女友向我哭诉她的家庭说，希冀的是家的纯洁、家的祥和，可怕的是最近这一切都濒临破碎，虽是藕断丝连，但想手起刀落……

我知她家虽已摇摇欲坠，但并非恩断义绝，就和她讲起了柳枝骨折："既然一株植物都可凭着生命的本能，愈合惨痛的伤口，在原处发出新的枝叶，我们也可更顽强更耐心地尝试修复。"

女友迟疑说："现代的东西，不破都要扔，筷子全变成一次性的……何况当初海誓山盟如今千疮百孔的家！"

我说：家是有生命的精灵。正因为家是活的，所以会得病也会康复。既然高超的仪器会失灵，凌飞的火箭会爆炸，精密的计算机会染病毒，蔚蓝的海洋也有厄尔尼诺，婚姻当然也可骨折。

我们是自己家庭的制造者，我们是自己家庭的保健医生。每一个家庭，都是男女用感情和双手缔造，那张家庭的保修单，当然也由双方郑重签发。家是一张木制的椅子，要常常涂饰修理。阴雨连绵的季节，偶有太阳，要搬出来晒，不要生出点点霉斑。秋天的时候，要在田野留步，感受清风的抚摸，忆起春天的期望。

修补家庭是双方的事情，万万不可一方包办。疗治骨折要干净彻底地清洗创面，绝不可留下化脓的细菌。焊接两块钢板，要将那对接的毛边打去陈锈，露出洁净的茬口，才能在烈焰下重新融合。如果没有痛切的割舍磨打，哪怕只是黏合一块鞋跟，也会在几步之后再次脱落……退让妥协绝不是修补，那是藏污纳垢苟延残喘，那是委曲求全自取其辱，等待我们的只会是更大的苦痛。

修补是比丢弃更烦琐的工程。修补是比丢弃更艰苦的跋涉。修补是比丢弃更费时费心的历练。修补是比丢弃更精妙的技艺。

女友听了我的话，半信半疑道："裂了口子连缀起来的家，就像早年间乡下锔过的碗，还会结实吗？"

当年我们也曾问过教授，柳枝骨折长好后，当再次遭受重大压力和撞击的时候，会不会在原位爆开？

教授微笑着回答：樵夫上山砍柴，都知道斧刃最难劈入的树瘤，恰是当年树木折断后愈合的地方。

默契的建筑

你是你婚姻的工程师。

所有建造家庭的人，都不会希望在这所百年大计的房屋中埋藏灾难的因子。但是，你从热闹的婚礼归来，过一段时间再去瞧瞧，你会惊奇地发现，占相当一个百分比的婚姻建筑，不再是举行婚礼时美丽风光的模样。装饰一新的外表开始衰败，地基被蝼蚁蛀了密集的窝孔，承重梁根本就没用钢筋，甚至古怪到没有玻璃没有门，所用砖瓦都是伪劣产品……这些可叹可怜的小屋，在风雨中摇摇欲坠，不时传来断裂和毁坏的噪声。再过几年看看，有的已夷为平地，主体结构渺无踪影，遗下一片废墟。有的被谎言的爬山虎密密匝匝地封锁，你再也窥不到内部的真实。有的门户大开，监守自盗歹人出没，爱情的珍藏已荡然无存。有的徒有虚名地支撑着，坑灰灶冷了无生机……更可怕的是在这样衰败的婚姻陋室中，你或许会听到婴儿的哭声，生命的规律在令人不安地运行着。

我想，有朋友会说——你是一个乌鸦嘴啊。所有处在热恋和谈论婚嫁阶段和已经披上婚纱的女子，都直觉地反感我以上所描述的种种情形。以为那只是小说和电视连续剧中出现的情节，是令人茶余饭后听着解闷的，是绝不会发生在自己身上的。我能理解这种心情，自己也不愿在大喜的日子里，做令人不快的预言。但是，原谅我，我听过太多的女孩谈过粉红色的梦想，我看到过太多的女子感伤哀怨的目光。我想说，你是你的婚姻的工程师啊，光有美好的蓝图不中用，你还得亲自施工。你有怎样的观念和技术，你就会收获一份怎样的婚姻。

要说什么样的建筑最结实呢？马上想到几点。起码，你的地基得牢吧？你所用的材料得是精选而来的吧？你得精心设计精心施工吧？不能建成一个“三无工程”，也不能边设计边施工。你不能光图样子好看，不注重内在质量吧？你得量体裁衣不能贪大求洋吧？你得……

嗨！太多了。但是，仅仅做到了这些，建筑是否就能历久弥新？

国外一次大地震，山摇地动房倒屋塌。清理时，救援者惊奇地发现，新盖的建筑大部分都倒塌了，倒是那些古老的建筑，晃动了几下依然站稳着脚跟。科学家们考察的结果，是那些古老建筑的结合部，往往比现代建筑要牢靠得多。

我常常凝目注视着那些历经千年斗拱飞檐的宫殿，奇怪它们在风雨中不浸润在动荡中不倒塌的诀窍，到底是什么呢？思索再三，我想，除了深深的地基以外，很重要的是材料交接部位的吻合和默契。

是建筑，就肯定要有接缝，如同性别不同年龄不同背景不同爱好不同……的男人和女人，某一天，就走到一处屋檐下面来了。物和物的接缝，人和人的接缝，这一部位，肯定是整体中最软弱的所在了。只要有几道接榫处渗漏或是松动，外界的风沙和侵蚀就会乘虚而入，日积月累，千里之堤，溃于蚁穴的悲剧，几乎就是必然的了。

我看到过一个故事。说的是古代有一位杰出的工匠，在房屋就要完工的时候，突然发现大梁有一处的接榫不很扎实，留有小小的缝隙。那是一柱巨梁，高高在上，如果不是他的明察秋毫，任谁也发现不了的。况且，他既是施工者，也是检查者，只要他不说，谁也不会怪责。但是，他是一个敬业的工匠，为了保持这座建筑百年千年不朽的质量，他一定要在最初的片刻，就让木头与木头达到默契。可惜愿望虽好，但此时此刻，他攀在高顶之上，没有办法没有材料……为了达到严丝合缝的完美，他右手挥起了板斧，把自己左手的小指剁下，将那断指填进木头的缝隙。木头的顶端得了血肉的充填，顷刻间变得浑然一体了。后来，那座建筑屹立了千年。

这是一个关于质量和牢靠的故事。我记住了它，是因为它的斑斑血迹。联想到我们的婚姻建筑，几十年的风雨迷离啊，有什么比默契更为重要？

默契就是不说很多的话，我却知道你所有的想法。默契就是深深的理解，你中有我，我中有你。默契就是彼此的包容和一体，默契就是一种无言的约定和一项延续终身的承诺。默契无钉无铁，但是坚硬无比。默契无胶无漆，却针插不进水泼不进。默契是朴素的，默契是千篇一律的，默契不事喧哗，默契又无往不胜。

家的疆域

涂抹疆域界线的橡皮，只能是爱。

一个家就像一潭水，经常有风和石头经过，扰乱平静。夫妻间发生争执的人和事，有时同自家没一点关系，颇有株连的味道。比如遥远的地方有一个女人死了，妻子说，真吓人啊。丈夫说，有什么了不起？这世上每天死的人多了去了。妻子就说，想不到你是这么一个绝情的人，有朝一日我死了，只怕你也无动于衷。丈夫说，这不是强加于人吗？她死和你死有什么关系呢？真小题大做！妻子说，我都要死了，你还说是小题，在你心里，究竟谁才是大事？！……于是争吵就水到渠成地发生。

家是一个那么容易发生地震的地方，其频率和烈度大大超乎我们的想象，震中却往往不足挂齿。好像人们相知得越多，越难以彼此从容地体谅。如果说我们对外界的人，还有耐心探讨动机的多种可能性，做出比较理性客观的判断，对在同一屋檐下爆发的争吵，几乎从一开始就认定对方是挑衅和非善意。我们可能为一件毫不相干的人和事，发起剧烈的口角，直到完全忘记了唇枪舌剑的诱因，只遗留下锋利言辞对彼此心灵的伤害。每逢阴雨，那伤痕还会像蚯蚓似的蠢蠢欲动。

或许对家庭的势力范围，做个明确的划分会有益处。家是我们共同的领地，它从建立那天起，就是一个崭新的国度。每个男人和女人，在婚前都有自己的疆界和朋友。走到一起来的时候，除了携着自身，还举一反三地带来了原先的爱好、习惯和亲朋……要知道，新组家庭的国境线，并不是男女双方原有管辖区域简单地算术叠加。如果你悲惨地那样以为了，就会对不期而至的遭遇战惊诧莫名，被无穷的战火轻则熏伤重则灼灭。

每一对夫妻都需要细致地研究，这个刚刚诞生的小小联合体，有哪些不同的兴趣和特殊的禁忌。

当我们对某一人和事慷慨陈词的时候，也许表面上看不出血肉相依的联系，但实际上凸透的是自己对世间的特定视角。既然我们在其他场合，都可以谦虚地承认自己并非万能，在家中为什么要强硬地固执己见？想来是希望最亲近的人，能与自己心心相印。一旦遭到误解和反驳，愤怒和沮丧便呈现三倍的猛烈与尖锐。

所以，对于那些敏感而无关大局的话题，明智的办法就是像两个边境不清的邻国，各自后撤，以便维持和平共处。

无伤大雅的分歧，可避让与迂回。对远处的人和事，不妨模糊朦胧，求同存异。对那些有可能导致战火的危险话题，明智地腾挪躲闪。对共同感兴趣的部分，大张旗鼓同仇敌忾。

当然疆域可以渗透，可以磨合，可以扩展，可以融会贯通天下大同。但那需要时间，很漫长的时间，也许一生一世。涂抹疆域界线的橡皮，只能是爱。持之以恒的相互热爱，甘远醇厚。爱到心驰神往，爱到天人合一。

家可以延伸得很远很远，包容大千世界。家可以蜷缩得很小很小，仅两个人也打得不可开交。家的边陲可以绿树成荫繁花似锦，围起一个小鸟的天堂。家也可以狼藉一片血流漂杵，筑成一双男女的死牢。关键需每位成员既是国王也是兵，建设它守卫它，和谐地调整家的内政外交，处理好家的边关防务。

在家的日子，我们要更宽容，更聪慧，更善良，更真诚。

家无垠。

爱的回音壁

微小的爱意反复回响着，折射着，变成巨大的轰鸣。

现今中年以下的夫妻，几乎都是一个孩子，关爱之心，大概达到中国有史以来的最高值。家的感情像个苹果，姐妹兄弟多了，就会分成好几瓣。若是千亩一苗，孩子在父母的乾坤里，便独步天下了。

在前所未有的爱意中浸泡的孩子，是否物有所值，感到莫大幸福？我好奇地问过。孩子们撇嘴说，不，没觉着谁爱我们。

我大惊，循循善诱道，你看，妈妈工作那么忙，还要给你洗衣做饭，爸爸在外面挣钱养家，多不容易！他们多么爱你们啊……

孩子们很漠然地说，那算什么呀！谁让他们当了爸爸妈妈呢？也不能白当啊，他们应该的。我以后做了爸爸妈妈也会这样。这难道就是爱吗？爱也太平常了！

我震惊了。一个不懂得爱的孩子，就像不会呼吸的鱼，出了家族的水箱，在干燥的社会上，他不爱人，也不自爱，必将焦渴而死。

可是，你怎让由你一手哺育长大的孩子，懂得什么是爱呢？从他眼睛接受第一缕光线时，已被无微不至的呵护包绕，早已对关照体贴熟视无睹。生物学上有一条规律，当某种物质过于浓烈时，感觉迅速迟钝麻痹。

如果把爱定位于关怀，随着孩子年龄的增长，对他的看顾渐次减少，孩子就会抱怨爱的衰减。“爱就是照料”这个简陋的命题，把许多成人和孩子一同领入误区。

寒霜陡降也能使人感悟幸福，比如父母离异或是早逝。但它是灾变的副产品，带着天力人力难违的僵冷。孩子虽然在追忆中，明白了什么是被爱，那却是一间正常人家不愿走进的课堂。

孩子降生人间，原应一手承接爱的乳汁，一手播撒爱的甘霖，爱是一本收支平衡的账簿。可惜从一开始，成人就迫不及待地倾注了所有爱的储备，劈头盖脸砸下，把孩子的两只手塞得太满。全是收入，没有支出，爱沉淀着，淤积着，从神奇化为腐朽，反让孩子成了无法感知爱意的精神残疾。

我又问一群孩子，那你们什么时候感到别人是爱你的呢？

没指望得到像样的回答。一个成人界都争执不休的问题，孩子能懂多少？比如你问一位热恋中的女人，何时感觉被男友所爱，回答一定光怪陆离。

没想到孩子的答案晴朗坚定。

我帮妈妈买醋来着。她看我没打了瓶子，也没洒了醋，就说，闺女能帮妈干活了……我特高兴，从那会儿，我知道她是爱我的。翘翘辫女孩说。

我爸下班回来，我给他倒了一杯水，因为我们刚在幼儿园里学了一首歌，词里说的是给妈妈倒水，可我妈还没回来呢，我就先给我爸倒了。我爸只说了一句好儿子……就流泪了。从那次起，我知道他是爱我的。光头小男孩说。

我给我奶奶耳朵上夹了一朵花，要是别人，她才不让呢，马上就得揪下来。可我插的，她一直戴着，见着人就说，看，这是我孙女打扮我呢……我知道她最爱我了……另一个女孩说。

我大大地惊异了。讶然这些事的琐细和孩子铁的逻辑。更感动他们谈论时的郑重神气和结论的斩钉截铁。爱与被爱高度简化了，统一了。孩子在被他人需要时，感觉到了一个幼小生命的意义。成人注视并强调了这种价值，他们就感悟到深深的爱意。在尝试给予的同时，他们懂得了什么是接受。爱是一面辽阔光滑的回音壁，微小的爱意反复回响着，折射着，变成巨大的轰鸣。当付出的爱被隆重地接受并珍藏时，孩子终于强烈地感觉到了被爱的尊贵与神圣。

被太多的爱压得麻木，腾不出左手的孩子，只得用右手，完成给予和领悟爱的双重任务。

天下的父母，如果你爱孩子，一定让他从力所能及的时候，开始爱你和周围的人。这绝非成人的自私，而是为孩子一世着想的远见。不要抱怨孩子天生无爱，爱与被爱是铁杵成针百年树人的过程，就像走路一样，需反复练习，才会举步如飞。

如果把孩子在无边无际的爱里泡得口眼翻白，早早剥夺了他感知爱的能力，育出一个爱的低能儿，即使不算弥天大错，也是成人权利的滥施，或许要遭天谴的。

在爱中领略被爱，会有加倍的丰收。孩子渐渐长大，一个爱自己爱世界爱人类也爱自然的青年，便喷薄欲出了。

华尔街的少女

我们要对女孩子进行教育，让她们意识到自己的价值。

我在华尔街上行走，四周都是身着黑色西装的绅士，面无表情地出入于磐石垒起的证券交易所大门。我原以为这里应该看到很多豪华的汽车，想象中，成功人士应该是这副行头。安妮说，这里寸土寸金，除了大老板，一般的职员找不到停车位，还是要用公共交通。我又问，今天的安排是了解美国对女孩的性启蒙教育情况，为什么来到了世界金融的心脏？安妮说，这是一家慈善机构，总部就设在这里，可见实力强大。

走进一座豪华的建筑，机构名称叫作女孩。身穿美丽的粉红色中国丝绸的珍斯坦夫人，接待了我们。她的颈子上围着一条同样美丽的扎染头巾，使她更显雍容华贵。珍斯坦夫人说，我们这个机构，是专门为女孩子的教育而设立的。因为据我们的研究报告证实，在女孩子中间自卑的比例，是百分之百。

我说，百分之百？这个数字真令人震惊。都自卑？连一个例外都没有吗？

珍斯坦夫人说，是的，是这样的。这不是她们的过错，是社会文化和舆论造成的。所以，我们要对女孩子进行教育，让她们意识到自己的价值。

在简单的介绍之后，她很快步入正题，晃着金色的头发说，对女孩子的性教育，要从 6 岁开始。

我吃了一惊，6 岁？是不是太小啦？我们的孩子在这个年纪，只会玩橡皮泥，如何张口同她们谈神秘的性？

还没等我把心中的疑问吐出口，珍斯坦夫人说，6 岁是一个界限。在这个年龄的孩子，还不知性为何物，除了好奇，并不觉得羞涩。她们是纯洁和宁静的，可以坦然地接受有关性的启蒙。错过了，如同橡树错过了春天，要花很大的气力弥补，或许终身也补不起来。

我点头，频频的，觉得她说得很有道理。但是，究竟怎样同一双双瞳仁如蝌蚪般清澈的目光，用她们能听得懂的语言谈性？我不知道。我说，东方人讲究含蓄，使我们在这个话题上，会遇到更多的挑战和困难。不知道你们在实施女性早期性教育方面，有哪些成功的经验抑或奇思妙想？

珍斯坦夫人说，哦，我们除了课本之外，还有一个神奇的布娃娃。女孩子看到这个娃娃之后，她们就明白了自己的身体。

我说，可否让我认识一下这个神通广大的娃娃？

珍斯坦夫人笑了，说，我不能将这个娃娃送给你，她的售价是 80 美金。

我飞快地心算，觉得自己虽不饱满的钱包，还能挤出把这个负有使命的娃娃领回家的路费。我说，能否卖给我一个娃娃？我的国家需要她。

珍斯坦夫人说，我看出了你的诚意，我很想把娃娃卖给你。可是，我不能。因为这是我们的知识产权。你不可仅仅用金钱就得到这个娃娃，你需要出资参加我们的培训，得到相关的证书和执照，你才有资格带走这个娃娃。

她说得很坚决，遍体的丝绸都随着语调的起伏簌簌作响。

我明白她说的意思，可是我还不死心。我说，我既然不能买也不能看到这个娃娃，那我可不可以得到她的一张照片？

珍斯坦夫人迟疑了一下，说，好的。我可以给你一张复印件。

那是一张模糊的图片。有很多女孩子围在一起，戴着口罩。（我无端地认定那口罩是蓝色的，可能是在黑白的图片上，它的色泽是一种浅淡的中庸。）她们的眼睛探究地睁得很大，如同嗷嗷待哺的小猫头鹰。头部全都俯向一张手术台样的桌子，桌子上是千呼万唤始出来的布娃娃——她和真人一般大，躺着，神色温和而坦然。她穿着很时尚华美的衣服，发型也是流行和精致的。总之，她是一个和围观她的女孩一般年纪一般打扮，能够使她们产生高度认同感的布娃娃。老实说，称她布娃娃也不是很贴切。从她颇有光泽的脸庞和裸露的臂膀上，可断定构成她肌肤的材料为高质量的塑胶。

围观女孩的视线，聚焦在娃娃的腹部。娃娃的腹部是打开的，如同一间琳琅满目的商店。里面储藏着肝脏、肺管、心房还有……惟妙惟肖的子宫和卵巢。自然，还有逼真的下体。

想起一件往事。

和北京一所中学的女生座谈。席间，一位女孩子很神秘地问，您是作家，能告诉我们强暴究竟是怎样一回事吗？

她说完这话，眼巴巴地看着我。她的同学，另外五六位花季少女，同样眼巴巴地看着我。说，我们没来之前，在教室里就悄悄商量好了，我们想问问您，这究竟是怎么一回事？

我微笑着反问她们，你们为什么想知道这个词的意思？

女孩子们七嘴八舌地说，随着我们年纪的增长，家长啊老师啊，都不停地说，你们要小心啊，要保护好自己的身体，千万不要出什么意外。在电影里小说里，也常常有这样的故事，一个女孩子被人强暴了，然后她就不想活下去了，非常痛苦。总之，强暴，是一件非常可怕的事情，但是，没有人把这件事同我们说清楚。我们很想知道，我们又不好意思问。今天，我们一起来，就是想问问您这件事。请您不要把我们当成坏女孩。

我说，谢谢你们对我的信任。我绝不会把你们当成坏女孩。正相反，我觉得你们是好女孩，不但是好女孩，还是聪明的女孩。因为这样一个和你们休戚相关的问题，你们不明白，就要把它问清楚，这就是科学的态度。如果不问，稀里糊涂的，尽管有很多人告诫你们要注意，可是你根本就不知道那是怎样一回事的时候，从何谈起注意的事项呢。好吧，在我谈出自己对强暴这个词的解释之前，我想知道你们对它的了解到底有多少。

女孩子们互相看了看，彼此用眼神鼓励着，说起来。

一个说，它肯定是在夜里发生的事。

第二个说，发生的时候周围一定很黑。

第三个说，很可能是在胡同的拐角处发生。

第四个说，有一个男人，很凶的样子，可是脸是看不清的。

第五个说，他会用暴力，把我打晕……

说到这里，大家安静下来，或者更准确地说，一种隐隐的恐怖笼罩了我们。我说，还有什么呢？

女孩子们齐声说，都晕过去了，还有什么呢？没有了。所有的小说和电影到了这里，就没有了。

我说，好吧，就算你晕过去了，可是只要你没有死掉，你就会活过来。那时，又会怎样？

女孩子们说，等醒来的时候，已经是在医院里了，有洁白的床单，有医生和护士，还有滴滴答答的吊瓶。

我说，就这些了？

女孩子们说，就这些了。这就是我们对于强暴一词的所有理解。

我说，我还想再问一下，对那个看不清面目的男人，你们还有什么想法？

女孩子们说，他是一个民工的模样。穿得破破烂烂的，很脏，年纪 30 多岁。

我说，孩子们，我要说，你们对这个词的理解，还远不够全面。发生强暴的地点，不仅仅是在胡同的拐弯处，有可能在任何地方。比如公园，比如郊外，甚至可以在学校，甚至你邻居的家，最可怕的，是可能在你自己的家里。强暴者，不但可能是一个青年或是中年的陌生人，比如民工，也有可能是你的熟人亲戚甚至师长，在最极端的情况下，也可能是你亲人。强暴的本身含义，是有人违反你的意志，用暴力强迫你同他发生性关系，这是非常危险的事件。强暴发生之时和之后，你并非一定会晕过去，你可能很清醒，你要尽最大的能力把他对你的伤害减少，保全生命，你还要在尽可能的情况下，记住罪犯的特征……

女孩子们听得聚精会神，把我可紧张得够呛。因为题目猝不及防，我对自己的回答毫无把握。我不知道自己解释得对不对，分寸感好不好，心中忐忑不安。

后来，我同该中学的校长说，我很希望校方能请一位这方面的专家，同女孩子们好好谈一谈，不是讲课，那样太呆板了。要用生动活泼的形式，教给女孩子们必要的知识，使她们既不人人自危草木皆兵，也不是稀里糊涂一片懵懂。

我记得校长很认真地听取了我的意见，然后，不动声色地看了我半天。闹得我有点发毛，怀疑自己是不是说得很愚蠢或有越俎代庖的嫌疑。

停顿了一会儿之后，校长一字一句地说，您以为我们不想找到这样的老师吗？我们想，太想了。可是，我们找不到。因为这个题目很难讲，特别是讲得分寸适当，更是难上加难。如果毕老师能够接受我们的邀请，为我们的孩子们讲这样的一课，我这个当校长的就太高兴太感谢了。

我慌得两只手一起摇晃着说，不行不行。我讲不了！

后来，这件事就不了了之。

这也许是我在纽约的华尔街，一定想买下模具娃娃的强烈动力之一了。

非常感谢珍斯坦夫人，我得到了一张娃娃被人围观的照片的复印件，离开了华尔街，后来又回国。我虽然没有高质量的仿真塑胶，但我很想为我们的女孩制造出一个娃娃。期待着有一天，能用这具娃娃，同我们的女孩轻松而认真地探讨性。思前想后，我同一位做裁缝的朋友商量，希望她答应为我定做一个娃娃。

听了我的详细的解说并看了图片之后，她嘲笑说，用布做一个真人大小的娃娃？亏你想得出！

我说，不是简单的真人大小，而是和听众的年纪一般大。如果是 6 岁的孩子听我讲课，你就做成 6 岁大。如果是 16 岁，就要做成 16 岁那样大，比如身高 1 米 60——

朋友说，天啊，那得费我多少布料？你若是哪天给少年体校女排女篮的孩子们讲课，我就得做一个 1 米 8 的大布娃娃了！

我说，我会付你成本和工钱的。你总不会要到 827 块钱一个吧？（当天的 100 美元对人民币的汇率。）

朋友说，材料用什么好呢？我是用青色的泡泡纱做两扇肺，还是用粉红的灯芯绒做一颗心？

我推着她的肩膀说，那就是你的事了。为了中国的女孩们，请回去好好想吧。

朋友想的结果是——至今那娃娃还没有诞生。她说未曾学过医，对于内脏的分布没有把握。作为娃娃的妈妈，她需要学习，而学习需要时间。有时半夜她会打来电话，说，嗨！我正在想，娃娃的子宫和卵巢，是用香橙色的双绉还是咖啡色的贡缎缝制？

我想想，慢吞吞地说，我建议就用玫红色的棉布吧，柔软而美丽。

走出黑暗巷道

只有正视伤痛，我们的心，才会清醒有力地搏动。

那个女孩子坐在我的对面，薄而脆弱的样子，好像一只被踩扁的冷饮蜡杯。我竭力不被她察觉地盯着她的手——那么小的手掌和短的手指，指甲剪得秃秃的，仿佛根本不愿保护指尖，恨不能缩回骨头里。

就是这双手，协助另一双男人的手，把一个和她一般大的女孩子的喉管掐断了。

那个男子被处以极刑，她也要在牢狱中度过一生。

她小的时候，家住在一个小镇，是个很活泼好胜的孩子。一天傍晚，妈妈叫她去买酱油，在回家的路上，她被一个流浪汉强暴了。妈妈领着她报了警，那个流浪汉被抓获。他们一家希望这件事从此被人遗忘，像从没发生过那样最好。但小镇的人对这种事，有着经久不衰的记忆和口口相传的热情。女孩在人们炯炯的目光中，渐渐长大，个子不是越来越高，好像是越来越矮。她觉得自己很不洁净，走到哪里都散发出一种异样的味道。因为那个男人在侮辱她的过程中，说过一句话："我的东西种到你身上了，从此无论你到哪儿，我都能把你找到。”她原以为时间的冲刷，可以让这种味道渐渐稀薄，没想到随着年龄加大，她觉得那味道越来越浓烈了，怪异的嗅觉，像尸体上的乌鸦一样盘旋着，无时不在。她断定世界上的人，都有比猎狗还敏锐的鼻子，都能侦察出这股味道。于是她每天都哭，要求全家搬走。父母怜惜越来越皱缩的孩子，终于下了大决心，离开了祖辈的故居，远走他乡。

迁徙使家道中落。但随着家中的贫困，女孩子缓缓地恢复了过来，在一个没有人知道她过去的地方，生命力振作了，鼻子也不那么灵敏了。在外人眼里，她不再有显著的异常，除了特别爱洗脸和洗澡。无论天气多么冷，女孩从不间断地擦洗自己。由于品学兼优，中学毕业以后她考上了一所中专。在那所人生地不熟的学校里，她人缘不错，只是依旧爱洗澡。哪怕是只剩吃晚饭的钱了，宁肯饿着肚子，也要买一块味道浓郁的香皂，把全身打出无数泡沫。她觉得比较安全了，有时会轻轻地快速微笑一下。童年的阴影难以扼制青春的活力，她基本上变成一个和旁人一样的姑娘了。

这时候，一个小伙子走来，对她说了一句话：我喜欢你。喜欢你身上的味道。她在吓得半死中，还是清醒地意识到，爱情并没有嫌弃她，猛地进入她的生活中来了。她没有做好准备，她不知道自己能不能爱，该不该同他讲自己的过去。她只知道这是一个蛮不错的小伙子，自己不能把射来的箭，像个印第安土人的飞去来似的收回去。她执着而痛苦地开始爱了，最显著的变化是更频繁地洗澡。

一切顺利而艰难地向前发展着，没想到新的一届学生招进来。一天，女孩在操场上走的时候，像被雷电劈中，肝胆俱碎。她听到了熟悉的乡音，从她原先的小镇，来了一个新生。无论她装出怎样的健忘，那个女孩子还是很快地认出了她。

她很害怕，预感到一种惨痛的遭遇，像刮过战场的风一样，把血腥气带了来。

果然，没有多久，关于她幼年时代的故事，就在学校流传开来。她的男朋友找到她，问，那可是真的？

她很绝望，绝望使她变得无所顾忌，她红着眼睛狠狠地说，是真的！怎么样？

那个小伙子也真是不含糊的，说，就算是真的，我也还爱你！

那一瞬，她觉得天地变容，人间有如此的爱人，她还有什么可怕的呢！还有什么不可献出的呢！

于是他们同仇敌忾，决定教训一下那个饶舌的女孩。他们在河边找到她，对她说，你为什么说我们的坏话？

那个女孩心有些虚，但表面上却更嚣张和振振有词。说，我并没有说你们的坏话，我只说了有关她的一个真事。

她甚至很放肆地盯着爱洗澡的女孩说，你难道能说那不是一个事实吗？

爱洗澡的女孩突然就闻到了当年那个流浪汉的味道，她觉得那个流浪汉一定是附体在这个女孩身上，千方百计地找到她，要把她千辛万苦得到的幸福夺走。积攒多年的怒火狂烧起来，她扑上去，撕那饶舌女生的嘴巴。一边对男友大吼说，咱们把她打死吧！

那男孩子巨蟹般的双手，就掐住了新生的脖子。

没想到人怎么那么不经掐，好像一朵小喇叭花，没怎么使劲，就断了。再也接不上了。女孩子直着目光对我说，声音很平静。我猜她一定千百次地在脑海中重放过当时的录影，不明白生命为何如此脆弱。为自己也为他人深深困惑。

热恋中的这对凶手惊慌失措。他们看了看刚才还穷凶极恶现在已了无声息的传闲话者，不知道下一步该怎样动作。

咱们跑吧。跑到天涯海角。跑到跑不动的时候，就一道去死。他们几乎是同时这样说。

他们就让尸体躺在发生争执的小河边，甚至没有丝毫掩盖。他们总觉得她也许会醒过来。匆忙带上一点积蓄，蹿上了火车。不敢走大路，就漫无目的地奔向荒野小道，对外就说两个人是旅游结婚。钱很快就花光了，他们来到云南一个叫情人崖的深山里，打算手牵着手，从悬崖跳下去。

于是拿出最后的一点钱，请老乡做一顿好饭吃，然后就实施自戕。老乡说，我听你们说话的声音，和《新闻联播》里的是一个腔调，你们是北京人吧？

反正要死了，再也不必畏罪潜逃，他们大大方方地承认了。

我一辈子就想看看北京。现在这么大岁数，原想北京是看不到了。现在看到两个北京人，也是福气啊。老人说着，倾其所有，给他们做了一顿丰盛的好饭，说什么也分文不取。

他们低着头吃饭，吃得很多。这是人间最后的一顿饭了，为什么不吃得饱一点呢。吃饱之后，他们很感激也很惭愧，讨论了一下，决定不能死在这里。因为尽管山高林密，过一段日子，尸体还是会被发现。老人听说了，会认出他们，就会痛心失望的。他一生唯一看到的两个北京人，还是被通缉的坏人。对不起北京也就罢了，他们怕对不起这位老人。

他们从情人崖走了，这一次，更加漫无边际。最后，不知是谁说的，反正是一死，与其我们死在别处，不如就死在家里吧。

他们刚一回到家，就被逮捕了。

她对着我说完了这一切，然后问我，你能闻到我身上的怪味吗？

我说，我只闻到你身上有一种很好闻的栀子花味。

她惨淡地笑了，说，这是一种很特别的香皂，但是味道不持久。我说的不是这种味道，是另外的……就是……你明白我说的是什么……闻得到吗？

我很肯定地回答她，除了栀子花的味道，我没有闻到任何其他的味道。

她似信非信地看着我，沉默不语。过了许久，才缓缓地说：今生今世，我再也见不到他了。就是有来生，天上人间苦海茫茫的，哪里就碰得上！牛郎织女虽说也是夫妻分居，可他们一年一次总能在鹊桥见一面。那是一座多么美丽和轻盈的桥啊。我和他，即使相见，也只有在奈何桥上。那座桥，桥墩是白骨，桥下流的不是水，是血……

我看着她，心中充满哀伤。一个女孩子，幼年的时候，就遭受重大的生理和心理创伤，又在社会的冷落中屈辱地生活。她的心理畸形发展，暴徒的一句妄谈，居然像咒语一般，控制着她的思想和行为。她慢慢长大，好不容易恢复了一点做人的尊严，找到了一个爱自己的男孩。又因为这种黑暗的笼罩，不但把自己拖入深渊，而且让自己所爱的人走进地狱。

旁观者清。我们都看到了症结的所在。但作为当事人，她在黑暗中苦苦地摸索，碰得头破血流，却无力逃出那桎梏的死结。

身上的伤口，可能会自然地长好，但心灵的创伤，自己修复的可能性很小。我们能够依赖的只有中性的时间。但有些创伤虽被时间轻轻掩埋，表面上暂时看不到了，但在深处，依然存有深深的窦道。一旦风云突变，那伤痕就剧烈地发作起来，敲骨吸髓地痛楚起来。

我们每个人，都有一部精神的记录，藏在心灵的多宝格内。关于那些最隐秘的刀痕，除了我们自己，没有人知道它陈旧的纸页上滴下多少血泪。不要乞求它会自然而然地消失，那只是一厢情愿的神话。

重新揭开记忆疗治，是一件需要勇气和毅力的事情。所以很多人宁可自欺欺人地糊涂着，不愿清醒地焚毁自己的心理垃圾。但那些鬼祟也许会在某一个意想不到的瞬间，幻化成形，牵引我们步入歧途。

我们要关怀自己的心理健康，保护它，医治它，强壮它，而不是压迫它，掩盖它，蒙蔽它。只有正视伤痛，我们的心，才会清醒有力地搏动。

拒绝分裂

目标坚定人格统一，不要与自己的心相左。

分裂是个可怕的词。一个国家分裂了，那就是战争。一个家庭分裂了，那就是离异。一个民族分裂了，那就是苦难。整体和局部分裂了，那就是残缺。原野分裂了，那就是地震。天空分裂了，那就是黑洞。目光分裂了，那是斜眼。思想和嘴巴分裂了，那是心口不一。人的性格分裂了，那就是精神病，俗称疯子。

早年我读医科的时候，见过某些精神病人发作时的惨烈景象，觉得精神分裂症这个词欠缺味道，还不够淋漓尽致入木三分。随着年龄的增长和阅历的丰富，这才知道分裂的厉害。

分裂在医学上有它特殊的定义，这里姑且不论。用通俗点的话说，就是在我们的心灵和身体里，存在着两个司令部。一个命令往东，另一个指示往西或是往南，也可能往北。如同十字路口有多组红绿灯在发号施令，诸车横冲直撞，大危机就随之出现了。

分裂耗竭我们的心理能量，使我们衰弱和混乱。有个小伙子，人很聪明敏感，表面上也很随和，从来不同别人发火。他个矮人黑，大家就给他起外号，雅的叫白矮星，简称小白。俗的叫碌碡，简称老六。

由于他矮，很多同学见到他，就会不由自主地胡噜一下他的头发，叫一声六儿或是小白，他不恼，一概应承着，附送谦和的微笑，因而人缘很好。终于，有个外校的美丽女生，在一次校际联欢时，问过他的名字后，好奇地说，你并不姓白，大家为什么称你小白？这一次，他面部抽搐，再也无法微笑了。女生又问他是不是在家排行第六，他什么也没说，猛转身离开了人声鼎沸的会场。第二天早上，在校园的一角发现了他的尸体。人们非常震惊，百思不得其解，有人以为是谋杀。在他留下的日记里，述说着被人嘲弄的苦闷，他写道：为什么别人的快乐要建立在我的痛苦之上？每当别人胡噜我头顶的时候，我都恨不得把他的爪子剁下来。可是，我不能，那是犯罪。要逃脱这耻辱的一幕，我只有到另一个世界去了……

大家后悔啊！曾经摸过他头顶的同学，把手指攥得出血，当初以为是亲昵的小动作，不想却在同学的心里刻下如此深重创伤，直到绞杀了他的生命。悔恨之余，大家也非常诧异他从来没有公开表示过自己的愤怒。哪怕是只有一次，很多人也会尊重他的感受，收回自己的轻率和随意。

这个同学表面上的豁达，内心的悲苦，就是一个典型的分裂状态。如果你不喜欢这类玩笑和戏耍，完全可以正面表达你的感受。我相信，绝大多数的人会郑重对待，改变做法。当然，可能部分人会恶作剧地坚持，但你如果强烈反抗，相信他们也要有所收敛。那些忍辱负重的微笑，如同错误的路标，让同学百无禁忌，终致酿成惨剧。

如果你愤怒，你就呐喊。如果你哀伤，你就哭泣。如果你热爱，你就表达。如果你喜欢，你就追求。

如果你愤怒，却佯作宽容，那不但是分裂，而且是混淆原则。如果你哀伤，却佯作欢颜，那不但是分裂，而且是对自己的污损。如果你热爱，却反倒逃避，那不但是分裂，而且是丧失勇气。如果你喜欢，却装出厌烦，那不但是分裂，而且是懦弱和愚蠢……

所有的分裂都是要付出代价的。轻的是那稍纵即逝的机遇，一去不复返。重的就像刚才说到的那位朋友，押上了宝贵的生命。最漫长而隐蔽的损害，也许是你一生郁郁寡欢沉闷萧索，每一天都在迷惘中度过，却始终不知道这是为什么。

一位女生，与我谈起她的初恋。其实恋爱是一个古老的话题，地球上曾经生活过的几百亿人都曾遭逢。但每一个年轻人，都以为自己的挫败独一无二。女生说她来自小地方，为了表示自己的先锋和前卫，在男友的一再强求下，和他同居了。后来，男友有了新欢抛弃了她。极端的忧虑和愤恨之下，女生预备从化工商店买一瓶硫酸。

你要干什么？我说。

他取走了我最珍贵的东西，我要把他的脸变成蜂窝。该女生网满红丝的眼睛，有一种母豹的绝望。

我说，最珍贵的东西，怎么就弄丢了？

女生语塞了，说，我本不愿给的，怕他说我古板不开放，就……

我说，既然你要做一个先锋女性，据我所知，这样的女性对无爱的男友，通常并不选择毁容。

女生说，可我忍不了。

我说，这就是你矛盾的地方了。你既然无比珍爱某样东西，就要千万守好，深挖洞，广积粮，藏之深山。不要被花言巧语迷惑，假手他人保管。你骨子里是个传统的女孩，你需尊重自己的选择。如果真要找悲剧的源头，我觉得你和男友在价值观上有所不同。你在同居的时候崇尚“解放”，蔑视传统的规则。你在被遗弃的时候，又祭起了古老的道德。我在这里不做价值评判，只想指出你的分裂状态。你要毁他容颜，为一个不爱你的人，去违犯法律伤及生命，这又进入一个可怕的分裂状态了。人们认为恋爱只和激情有关，其实它和我们每个人的历史相连。爱情并不神秘，每个人背负着自己的世界观走向另一个人。

世上也许没有绝对的对和错，但有协调和混乱之分，有统一和分裂的区别。放眼看去，在我们周围，有多少不和谐不统一的情形，在蚕食着我们的环境和心灵。

我们的身体，埋藏着无数灵敏的窃听器，在日夜倾听着心灵的对话。如果你生性真诚，却要言不由衷地说假话，天长日久，情绪就会蒙上铁锈般的灰尘。如果你不喜欢一项工作，却为了金钱和物质埋首其中，你的腰会酸，你的胃会痛，你会了无生活的乐趣，变成一架长着眼睛的机器。如果你热爱大自然，却被幽闭在汽油和水泥构筑的城堡中，你会渐渐惆怅枯萎，被榨干了活泼的汁液，压缩成个标本。如果你没有相濡以沫的情感，与伴侣漠然相对，还要在人前做举案齐眉的恩爱夫妻状，那你会失眠会神经衰弱会得癌症……

这就是分裂的罪行。当你用分裂掩盖了真相，呈现出泡沫的虚假繁荣之时，你的心在暗中哭泣。被挤压的愁绪像燃烧的灰烬，无声地蔓延火蛇。将来的某一个瞬间，嘭地燃放烈焰，野火四处舔舐，烧穿千疮百孔的内心。

分裂是一种双重标准。有人以为我们的心很大，可以容得下千山万水。不错，当我们目标坚定人格统一的时候，的确是这样。但当我们为自己设下了相左的方向，那相互抵消的劲道就会撕扯我们的心，让它皱缩成团，局促逼仄窒息难耐。

人是很奇怪的动物。如果你处在分裂的状态，你又要掩饰它，你就不由自主地虚伪。我听一位年轻的白领小姐说，她的主管无论在学识和人品上，都无法让她敬佩，可人在矮檐下，不得不低头。她怕主管发现了自己的腹诽，就格外地巴结讨好甚至谄媚，结果虽然如愿以偿加了薪，可她不快乐不开心。

我说，你可以只对她表示职务上工作上的服从和尊重，而不臧否她的人品。

白领小姐说，我怕她不喜欢我。

我说，那你喜欢她吗？

白领小姐很快回答，我永远不会喜欢她。

我说，其实，我们由于种种的原因，不喜欢某些人，是完全正常的事情。不喜欢并不等于不能合作。如果你和你所不喜欢的上司，只保持单纯而正常的工作关系，这就是统一。但要强求如沐春风亲密无间，这就是分裂，它必然带来情绪的困扰和行动的无所适从。其结果，估计你的主管也不是个愚蠢女人，她会察觉出你的口是心非。

白领小姐苦笑说，她已经背后这样评价我了。

分裂的实质常常是不能自我接纳。我们压抑自己的真实感受，以为它是不正当不光彩的，我们用一种外在的标准修正自己的心境和行为。这其实是一种自我欺骗，委屈了自己也不能坦然对人。

有人说，找工作时，我想到这个单位，又想到那个机构，拿不定主意。要是能把两个单位的优点都集中到一起，就比较容易选择了。

有人说，找对象时，我想选定这个人，又想到那个人也不错，要是能把两个人的长处都放在一个人身上，那就很容易下定决心了。

当我们举棋不定的时候，通常就是一种分裂状态。你想把现实的一部分像积木一样拆下来，和另一部分现实组装起来，成为一个虚拟的世界。

这是对真实一厢情愿的阉割。生活就是泥沙俱下，就是鲜花和荆棘并存。尊重生活本来面目，接受一个完整统一的真实世界，由此决定自己矢志不渝的目标，也许是应对分裂的法宝之一。

第五辑

提醒幸福

一个人活着，
要使自己的幸福最大化，
而且要让别人因为你的存在，
幸福多一些。

提醒幸福

幸福有梯形的切面，它可以扩大也可以缩小，就看你是否珍惜。

我们从小就习惯了在提醒中过日子。天气刚有一丝风吹草动，妈妈就说，别忘了多穿衣服。才相识了一个朋友，爸爸就说，小心他是个骗子。你取得了一点成功，还没容得乐出声来，所有关切着你的人一起说，别骄傲！你沉浸在欢快中的时候，自己不停地对自己说："千万不可太高兴，苦难也许马上就要降临……"我们已经习惯了在提醒中过日子。看得见的恐惧和看不见的恐惧始终像乌鸦盘旋在头顶。

在皓月当空的良宵，提醒会走出来对你说：注意风暴。于是我们忽略了皎洁的月光，急急忙忙做好风暴来临前的一切准备。当我们大睁着眼睛枕戈待旦之时，风暴却像迟归的羊群，不知在哪里徘徊。当我们实在忍受不了等待灾难的煎熬时，我们甚至会恶意地祈盼风暴早些到来。

风暴终于姗姗地来了。我们怅然发现，所做的准备多半是没有用的。事先能够抵御的风险毕竟有限，世上无法预计的灾难却是无限的。战胜灾难靠的更多的是临门一脚，先前的惴惴不安帮不上忙。

当风暴的尾巴终于远去，我们守住零乱的家园。气还没有喘匀，新的提醒又智慧地响起来，我们又开始对未来充满恐惧的期待。

人生总是有灾难。其实大多数人早已练就了对灾难的从容，我们只是还没有学会灾难间隙的快活。我们太多注重了自己警觉苦难，我们太忽视提醒幸福。请从此注意幸福！幸福也需要提醒吗？

提醒注意跌倒……提醒注意路滑……提醒受骗上当……提醒宠辱不惊……先哲们提醒了我们一万零一次，却不提醒我们幸福。

也许他们认为幸福不提醒也跑不了的。也许他们以为好的东西你自会珍惜，犯不上谆谆告诫。也许他们太崇尚血与火，觉得幸福无足挂齿。他们总是站在危崖上，指点我们逃离未来的苦难。但避去苦难之后的时间是什么？

那就是幸福啊！

享受幸福是需要学习的，当幸福即将来临的时刻需要提醒。人可以自然而然地学会感官的享乐，人却无法天生地掌握幸福的韵律。灵魂的快意同器官的舒适像一对孪生兄弟，时而相傍相依，时而南辕北辙。

幸福是一种心灵的震颤。它像会倾听音乐的耳朵一样，需要不断地训练。

简言之，幸福就是没有痛苦的时刻。它出现的频率并不像我们想象的那样少。

人们常常只是在幸福的金马车已经驶过去很远后，捡起地上的金鬃毛说，原来我见过它。

人们喜爱回味幸福的标本，却忽略幸福披着露水散发清香的时刻。那时候我们往往步履匆匆，瞻前顾后不知在忙着什么。

世上有预报台风的，有预报蝗虫的，有预报瘟疫的，有预报地震的。没有人预报幸福。其实幸福和世界万物一样，有它的征兆。

幸福常常是朦胧的，很有节制地向我们喷洒甘霖。你不要总希冀轰轰烈烈的幸福，它多半只是悄悄地扑面而来。你也不要企图把水龙头拧得更大，使幸福很快地流失。而需静静地以平和之心，体验幸福的真谛。

幸福绝大多数是朴素的。它不会像信号弹似的，在很高的天际闪烁红色的光芒。它披着本色外衣，亲切温暖地包裹起我们。

幸福不喜欢喧嚣浮华，常常在暗淡中降临。贫困中相濡以沫的一块糕饼，患难中心心相印的一个眼神，父亲一次粗糙的抚摸，女友一个温馨的字条……这都是千金难买的幸福啊。像一粒粒缀在旧绸子上的红宝石，在凄凉中愈发熠熠夺目。

幸福有时会同我们开一个玩笑，乔装打扮而来。机遇、友情、成功、团圆……

它们都酷似幸福，但它们并不等同于幸福。幸福会借了它们的衣裙，袅袅婷婷而来，走得近了，揭去帏幔，才发觉它有钢铁般的内核。幸福有时会很短暂，不像苦难似的笼罩天空。如果把人生的苦难和幸福分置天平两端，苦难体积庞大，幸福可能只是一块小小的矿石。但指针一定要向幸福这一侧倾斜，因为它有生命的黄金。

幸福有梯形的切面，它可以扩大也可以缩小，就看你是否珍惜。

我们要提高对于幸福的警惕，当它到来的时刻，激情地享受每一分钟。据科学家研究，有意注意的结果比无意要好得多。

当春天来临的时候，我们要对自己说，这是春天啦！心里就会泛起茸茸的绿意。

幸福的时候，我们要对自己说，请记住这一刻！幸福就会长久地伴随我们。那我们岂不是拥有了更多的幸福！

所以，丰收的季节，先不要去想可能的灾年，我们还有漫长的冬季来得及考虑这件事。

我们要和朋友们跳舞唱歌，渲染喜悦。既然种子已经回报了汗水，我们就有权沉浸幸福中。不要管以后的风霜雨雪，让我们先把麦子磨成面粉，烘一个香喷喷的面包。

所以，当我们从天涯海角相聚在一起的时候，请不要踌躇片刻后的别离。在今后漫长的岁月里，有无数孤寂的夜晚可以独自品尝愁绪。现在的每一分钟，都让它像纯净的酒精，燃烧成幸福的淡蓝色火焰，不留一丝渣滓。让我们一起举杯，说：我很幸福。

所以，当我们守候在年迈的父母膝下时，哪怕他们鬓发苍苍，哪怕他们垂垂老矣，你都要有勇气对自己说：我很幸福。因为天地无常，总有一天你会失去他们，会无限追悔此刻的时光。

幸福并不与财富地位声望婚姻同步，这只是你心灵的感觉。

所以，当我们一无所有的时候，我们也能够说：我很幸福。因为我们还有健康的身体。

当我们不再享有健康的时候，那些最勇敢的人可以依然微笑着说：我很幸福。因为我还有一颗健康的心。甚至当我们连心也不再存在的时候，那些人类最优秀的分子仍旧可以对宇宙大声说：我很幸福。因为我曾经生活过。

常常提醒自己注意幸福，就像在寒冷的日子里经常看看太阳，心就不知不觉暖洋洋亮光光。

女人什么时候开始享受

给自己留一点享受的时间和空间，不要一拖再拖，一等再等。

我们所说的享受，不是一掷千金的挥霍，不是灯红酒绿的奢侈，不是喝三吆四的排场，不是颐指气使的骄横……

我们所说的享受，不是珠光宝气的华贵，不是绫罗绸缎的柔美，不是周游列国的潇洒，不是管弦丝竹的飘逸……

我们所说的享受，只不过是在厨房里，单独为自己做一样爱吃的菜。在商场里，专门为自己买一件心爱的礼物。在公园里，和儿时的好朋友无拘无束地聊聊天，不用频频地看表，顾忌家人的晚饭和晾出去还未收回的衣衫……在剧院里，看一出自己喜欢的喜剧或电影，不必惦念任何人的阴晴冷暖……

我们说的女人的享受，只是那些属于正常人的最基本的生活乐趣。只因无数的女人已经在劳累中将自己忘记。

女人何尝不希冀享受啊。

抱着婴儿，煮着牛奶，洗着衣物，女人用沾满肥皂的手抹抹头上的汗水说，现在孩子还小，等孩子长大了，我就可以好好享受享受了……

孩子渐渐地大了，要上幼儿园。女人挽着孩子，买菜做饭，还要在工作上表现出色，女人忙得昏天黑地，忘记了日月星辰。

不要紧，等孩子上了学就好了，松口气，就能享受了……女人们说，她们不知道皱纹已爬上脸庞。

孩子终于开始读书了，女人陷入了更大的忙碌之中。

要把自己的孩子培育成一个优秀的人。女人们这样想着，陀螺似的转动在单位、家、学校、自由市场和各种各样的儿童培训班里……孩子和丈夫是庞大的银河系，女人是行星。

白发似一根银丝，从空气中悄然落下，留在女人疲倦的额头。

我什么时候才能无牵无挂地享受一下呢？

在没有月亮的夜晚，女人吃力地伸展自己酸痛的筋骨，这样问自己。

哦，坚持住。就会好的，等到孩子大了，上了大学，或有了工作，一切就会好的。到那个时候，我可以好好地享受一下了……

女人这样对自己允诺。

她就在梦中微笑了。

时间抽走女人的美貌和力量，用皱纹和迟钝充填留下的黑洞。

孩子大了，飞出鸽巢，仅剩旧日的羽毛与母亲做伴。

女人叹息着，现在，她终于有时间享受一下了。

可惜她的牙齿已经松弛，无法嚼碎坚果。她的眼睛已经昏花，再也分不清美丽的颜色。她的耳鼓已经朦胧，辨不明悦耳音响的差别。她的双腿已经老迈，再也登不上高耸的山峰……

出去的孩子又回来了，他带回一个更小的孩子。

于是女人恍惚觉得时光倒流了，她又开始无尽的操劳……

那个更幼小的孩子开始牙牙学语了，只是他叫的不是妈妈，而是奶奶……

女人就这样老了，终于有一天，她再也不需要任何享受了。

在最后的时光里，她想到了，在很久很久以前，她对自己有过一个许诺——在春天的日子里，扎上一条红纱巾，到野外的绿草地上，静静地晒太阳，听蚂蚁在石子上行走的声音……

那真是一种享受啊。

女人说着，就永远地睡去了。

原谅我描述了这样一幅女人享受的图画，忧郁而凄凉。

因为我觉得无数的女人，在慷慨大度地向人间倾泻爱的时候，她们太不爱一个人了——那就是她们自己。

女人们，给我们自己留一点享受的时间和空间吧。不要一拖再拖，不要一等再等。

就从现在开始，就从今天开始。

不要把盘子里所有的肉，都夹到孩子的嘴边。不要把家中所有的钱，都用来装扮房间和丈夫。不要把所有的精力，都投入工作。不要在计划节日送礼物的名单上，独独遗下自己的名字……

善良的女人们，请从这一分钟开始，享受生活。

幸福的七种颜色

幸福是无限的。

幸福应该有多少种颜色呢？

“说不清。”我回答。

大家听了可能有点迷糊，说：“你自己既然不知道，为什么又曾说过幸福有七种颜色呢？”

在文化中，“七”这个数字有一点古怪。

欧洲人自古以来就格外钟情于“七”这个数字。最早的源头该是古希腊人，许多巧合都和“七”有关。希腊人认为自然界是由水、火、风、土四种元素组成的，而社会的基本细胞是家庭。把完整的家庭细分，是由父亲、母亲和孩子三方组成。再做一次加法，把自然和社会组成的世界统计一下，就有七种基本元素。古希腊人酷爱加法，认为世界的基本图形是正方形、三角形以及完美的圆形，毕达哥拉斯学派就是这一主张的坚定拥趸。你劳神把这些图形的角的数量加起来，哈！也是七。由于太多的东西与神秘的数字七有关，他们造七座坛、献七份祭、行七次叩拜之礼，什么都爱凑个七字。“七大主教”“七大美德”，连罪也要数到“七宗罪”。当然，最著名的是神也喜欢七，于是一个星期是七天，第七天你可以休息。

七在佛教里面也是吉祥之数，有七宝、七层浮屠等。中华文化对七也颇有好感，《说文》里面说：“七，阳之正。”这个七啊，常为泛指，表明多的意思，又神秘又空灵。

托尔斯泰老人家说，幸福的家庭都是相似的，唯有不幸的家庭，各有各的不幸。我当过多年的心理医生，觉得不幸的家庭都是相似的，唯有幸福的家庭却是各有各的不同。

你可能要说，这不是成心和托尔斯泰抬杠嘛！我还没有落到那种无事生非的地步。你想啊，只有香甜的味道，才可反复品尝，才能添加更多的美味在其中，让味蕾快乐起舞。比如椰蓉，比如可可，比如奶油……丰富的层次会让你觉得生活美好万象更新。如果那底味已是巨咸、巨苦、巨涩，任你再搁进多少冰糖多少香料都顷刻消解，那难耐难忍的味道依然所向披靡，让你除了干呕，再无良策。

早年间我当兵在西藏阿里，冬天大雪封山，零下几十摄氏度的严寒，断绝了和外界的一切联系，我们每日除了工作就是望着雪山冰川发呆。有一天，闲坐的女孩子们突然争论起来，求证一片黄连素的苦可以平衡多少葡萄糖的甜（由此可见，我们已多么百无聊赖）。一派说，大约500毫升5%的葡萄糖就可以中和苦味了。另外一派说，估计不灵。500毫升葡萄糖是可以的，只是浓度要提高，起码提到10%，甚至25%……争执不下，最后决定实地测查。那时候，我们是卫生员，葡萄糖和黄连素乃手到擒来之物，说试就试。方案很简单，把一片黄连素用药钵细细磨碎了，先泡在浓度为5%的葡萄糖水里，大家分别来尝尝，若是不苦了，就算找到答案了。要是还苦，就继续向溶液里添加高浓度的葡萄糖，直到不苦了为止，然后计算比例。临到实验开始，我突然有些许不安。虽然小女兵们利用工作之便，搞到这两种药品都不费吹灰之力，但藏北到内地山路迢迢，关山重重，物品运送到阿里不容易啊，不应这样为了自己的好奇暴殄天物。黄连碎末混入葡萄糖液里，整整一瓶原本可以输入血管救死扶伤的营养液就报废了。至于黄连素，虽不是特别宝贵的东西，能省也省着点吧。我说："咱缩减一下量，黄连素只用四分之一片，葡萄糖液也只用四分之一瓶，行不行呢？"

我是班长，大家挺尊重我的意见的，说："好啊。"有人想起前两天有一瓶葡萄糖，里面漂了个小黑点，不知道是什么杂物，不敢输入病人身体里面，现在用来做苦甜之战的试验品，也算废物利用了。

试验开始。四分之一片没有包裹糖衣的黄连素被碾成粉末（记得操作这一步骤的时候，搅动得四周空气都是苦的），兑到 125 毫升浓度为 5% 的葡萄糖水中。那个最先提出以这个浓度就可消解黄连之苦的女孩率先用舌头舔了舔已经变成黄色的液体。她是这一比例的倡导者，大家怕她就算觉得微苦，也要装出不苦的样子，损害试验的公正性，将信将疑地盯着她的脸色。没想到她大口吐着唾沫，连连叫着："苦死了，你们千万不要来试，赶紧往里面兑糖……"我们为自己"以小人之心度君子之腹"感到羞惭，拿起高浓度的糖就往黄水里倒，然后又推举一个人来尝。这回试验者不停地咳嗽，咧着嘴巴吐着舌头说："太苦了，啥都别说了，兑糖吧……"那一天，循环往复的场景就是女孩子们不断地往小半瓶微黄的液体里兑着葡萄糖，然后伸出舌尖来舔，顷刻抽搐着脸，大叫："苦啊苦啊……"

直到糖水已经浓到了几乎要拉出黏丝，那液体还是只需一滴就会苦得让人打战。试验到此被迫告停，好奇的女兵们到底也没有求证出多少葡萄糖能够中和黄连的苦味。大家意犹未尽，又试着把整片的黄连泡进剩下的半瓶里去，趁着黄连还没有融化，一口吞下，看看结果若何。这一次很快得到证明，没有融化的黄连之苦，还是可以忍受的。

把这个试验一步步说出来，真是无聊至极。不过，它也让我体会到，即使你一生中一定会邂逅黄连，比如生活强有力地非要赐予你极困窘的境遇，比如你遭逢危及生命的重患必得要用黄连解救，比如……你都可以毫无惧色地吞咽黄连。毕竟，黄连是一味良药啊！只是，千万不要人为地将黄连碾碎，再细细品尝，敝帚自珍地长久回味。太多的人习惯珍藏苦难，甚至以此自傲和自虐，这种对苦难的持久迷恋和品尝，会毒化你的感官，会损伤你对美好生活的精细体察，还会让你歧视没有经受过苦难的人。这些就是苦难的副作用。苦的力量比甜的力量要强大得多，不要把黄连碾碎，不要让它嵌入我们的生活。

只要你认真寻找，幸福比比皆是。幸福不是一种颜色，也不是七种颜色，甚至也不是一百种颜色……幸福比所有这些相加还要多，幸福是无限的。

欣喜是自酿的

你能创造出属于自己的幸福。

第一次认得“酿”这个字，它和“酝”肩并肩，相依为命。不过跟在它们俩身后的，是“会议”和“人选”这样正襟危坐的词。所以，我觉得“酝酿”是很严肃的行为。

后来才知道，酝酿本是家常事情。“酝”的繁体字，偏旁还是“酉”，只是右边为“温暖”的“温”字之一半，意思就是温热和暖。“酿”的繁体字，左边也还是“酉”，右边是个“襄”字，指的是包裹容纳之意。这两个字连在一起，描述的是在谷物中放置酵曲，让谷物慢慢发酵的过程。只要静候的时间足够长，原本的粮食就会因曲种不同，变成酒、酱油、醋、干酱等不同成品。“酝酿”如同一根金手指，探入谷物之后，让原粮成了脱胎换骨的妙品。

比如，红葡萄酒和葡萄是大不同的，虽然它们还羞涩地保留着一脉相承的殷红。

黄豆和豆瓣酱也分道扬镳了，虽然它们都还保存着某些破损的豆瓣。

醋和它的前身就更南辕北辙了。洁净的透明米醋有得道成仙的飘逸，它粗糙的前身像池塘中的泥。

酝酿就是如此惊艳，时间与曲种合谋，平凡的谷物开始升华，自此酿泉为酒，积微成著，点石成金。

曹操除了金戈铁马可歌可泣，还会酿酒。他呈给献帝的酿酒秘方，从用曲多少用稻多少，到何日渍曲几日一酿，都说得条理分明。甚至给酿得不成功的酒，指出了一条洗心革面之路——“若以九酝苦难饮，增为十酿”，即可变成好酒，能够甘饮了。

古代的知识女性卓文君也是会酿酒的。靠自己双手劳作，酿出的美酒，一时间竟成了私奔之后司马相如小饭店的招牌。

现代的女人男人，很少会酝酿之法。葡萄酒是在酒厂制造的，酱油是在酱油厂生产的，醋是在醋厂完成的。我们荒疏了很多本领，以为万物都是从超市的货架上诞生的。

我有个朋友是红酒庄的品酒师。我在他那里速成过红酒的知识，为了自己写小说描绘贵族晚宴的时候不至于露怯。他耐心讲解，希望我能成材。谆谆讲解多次之后，进入了验收阶段。

他拿出“酒鼻子”，考察我的长进。

“酒鼻子”这名字说起来凡俗，实则是一种来自法国的专业品酒鉴赏工具。它把葡萄酒的香气收集起来，制成类似标本的小瓶子，包含了葡萄酒中常见的 78 种典型气味。共分为 54 个香味系列、12 浊味和 12 橡木系列。水果、花卉、树木、草本、香料、动物等味道无不囊括其中。比如荔枝、黑醋栗、松露、胡椒、烤杏仁等八竿子打不着的气味，在“酒鼻子”里都占据一席之地。

合格的品酒师，要能准确地说出各种气味的名称。

当我成功地把“酒鼻子”中的某一果香，说成是“柿子椒味”之后，品酒师以绅士的绝望表达了对我的遗弃。

不过，我可没有以怨报德地放弃他。某年夏天，我的一位朋友送来了一大篓优质葡萄，晶莹欲滴，紫霜盖顶，我以为他从花果山归来。

非常好的葡萄。猴王汗水涔涔地说。

是啊是啊。我频频点头。然后为难地说，这么多，怎么吃得完？

把它们冻起来。寒冬腊月时，拿出一粒，往嘴里一扔，嘎嘣脆，你可以咂摸出夏秋的味道。猴王说。

我下意识地托了托腮，琢磨我的槽牙可经得住这般乍暖还寒。

不管怎么说，我表示了衷心的感谢。猴王走后，我给能想得起的亲朋打电话，约好送葡萄的时间。整整奔波一天，所余葡萄之量仍是惊人。

我给绅士品酒师打电话说，我要送您一些上好的葡萄。

给我送葡萄，有点像给渔民送蛤蜊。酒绅士回答。

但是，我的葡萄太多了，放下去会坏掉，暴殄天物啊！我真有点急了。

那您可以把它们酿成葡萄酒。酒绅士说。

酿……酒？完全不会。我茫然。

酿酒并不难，从前几乎所有的女人都会酿酒。我把要领教给您，网上也有攻略。您只需准备一些干净的玻璃容器就行了。酒绅士轻描淡写。

在送无可送的危急情况下，为了挽救葡萄，只有学习酿酒。

哪儿能有酒曲？我突然想到这一极重要的问题。

如果您是专业的酿酒工厂，当然需要酒曲。但您在家里试着酿这么一点葡萄，可以不用酒曲。酒绅士说。

本来我就是生手，再没有酒曲，这不还没启动就意味着完全失败吗？我气急败坏，觉得这酒绅士草菅人命。哦，确切地说，是草菅葡萄命。

酒绅士说，您的葡萄上可有一层白霜似的东西？

我说，有。

酒绅士说，这正是天然野生的酵母菌。您只要在清洗葡萄的时候不要把它们一网打尽，等上一段时间，它们就能自动把葡萄发酵成酒了。

我半信半疑，说，就这么简单？

酒绅士说，是的。您想想，最初的葡萄酒一定是自然发酵的，那时候，哪里有现成的酒曲呢。请相信大自然。

我仍不死心，在网上搜索了一下“酒曲”。结果是酿糯米酒的曲种好买，酿葡萄酒的曲种只供批发，起批点足够发酵一吨葡萄。我这一堆命运多舛的葡萄，只有仰仗大自然的馈赠了。

按照酒绅士的指示，我把葡萄洗净晾干（保留了葡萄上的白霜，并对它们寄予厚望），然后戴上一次性手套，将葡萄一一捏碎。看着猩红的汁液鲜血般淌入干净的玻璃容器中，心中像农妇般祈祷——葡萄啊葡萄，请你快快变成酒！

之后的每一天，我几乎每个小时都去张望酝酿中的葡萄，看它们在粉身碎骨之后如何踏上涅槃之路。

葡萄们开始发泡膨胀，紫色的皮和灰白的籽向上浮动，在表面形成痂皮，臃肿而纷杂，简直和腐朽的垃圾差不多。我向酒绅士悲哀地报告，他毫不惊诧地说，这是发酵的正常过程，酒酵母正在把葡萄中的糖分化为酒精，少安毋躁，慢慢等待。

简短截说，在大约十几天的煎熬之后，我终于发现盛放葡萄的容器中，不再向上翻涌气泡，渐渐安静下来，汁液趋向澄清。

您可以过滤它们。酒绅士遥控。

过滤之后，葡萄汁女大十八变，居然有了葡萄酒的模样。

我向酒绅士报告喜讯，他仍旧是淡然的，说，好啊。

我说下一步呢？

他说，您可以把它们斟入酒杯，品尝一下。

我有点诚惶诚恐，斟进酒杯的时候，居然有轻微的紧张。之后，我喝到了自己酿出的葡萄酒，清爽甘甜。

那一瞬，我吐着舌头呆住了。我一直认为我把葡萄酿坏是理所当然的，倒是这不可思议的简单平顺之成功，令人愕然。

我立马向酒绅士报喜。他并没有我这般兴奋，只是说，您赶快把过滤完的酒汁，用50摄氏度加热蒸一下。记住啊，温度既不能过高，也不能过低。之后，满瓶、密封、低温、避光保存。存储不得超过半年，就得喝完。

我说，为什么？

他说，防止酒变成醋。

我说，酒是酒醋是醋，两者怎么会混淆？

酒绅士说，它们相隔并不远。在天然酵母菌存在的地方，也有天然醋酸菌存在。发酵完成之时，酵母菌就被自己生成的酒精杀死了，但醋酸菌还能继续存活。

我放下电话，思忖的结果是决定背弃老师。我想看到“酝酿”的全过程。一天过后，酒果真开始发酸。最初是若有若无的轻柔酸气，几天之后，就势不可当地变成了彻头彻尾的醋。

我向酒绅士报告我的最终产品。他沉吟了一下说，已经变成醋的酒，是没有任何方法复原的。果醋也是葡萄的升华。

实事求是地说，葡萄醋味道不错，冰过之后兑水喝，有秋天的清香。

小口喝着自酿的葡萄醋，不知怎的联想到了幸福。幸福并不是与生俱来的，就像如果不经过酿造，葡萄和酒并不等同。对于幸福的把握，需要学习，需要等待，需要时间和努力。很多人以为幸福和外部介入有关系，就像我以为酿酒一定要有酒曲，要有外力的促发。这个外来的介入物，要么是一笔偶然财富，要么是一个天降奇迹，要么是巧遇了一位贵人或是追求到一个爱人，要么是误打误撞莫名其妙的好运……

毋庸讳言，外界当然是有一些益于幸福发酵的颗粒存在，就像需要购买的酒曲。但请注意，好运气并不直接等同于幸福。每天做白日梦般期待外在的福祉，是年轻时很容易陷入的盲区。

请像一颗葡萄学习，它本身就携带着野生的酵母菌，一旦时机成熟，就会发酵成新的生命。人世间的俗常生活，也蕴藏着天然的幸福因子，白霜般黏结在生活的缝隙中。那就是我们对人世间的善良期望，是我们坚守勤劳的信念，是我们的真诚和友爱，是我们的努力和慈悲。只要有了这些，即使没有外来的助力，一样能创造出属于自己的幸福。需要的只是时间和持之以恒。这就是酝酿幸福的过程。

由于自己的不慎，导致了不幸时，我们常常会说——谁谁自己酿出了一杯苦酒。是不是可以反过来说，幸福也是自己酿的呢？有葡萄在，就有野生的酵母菌在，有生活在，就有天然的幸福因子在。只要努力，葡萄和我们都有希望走向升华。

每只小狗都有一个目标

确立目标，让幸福驾临。

有一对夫妇有两个孩子，一个叫莎拉，一个叫克里斯蒂。当孩子还小的时候，父母决定为他们养一只小狗。小狗抱回来以后，他们想请一位朋友帮忙训练这只小狗。他们搂着小狗来到朋友家，安然坐下，在第一次训练前，女驯狗师问："小狗的目标是什么？"夫妻俩面面相觑，很是意外，他们实在想不出狗还有什么另外的目标，嘟囔着说："一只小狗的目标？那当然就是当一只狗了。"女驯狗师极为严肃地摇了摇头说："每只小狗都得有一个目标。"

夫妇俩商量之后，为小狗确立了一个目标——白天和孩子们一道玩，夜里要能看家。后来，小狗被成功地训练成了孩子的好朋友和家中财产的守护神。

这对夫妇就是美国的前任副总统阿尔·戈尔和他的妻子迪帕。他们牢牢地记住了这句话——做一只狗要有目标。推而广之，做一个人也要有目标。

在现实生活中，却有太多太多的人，没有目标。其实寻找目标并不是一件太难的事，关键是你要知道天下有这样一件唯此唯大的事，然后尽早来做。正是你自己需要一个目标，而不是你的父母或是你的老师或是你的上级需要它。它的存在，和别人的关系都没有和你的关系那样密切。也就是说，它将是你最亲爱的伙伴，其血肉相连的程度，绝对超过了你和你的父母，你和你的妻子儿女，你和你的同伴和领导的关系。你可能丧失了所有的财产和所有的亲人，但只要你的目标还在，你就还有一个完整的系统存在，你就并不孤独和无望。

我们常常把别人的期待当成了自己的目标，在孩童的时候，这几乎是顺理成章的事情。但是，你会渐渐地长大，无论别人的期望是怎样的美好，它也不属于你。除非有一天，你成功地在自己的心底移植了这个期望，这个期望生根发芽，长成了你的目标。那时，尽管所有的枝叶都和原本的母本一脉相承，但其实它已面目全非，它的灵魂完完全全只属于你，它被你的血脉所濡养。

我们常常把世俗的流转当成自己的目标。这一阵子崇尚钱，你就把挣钱当成了自己的目标。殊不知钱只是手段而非目标，有了钱之后，事情远远没有结束。把钱当成目标，就是把叶子当成了根。目标是终极的代名词，它悬挂在人生的瀚海之中，你向它航行，却永远不会抵达。你的快乐就在这跋涉的过程中流淌，而并非把目标攫为己有。从这个意义上说，钱不具备终极目标的资格。过一阵子流行美丽，你就把制造美丽保存美丽当成了目标。殊不知美丽的标准有所不同，美丽是可以变化的，目标却是相当恒定的。美丽之后你还要做什么？美丽会褪色，目标却永远鲜艳。

有人把快乐和幸福当成了终极目标，这也值得推敲。快乐并不只是单纯的快感，类乎饮食和繁殖的本能。科学家们通过研究，发现最长远最持久的快乐，来自你的自我价值的体现。而毫无疑问，自我价值是从属于你的目标感，一个连目标都没有的人，何谈价值呢！

一棵树的目标也许雕成大厦的栋梁，也许是撑一把绿伞送人阴凉。也许是化作无数张白纸传递知识，也许是制成一次性筷子让人大快朵颐……还有数不清的可能性，我们不是树，我们不可能穷尽也不可能明白树的心思。我们是人，我们可以为自己确立一个目标，这是做人的本分之一。

泥沙俱下的生活

并不完美的生活，是组成宝贵生命的原材料。

有年轻人问，对生活，你有没有产生过厌倦的情绪？

说心里话，我是一个从本质上对生命持悲观态度的人，但对生活，基本上没产生过厌倦情绪。这好像是矛盾的两极，骨子里其实相通。也许因为青年时代，在对世界的感知还混混沌沌的时候，我就毫无准备地抵达了海拔五千米的藏北高原。猝不及防中，灵魂经历了大的恐惧、大的悲哀。平定之后，也就有了对一般厌倦的定力。面对穷凶极恶的高寒缺氧、无穷无尽的冰川雪岭，你无法抗拒人是多么渺小、生命是多么孤单这副铁枷。你有一千种可能性会死，比如雪崩，比如坠崖，比如高原肺水肿，比如急性心力衰竭，比如战死疆场，比如车祸枪伤……但你却在苦难的夹缝当中，仍然完整地活着。而且，只要你不打算立即结束自己，就得继续活下去。愁云惨淡畏畏缩缩的是活，昂扬快乐兴致勃勃的也是活。我盘算了一下，权衡利弊，觉得还是取后种活法比较适宜。不单是自我感觉稍愉快，而且让他人（起码是父母）也较为安宁。就像得过了剧烈的水痘，对类似的疾病就有了抗体，从那以后，一般的颓丧就无法击倒我了。我明白日常生活的核心，其实是如何善待每人仅此一次的生命。如果你珍惜生命，就不必因为小的苦恼而厌倦生活。因为泥沙俱下并不完美的生活，正是组成宝贵生命的原材料。

他又问，你对自己的才能有没有过怀疑或是绝望？

我是一个“泛才能论”者，即认为每个人都必有自己独特的才能，赞成李白所说的“天生我材必有用”。只是这才能到底是什么，没人事先向我们交底，大家都蒙在鼓里。本人不一定清楚，家人朋友也未必明晰，全靠仔细寻找加上运气。有的人可能一下子就找到了；有的人费时一世一生；还有的人，干脆终生在暗中摸索，不得所终。飞速发展的现代科技，为我们提供了越来越多施展才能的领域。例如，爱好音乐，爱好写作……都是比较传统的项目，热爱电脑，热爱基因工程……则是近若干年才开发出来的新领域。有时想，擅长操纵计算机的才能，以前必定悄悄存在着，但世上没这物件时，具有此类本领潜质的人，只好委屈地干着别的行当。他若是去学画画，技巧不一定高，就痛苦万分，觉得自己不成才。比尔·盖茨先生若是生长在唐朝，整个就算瞎了一代英雄。所以，寻找才能是一项相当艰巨重大的工程，切莫等闲视之。

人们通常把爱好当作才能，一般说来，两相符合的概率很高，但并不像克隆羊那样惟妙惟肖。爱好这个东西，有时候很能迷惑人。一门心思凭它引路，也会害人不浅。有时你爱的恰好是你所不具备特长的东西，就像病人热爱健康、矮个儿渴望长高一样。因为不具备，所以，就更爱得痴迷，九死不悔。我判断人对自己的才能，产生深度的怀疑以至绝望，多半产生于这种“爱好不当”的旋涡之中。因此，在大的怀疑和绝望之前，不妨先静下心来，冷静客观地分析一下，考察一下自己的才能，真正投影于何方。评估关头，最好先安稳地睡一觉，半夜时分醒来，万籁俱寂时，摈弃世俗和金钱的阴影，纯粹从人的天性出发，充满快乐地想一想。

为什么一定要强调充满快乐地去想呢？我以为，真正令才能充分发育的土壤，应该同时是我们分泌快乐的源泉。

他的最后一个问题是，你是怎样度过人生的低潮期的？

安静地等待。好好睡觉，像一只冬眠的熊。锻炼身体，坚信无论是承受更深的低潮或是迎接高潮，好的体魄都用得着。和知心的朋友谈天，基本上不发牢骚，主要是回忆快乐的时光。多读书，看一些传记。一来增长知识，顺带还可瞧瞧别人倒霉的时候是怎么挺过去的。趁机做家务，把平时忙碌顾不上的活儿都抓紧此时干完。

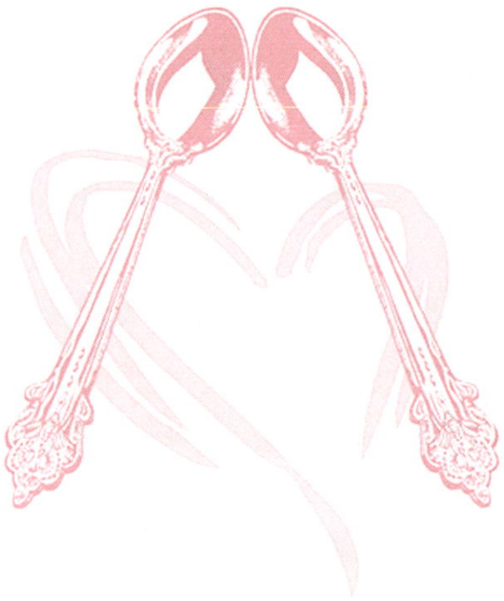

“我羡慕你”

年轻的朋友，不要去羡慕别人，要记住人们在羡慕我们！

我是从哪一天开始老的？不知道。就像从夏到秋，人们只觉得天气一天一天凉了，却说不出秋天究竟是哪一天来到的。生命的“立秋”是从哪一个生日开始的？不知道。青年的年龄上限不断提高，我有时觉得那都是上了年纪的人玩出的花样，为掩饰自己的衰老，便总说别人年轻。

不管怎么样，我觉得自己老了。当别人问我年龄的时候，我支支吾吾地反问一句：“您看我有多大了？”佯装的镇定当中，希望别人说出的数字要较我实际年龄稍小一些。倘若人家说得过小了，又暗暗怀疑那人是否在成心奚落。我开始越来越多地照镜子。小说中常说年轻的姑娘们最爱照镜子，其实那是不正确的。年轻人不必照镜子，世人羡慕他们的目光就是镜子，真正开始细细端详自己的容貌的是青春将逝的人们。

于是我把所有的精力放在孩子身上。记得一个秋天的早晨，刚下夜班的我强打精神，带着儿子去公园。儿子在铺满卵石的小路上走着，他踩着甬路旁镶着的花砖一蹦一跳地向前跑，将我越甩越远。

“走中间的平路！”我大声地对他呼喊。

“不！妈妈！我喜欢……”他头也不回地答道。

我蓦地站住了，这句话是那样熟悉。曾几何时，我也这样对自己的妈妈说过：“我喜欢在不平坦的路上行走。”这一切过去得多么快呀！从哪一天开始，我行动的步伐开始减慢，我越来越多地抱怨起路的不平了呢？

这是衰老确凿无疑的证据。岁月不可逆转，我不会再年轻了。

“孩子，我羡慕你！”我吓了一跳。这是实实在在的声音，从我身后传来，说得很缓慢，好像我的大脑变成一块电视屏幕，任何人都能读出上面的字幕。

我转过身。身后是一位老年妇女，周围再没有其他人。这么说，是她羡慕我。我仔细打量着她，头发花白，衣着普通。但她有一种气质，虽说身材瘦小，却有一种令人仰视的感觉。我疑惑地看着她，我不知道自己有什么值得人羡慕的地方——一个工厂里刚下夜班满脸疲惫之色的女人。

“是的。我羡慕你的年纪，你们的年纪。”她用手指轻轻点了点，将远处我儿子越来越小的身影也括了进去，“我愿意用我所获得过的一切，来换你现在的年纪。”

我至今不知道她是谁，不知道她曾经获得过的那一切都是些什么，但我感谢她让我看到了自己拥有的财富。我们常常过多地注视别人，而自己在不知不觉中失去了最宝贵的东西。人的生命是一根链条，永远有比你年轻的孩子和比你年迈的老人，我们每个人都有自己的位置，有一宗谁也掠夺不去的财宝。不要计较何时年轻，何时年老。只要我们生存一天，青春的财富就闪闪发光。能够遮蔽它的光芒的暗夜只有一种，那就是你自以为已经衰老。

年轻的朋友，不要去羡慕别人。要记住人们在羡慕我们！

平安扣

外界虽不能把握，内心却可以调适。

女友送我一只翡翠平安扣，红丝绳系着。它碧绿地沉重地坠在我胸口，澄清中透出云雾状的“棉”，水色迷蒙。扣的正中有一个完整的孔，仿佛一支竹箫横断。清冽的空气在扣中穿行，染出一缕青黛。

我问，真的吗？

友人说，什么啊？

我说，翡翠呀。

友人说，美得你！这么大一块上乘翡翠，价值连城，把我的身家都卖了，也送你不起的。当然是假的了，经过化学处理的石头而已。

我把平安扣摘下来说，既是假的，那还有什么意思呢？我看这平安扣，倒是很像一枚铜钱。

朋友抚摸着平安扣说，它和铜钱，实在是大不同。铜钱外圆内方，上书 ×× 通宝的字样，内芯尖锐刻板，实为锱铢必较之相。平安扣不着一字，外圈是圆的，象征着辽阔天地混沌无限。内圈也是圆的，祈愿着我们内心的平宁安远。在它微小的空间里，蕴含了整个壮丽的大自然。它昭示当你的心与天地一致，便有了伟大的包容和协调，锁定了你的平安。

我叹了一口气说，讲得虽好，但世事维艰，我们脆弱的心，在历经沧桑之后，怎样才能清风朗月圆润如初?

友人陪着我叹气说，是啊。没人能承诺我们一生永远晴天，没人能预知草莽中潜藏毒蛇猛兽，没人能勾勒出命运的风刀霜剑，没人能掐算出何时将至大限……从这个意义上讲，纵用尽天下翡翠，打凿出如泰山那般大的一枚巨平安扣，悬挂在星辰间，也是没有丝毫作用的。然而，外界虽不能把握，内心却可以调适。任你弱水三千，我自谈笑风生，谁又能奈何我们呢？你我也许不知道，命运将在哪一个急转弯处踉跄跌倒，但我们确知，即使匍匐在地，也依然强韧地准备着爬起……

我把石头雕成的平安扣，重又挂在颈上。友人说，送你的翡翠是假，平安的祝福是真。每个人，都是自己的平安扣啊。

最大的缘分

能吃是缘分。吃的是自己双手挣来的清白，才是人间的幸福。

这几年，缘字泛滥，见面就是缘。

在翠绿的伊犁河谷，一位哈萨克少女，高擎着马奶子酒说，尊贵的客人，世上最高最长远的缘分是什么呢？是吃啊！一生下来，婴儿就要吃。到不能吃的时候，缘分也就尽了。人们因吃而聚，因吃而离……

那一天，所有的味道，都被这句话漂白。

吃是笼罩天穹的巨伞。甚至从生命还没有诞生，我们就开始吃了。构成我们机体原初的那些物质：骨的钙，血的铁，瞳孔的胡萝卜素，头发的维生素原 B_5，肌肉的纤维，脑神经的沟回……无一不是我们从大自然攫取来的。生命始自吃大自然，大自然是胚胎化缘的钵，这就是最洪荒的缘分啊。

出生后，我们开始吃母亲。乳汁是世界上最完整最富于消化吸收的养料，妈妈的胸怀，是我们赖以生存的谷仓，遮风雨的帐篷，温暖的火墙和日夜轰响的交响乐团（资料证明，婴儿在母亲的心跳声中，感觉最安宁。因为这声音的节奏，已融入孩子永恒的记忆）。因为吃与被吃，母与子，结成天下无与伦比的友谊。这种友谊被庄严地称为——母爱。

长大了，我们开始吃自己。养活你自己，几乎是进入成人界最显著的标志。填平空虚的胃，曾经是多少人惨淡经营的梦想。待统计到国计民生上，温饱解决了，我们就能进入小康，吃——此刻不仅仅是食物，更成了逾越文明纪录的标杆。吃是基础，吃是栋梁，有了吃，一个民族才能在世界的麦克风中有扩大的声音。没有吃，肚子咕咕叫的动静压倒一切，遑论其他！

夫妻走到一块，叫作从此在一个饭锅里搅马勺了。吃是男女长久的媒人和黏合剂。

普天之下，熙熙攘攘，多少酒肆饭楼，早茶晚宴，都是为吃聚在一处。古往今来，不知有多少大事在觥筹交错中议定，有多少金钱在餐桌下滚滚作响。

为了吃，人是残忍的，远古时曾尝遍了包括人自身在内的所有生物。进步了，不再吃人。科学了，不再吃有害健康的食物。但人的好吃仍是无与伦比，毒蛇有毒，拔了牙吃。河豚烈性，剥了内脏继续吃。珍禽异兽，都曾被人烹炸清炖，吃了南极吃北极，先是磷虾后是鲸……人是地球上能吃善吃的冠军，狮子老虎都得自叹弗如。

吃到遥远的地方，吃出奇异的境界，是人类永不磨灭的理想。所以人总想吃出地球去，吃到太空去，到另外的星球上找饭辙，这便是无限神往的明天了。

到什么也不想吃的时候，生命已到尾声，与这世界的缘分将尽了。所以能吃是最基本的缘分，切不可小觑。与“能吃”的可爱相比，功名利禄都是泔水。吃亦有道，需吃得聪明，吃得正大，吃得坦荡，吃的是自己双手挣来的清白，吃才是人间的幸福。

珍惜能吃的日子，珍惜一道举筷的亲人。珍惜畅饮的朋友，珍惜吃的智慧。敬畏热爱供给我们吃的原料，吃的场所，吃的机会，吃的概率的源头——大自然与母亲！

全职主夫

有一种非常快乐的家庭主夫，绽放着令世界着迷的笑脸。

早上，告别伊利诺伊州的小镇，出发到芝加哥去。行程的安排是——我和安妮先乘坐当地志愿者的车，一个半小时之后到达罗克福德车站，然后从那里再乘坐大巴，直抵芝加哥。

早起收拾行囊，在岳拉娜老奶奶家吃了早饭，安坐着等待车夫到来。私下揣摸：今天我们将有幸与谁同行？

几天前，从罗克福德车站到小镇来的时候，是一对中年夫妇接站。丈夫叫鲍比，妻子叫玛丽安。他们的车很普通，牌子我叫不出来，估计也就是相当于国内夏利那个档次。车里不整洁也不豪华，但还舒适。我这样说，一点也没有鄙薄他们财力或是热情的意思，只是觉得有一种平淡的家常。

丈夫开车，车外是大片的玉米地。玛丽安面容疲惫但很健谈，干燥的红头发飘拂在她的唇边，为她的话增加了几分焦灼感。我说，看你很操劳辛苦的样子，还到车站迎接我们，非常感谢。

玛丽安说，疲劳感来自我的母亲患老年性痴呆 14 年，前不久去世了。都是我服侍她的，我是一名家庭主妇。我知道陪伴一名老人走过她最后的道路，是多么艰难的过程。母亲去世了，我一下子不知道干什么好了。照料母亲成了我生命的一部分。现在，我干什么呢？虽然我有家庭，鲍比对我很好……

说到这里，开车的鲍比听到点了他的名，就扭过头，很默契地笑笑。

玛丽安说，孩子也很好，可这些都填补不了母亲去世后留下的黑洞。我的这一段经历，我不想让它轻易流失。你猜，我选择了怎样的方式悼念母亲？

我说，你要为母亲写一本书吗？

这的确是我能想出的悼念母亲的较好方法了。

玛丽安说，不是每个人都有能力写书的。

我说，那么你想出的方法是什么？

玛丽安说，我想出的办法是竞选议员。

我的眼珠瞪圆了。当议员？这可比写书难多了，不由得对身边的玛丽安刮目相看。议员是谁都当得了的？这位普通的美国妇女，消瘦疲倦，眼圈发黑，看不出有什么叱咤风云的本领，居然就像讨论晚餐的豌豆放不放胡椒粉那样，淡淡地提出了自己的议员之梦。

玛丽安沉浸在对自我远景的设计中，并未顾及我的惊讶。她说，我要向大家呼吁，给我们的老年人更多的爱和财政拨款。服侍老人不但是子女的义务，而且是全社会的代价高昂的工作。这不但是爱老年人，也是爱我们每一个人。我到处游说……

我忍不住插嘴，结果怎么样？你有可能当选吗？

玛丽安一下羞涩起来，说，我从没有竞选的经验，准备也很不充分。当然，财力也不充裕。所以，这第一次很可能要失败了。但是，我不会气馁的。我会不懈地争取下去，也许你下次来的时候，我已经是州议员了。

玛丽安说到这里，鲍比就把汽车的喇叭按响了。宽广的道路上没有一个人，也没有任何险情。喇叭声声，代表鲍比的喉咙，为妻子助威。

我对玛丽安生出了深深的敬佩。怎么看她都不像是一个能执掌政治的女人，但是谁又能预计她献身政治后的政绩，不是辉煌和显赫的呢？因为她的动机是那样单纯和坚定！

有了来时和这位“预备役议员”的谈话，我就对去时与谁同车，抱有了浓烈的期待。

车夫来了。一个很高大而帅气的男子，名叫约翰。一见面，约翰连说了两句话，让我觉得行程不会枯燥。

第一句话是：出远门的人，走得慌忙，往往容易落下东西。我帮你们装箱子，你们再好好检查一下，不要遗漏了宝贝。

在他的提醒下，我迅速检点了一番自己的行囊。乖乖，照相机就落在了客厅的沙发上。在整个美国的行程中，我仅这一次丢了东西，还被细心的约翰挽救了回来。

约翰的第二句话是：你的箱子颜色很漂亮。它不是美国的产品，好像是意大利的。

我惊奇了。惊奇的是一个大男子汉，居然在记忆中储存着女士箱子的色彩和款式的资料，并把产地信手拈来。

我说，谢谢你的夸奖。你对箱子很了解啊。能知道你是做什么工作的吗？

我猜想他可能是百货公司的采购员。

约翰把车发动起来，他的车非常干净清爽。他一边开车一边回答：我的工作嘛，是足球教练。

我自作聪明地说，赛球的时候走南闯北的，所以你就对箱子有研究了。

约翰笑起来说，我这个足球教练，只教我的三个孩子。我有三个男孩，他们可爱极了。

他说着，竟然情不自禁地减速，然后从贴身的皮夹里掏出一张照片，转手递给我们。三个如竹笋一般修长挺拔的孩子踩着足球，笑容像新鲜柠檬一样灿烂。

约翰说，我的工作，就是照顾我的三个孩子。我接送他们上学，为他们做饭，带他们游玩和锻炼。我的邻居看到我把自己的孩子带得这样好，就把他们的孩子也送到我这儿训练，我就多少挣一点小钱。但绝大多数时间，我是挣不到一分钱的。因为我不好意思领工资。我是全职的家庭主夫啊。

我赶快把自己的脸掉向窗外。因为我无法确保自己的五官，不因巨大的愕然而错位。

令我惊奇的不仅是这样一个正当壮年的健康男子，居然天天在家从事育子和家务劳动，更重要的是他在讲这些话的时候，那种安然的坦率和溢于言表的幸福感。我从来没有见过一个男子说到自己的职业是——家庭主夫时，如此心平气和。不对。不准确。不是心平气和，是意气风发。

我变得小心翼翼起来。我怕我不合时宜的语调，出卖了我的惊讶。我说，你的妻子是做什么的？

约翰说，法官。她是法官。在我们这一带非常有名气的法官。

我说，那你这样……没有工作，对不起，我的意思是在家里……的工作……她心理平衡吗？

约翰很有几分不解地说，平衡？她为什么不平衡呢？这是一种多么好的组合！她那么喜欢她的孩子，可是她要工作，把孩子交给谁来照料呢？当然是我了，她才最放心。

话说到这个份上，我顾虑再追问下去，是否有些不敬，但我实在太想知道答案了，只好冒着得罪人的危险说，要是您不介意，我还想问问，您心理平衡吗？

约翰说，我？当然，平衡。我那么爱我的孩子，能够整天和我的孩子在一起，我是求之不得的。世上不是每个男人都有这样的福气的。他们不一定能娶到我夫人这样能干的女子，我娶到了。这是我天大的运气啊。

交流到这个程度，我心中的问号基本上被拉直，变成惊叹号了。

我只有彻头彻尾地相信，世界上有一种非常快乐的家庭主夫生活着，绽放着令世界着迷的笑脸。

到了车站，当我和安妮把所有的行李搬了下来，和约翰友好地招手告别，突然安妮一声惊叫：天啊，我的手提电脑……哪里去了？

约翰不慌不忙地说，别急。很可能是落在岳拉娜老奶奶家了。待我问问她。

约翰拨打手提电话，果然，电脑是在岳家。

怎么办呢？那一瞬，很静。听得见枫树摇晃树叶的声音。从车站到我们曾经居住的小镇，一来一回要三个小时，约翰刚才还说，他要赶回去给孩子们做饭呢！

我们看着约翰，约翰看着我们。气氛一时有些微妙和尴尬。临行之前，他再三再四地叮嘱我们，现在不幸被他言中……

约翰是很有资格埋怨我们的，哪怕是一个不悦的眼神。或是出于不得不顾及的礼节，他可以帮助我们，但他有权利表达他的为难和遗憾。

但是，没有。他此刻的表情，我真的无法确切形容，原谅我用一个不恰当但却能表达我当时感觉的词——他是那样的“贤妻良母”。真正的温和温暖的笑容，耐心而和善。好像是一个长者刚对小孩子说过：你小心一点，别摔倒了。那孩子就来了一个嘴啃泥。他的第一个反应不是埋怨和指责，而是本能地微笑着，看到他的膝盖出了血，就帮助包扎。他很轻松地说，不要紧。出门在外的人，这样的事情常常发生。你们不要着急，我这就赶回小镇。照料完孩子们的午饭，我就到岳拉娜家取电脑，然后立即返回这里。等着我吧。在这段时间里，你们可以看看美丽的枫树。只有伊利诺的枫树，是这样冷不防地就由黄色变成红色的了，非常俏皮。离开了这里，你就看不到如此美丽的枫树了。

约翰说着，挥挥手，开着车走了。我和安妮坐在秋天的阳光下，看着公路上约翰的车子变成一只小小的甲虫，消失在远方。我们什么也不说，等待着他亲切的笑容在秋阳下重新出现。

千头万绪是多少

千头万绪细化成简明扼要的条款，理清并列出对策，逐一攻克。

千头万绪这个词，有一种沸沸扬扬的夸张和缠人喉咙的窒息感，让人心境沮丧，捉襟见肘，好像一个泥潭，不留神陷进去，会被它掩了口鼻，呛得翻白，甚或丢了性命，也说不得。

现代人很常用——或者简直就是爱好用这个词，来描绘自己的生存状况。常常听到人们说自己的处境——千头万绪，要干的工作——千头万绪，待处理的事物——千头万绪，需承担的责任——千头万绪……千头万绪几乎成了一条癞皮狗，死缠烂打地咬住每位现代人的脚后跟，斥之不去。

千头万绪是一个主观的判断，一个夸张的形容。难道对一个普通人来说，世上就真有一万件事，非得你御驾亲征不可？

当我们认定自己进入了千头万绪这一局面的时候，心先就慌了。披头散发，眉毛胡子一把抓，天空也随之阴霾。因为紧迫，就慌不择路。结果是线头越搅越多，原本可以解开的结，也成了死扣。

千头万绪有一种邪恶的威慑力，恐惧和慌乱是它的左膀右臂。一旦被这几个魔头统治了心神，我们在灾难的海市蜃楼面前，往往顿失镇定和勇气。

我认识一位女友，当她说到自己的近况时，脸色晦暗，手指颤抖，嘴唇也无目的地扭曲了，显出干涸辙印中小鱼的表情。

她的确是遇到了足够的麻烦。丈夫外遇十年，儿子正逢高考，模拟考试成绩很不理想。她接手奋战了一年的科研项目，已到了关键时刻，她的高血压又犯了，整天头晕。昨天上街由于精神恍惚，被小偷割裂了书包，偷走了上千元钱。她的邻居在装修房屋，每天电钻声吵得她耳鼓爆炸……

有的时候，真想一死了之！千头万绪啊，我看不到一点光明！她这样说，狠狠捶着自己的太阳穴。

我说，我能体会到你心中的痛楚和无奈。你想改变这一切，但感到自己的绝望和孤独。我们先找到一张白纸，把你最感痛苦烦恼的事件写下来，然后我们看看，有什么办法可以逐个解决它们。

洁白的纸，铺在桌面，如同一片无瑕的雪地。左是起因，右写对策。女友提笔写下：

1. 夜里睡不好觉，因为电钻太吵。

我很惊讶地问她，那装修的人家，居然敢冒天下之大不韪，在夜里开动电钻？

女友愣了一下，然后说，那倒不是。楼下孀居多年的邻居要结婚了，房屋不整也实在当不了新房。那家事先已出了安民告示，并于晚上八点以后，不再使用电钻。

我说，那么，你睡不好觉，就另有原因，并不能归于电钻了。

她对着白纸，看了半天，仿佛不认识自己写下的那一行字。然后把“电钻”云云删去了，在对策一栏里，写下——吃两片安眠药。

继续整理你的烦恼。我说。

2. 丈夫外遇十年。

真是一个折磨人的大难题。我定定神问，你最近才知道吗？她嘶哑地答，早知道了。

我说，你打算最近采取行动，彻底解决这个问题吗？

她思忖着说，时机还不成熟。无论是离婚还是敦促他痛改前非，都需要时间。

我说，那它是可以从长计议的，也就是目前采取的对策是等待。

女友点点头。

3. 昨天丢了一千块钱。

我说，真倒霉啊，对你是雪上加霜。你报案了吗？

她说，报了，但是没寄什么希望。

我说，那就是说，你基本上觉得这笔损失是不可挽回的啦？

她很快地回答，是啊。

我说，不一定啊。也许你不停地愁苦下去，把自己的太阳穴敲出一个透明窟窿，小偷会良心发现，把那笔钱送回来。

她扑哧一声笑了，说，瞧你说的。那小偷根本不知道我是谁，哪怕我今天自杀了，他也不会发慈悲的。

我正色道，说得好。这笔损失，并不因你的痛楚，而有复原的可能。

女友想了想，就把这一条画掉了，重写了一个“3. 孩子考不上大学”。

我陪着她深深地叹了一口气，然后问她，你是直到今天才意识到孩子上大学无望吗？

她摇摇头，说，他学习成绩一直不好，这结果其实已在意料之中。以前总幻想能出现一个奇迹，现在彻底破灭了。

我说，不符合实际的幻想破灭，你说是件好事还是坏事？

她明白了我的用意，但还是很沉重地说，面对残酷的现实，总是让人难以接受。

我说，是啊。但事实是否因你的不接受，而有改变的可能呢？

女友说，我还是希望孩子能有接受高等教育的机会啊。

我说，此次没有考上大学，并不意味着孩子永远失去了接受高等教育的机会。

她突然抓住我的手说，你的意思是还有机会？

我说，你觉着呢？我记得你就是通过自学直接考取的研究生啊。

她沉默了很长的时间，然后一字一顿地说，是啊。孩子已经十八岁了，教会他如何应付困境，也许更重要。于是她写下对策——重新来，继续下去。

4. 高血压。

我说，你的血压是否已经像珠穆朗玛一样，成了世界上的第一高峰了呢？

她有些气恼了，说，我真的很痛苦，你却在这里穷开心。

我把脸上的笑容收起，说，对于病，也要有一个战略藐视战术重视的应对。我相信你的高血压并非到了药石罔效的地步，只要按时吃药，是可以控制的。你服药很可能不守医嘱。

她有些不好意思，反问，你怎么知道的？

我说，别忘了，我还是有二十多年医龄的老大夫。你瞒不过我的火眼金睛。

女友老老实实地交代说，一忙起来，就忘了。她规规矩矩地写上对策——遵医嘱。

女友的脸色渐渐平稳，但她还是愁肠百结地写下了最后一条。

5. 科研任务紧迫。

我说，关于此项艰巨的任务，你承担了一年。现在到了最后攻关阶段，你是否已对自己丧失了信心？

她很坚定地回答，没有。只是我的心情不好，你知道，对于一个搞研究的人来说，心情就是生产力啊。

我一拍她的手掌说，你讲得好！但心情纯属你精神领域的感觉，你为什么不能使自己的心情明亮起来呢？

她说，讲得轻松！不挑担子肩不疼。我这里千头万绪，哪里就亮得起来！

我含笑说，看看你的千头万绪，还剩下了多少？

那张洁白的纸上，写着：

失眠——安眠药

丈夫外遇——从长计议

（丢钱——自认倒霉）

儿子未考上大学——重新来

高血压——遵医嘱

科研攻关——好心情

她看了一遍又一遍，好像不相信自己的千头万绪，已细化成如此简明扼要的条款。看来，我只要今晚吃上两片安眠药，明早醒来，阳光依旧灿烂？她有些半信半疑。

我说，当所有的头绪都搅在一起的时候，的确很可怕，它们使我们的心情变得极为恶劣，智力陡然下降，判断连续失误，于是事情就进入了一个更糟糕的怪圈。把它们理清，列出对策，就可以逐一攻克了。好心情并不来源于一帆风顺，而是生长于从容和坚定的勇气中啊。

女友说，哈！我知道啦！我们每个人都有长出好心情的土地，就看你是否耕耘。

你好，荞

心中贮备着丰足的力量和充沛的爱，足以抵抗征程的霜雪和苦难。

一位女友，告诉我这样一件事。

上小学的时候，班上有个女同学，叫作荞，家境贫寒，每学期都免交学杂费。她衣着破烂，夏天总穿短裤，是捡哥哥剩下的。我和她同期加入少先队。那时候，入队仪式很庄重。新发展的同学面向台下观众，先站成一排，当然脖子上光秃秃的，此刻还未被吸收入组织嘛。然后一排老队员走上来，和非队员一对一地站好。这时响起令人心跳的进行曲，校长或是请来的英模——总之是德高望重的长辈，口中念念有词，说着"红领巾是红旗的一角，是用烈士的鲜血染成"等教诲，把一条条新的红领巾发到老队员手中，再由老队员把这一鲜艳的标志物，绕到新队员的脖子上，亲手挽好结，然后互敬队礼，宣告大家都是队友啦！隆重的仪式才算完成。

新队员的红领巾，是提前交了钱买下的。荞说她没有钱。辅导员说，那怎么办呢？荞说，哥哥已超龄退队，她可用哥哥的旧领巾。于是那天授巾的仪式，就有一点特别。当辅导员用托盘把新领巾呈到领导手中的时候，低低说了一句。同学们虽听不清是什么，但能猜出来——那是提醒领导，轮到荞的时候，记得把托盘里的那条旧领巾分给她。

满盘的新领巾好似一塘金红的鲤鱼，支棱着翅角。旧领巾软绵绵地卧着，仿佛混入的灰鲫，落寞孤独。那天来的领导，可能老了，不曾听清这句格外的交代，也许他根本没想到还有这等复杂的事。总之，他一一发放领巾，走到荞的面前，随手把一条新领巾分给了她。我看到荞好像被人砸了一下头顶，身体矮了下去。灿如火苗的红领巾环着她的脖子，也无法映暖她苍白的脸庞。

那个交了新红领巾的钱，却分到一条旧红领巾的女孩，委屈之极。当场不好发作，刚一散会，就怒气冲冲地跑到荞跟前，一把扯住荞的红领巾说，这是我的！你还给我！

领巾是一个活结，被女孩拽住一股猛挣，就系死了，好似一条绞索，把荞勒得眼珠凸起，喘不过气来。

大伙扑上拉开她俩。荞满眼都是泪花，窒得直咳嗽。

那个抢领巾的女孩自知理亏，嘟囔着，本来就是我的嘛！谁要你的破红领巾！说着，女孩把荞哥哥的旧领巾一把扯下，丢到荞身上，补了一句——我们的红领巾都是烈士用鲜血染的，你的这条红色这么淡，是用刷牙刷出的血染的。

经她这么一说，我们更觉得荞的那条旧得凄凉。风雨洗过，阳光晒过，溮了颜色，布丝已褪为浅粉。铺在脖子后方的三角顶端部分，几成白色。耷拉在胸前的两个角，因为摩挲和洗涤，絮毛纷披，好似炸开的锅刷头。

我们都为荞不平，觉得那女孩太霸道了。荞一声未吭，把新领巾折得齐整整，还给了它的主人。把旧领巾两端系好，默默地走了。

后来我问荞，她那样对你，你就不伤心吗？荞说，谁都想要新领巾啊，我能想通。只是她说我的红领巾，是用刷牙刷出的血染的，我不服。我的红领巾原来也是鲜红的，哥哥从九岁戴到十五岁，时间很久了。真正的血，也会褪色的。我试过了。

我吓了一跳。心想，她该不是自己挤出一点血，涂在布上，做过什么试验吧？我没敢问，怕得到一个肯定的答复。

毕业时候，荞的成绩很好，可以上重点中学。但因为家境艰难，只考了一所技工学校，以期早早分担父母的窘困。

在现今的社会里，如果没有意外的变故，接受良好的教育，是从较低阶层进入较高阶层的——不说是唯一，也是最基本的孔道。荞在很小的时候，就放弃了这种可能。她也不是具有国色天香的女孩，没有王子骑了白马来会她。所以，荞以后的路，就一直在贫困的底层挣扎。

我们这些同学，已近了知天命的岁月。在经历了种种的人生，尘埃落定之后，屡屡举行聚会，忆旧兼互通联络。荞很少参加，只说是忙。于是那个当年扯她领巾的女子说，荞可能是混得不如人，不好意思见老同学了。

荞是一家印刷厂的女工。早几年，厂子还开工时，她送过我一本交通地图。说是厂里总是印账簿一类的东西，一般人用不上的。碰上一回印地图，她赶紧给我留了一册，想我有时外出，或许会用得着。

说真的，正因为常常外出，各式地图我很齐备。但我还是非常高兴地收下了她的馈赠。我知道，这是她能拿得出的最好的礼物了。

一次聚会，荞终于来了。她所在的工厂宣布破产，她成了下岗女工。她的丈夫出了车祸，抢救后性命虽无碍，但伤了腿，从此吃不得重力。儿子得了肝炎休学，需要静养和高蛋白。她在几地连做小时工，十分奔波辛苦。这次刚好到这边打工，于是抽空和老同学见见面。

我们都不知说什么好，只是紧握着她的手。她的掌上有很多毛刺，好像一把尼龙丝板刷。

半小时后，荞要走了。同学们推我送送她。我打了一辆车，送她去干活的地方。本想在车上，多问问她的近况，又怕伤了她的尊严。

正斟酌为难时，她突然叫起来——你看！你快看！

窗外是城乡交界部的建筑工地，尘土纷扬，杂草丛生，毫无风景。我不解地问，你要我看什么呢？

荞很开心地说，我要你看路边的那一片野花啊。每天我从这里过的时候，都要寻找它们。我知道它们哪天张开叶子，哪天抽出花茎，在哪天早晨，突然就开了……我每天都向它们问好呢！

我一眼看去，野花已风驰电掣地闪走了，不知是橙是蓝。看到的只是荞的脸，憔悴之中有了花一样的神采。于是，我那颗久久悬起的心，稳稳地落下了。我不再问她任何具体的事情，彼此已是相知。人的一生，谁知有多少艰涩在等着我们？但荞经历了重重风雨之后，还在寻找一片不知名的野花，问候着它们。我知道在她心中，还贮备着丰足的力量和充沛的爱，足以抵抗征程的霜雪和苦难。

此后我外出的时候，总带着荞送我的地图册。朋友这样结束了她的故事。

友情如鞭

朋友就像文物，越老越珍贵。

一次，一个陌生口音的人打电话来，请求我的帮助，很肯定地说我们是朋友（我们就称他 D 吧），相信我一定会伸出援手。我说我不认识你啊。D 笑笑说，我是 C 的朋友。我不由自主地对着话筒皱了皱眉，又赶紧舒展开眉心。因为这个 C 我也不熟悉，幸好我们的电话还没发展到可视阶段，我的表情传不过去，避免了双方的尴尬。

可能是听出我话语中的生疏，D 提示说，C 是 B 的好朋友啊。

事情现在明晰一些了，这个 B，我是认识的。D 随后又吐出了 A 的姓名，这下我兴奋起来，因为 A 确实是我最要好的朋友之一。

D 的事很难办，须用我的信誉为他作保。我不是一个太草率的人，就很留有余地地对他说，这件事让我想一想，等一段时间再答复你。

想一想的实质——就是我开始动用自己有限的力量，调查 D 这个人的来历。我给 A 打了电话，她说 B 确实是她的好友，可以信任的。随之 B 又给 C 作了保，说他们的关系非同一般，尽可以放心云云。然后又是 C 为 D 投信任票……

总之，我看到了一条有迹可循的友谊链。我由此上溯，亲自调查的结果是：ABCD 每一个环节都是真实可信的。

我的父母都是山东人，虽说我从未在那块水土上生活过，但山东人急公好义的血浆，日夜在我的脉管里奔腾。我既然可以常常信任偶尔相识的路人，又有什么理由不相信自己朋友的朋友呢？

依照这个逻辑，我为 D 作了保。

结果却很惨。他辜负了我的信任，是个见利忘义的小人。

愤怒之下，我重新调查了那条友谊链，我想一定是什么地方查得不准，一定是有人成心欺骗了我。我要找出这个罪魁，吸取经验教训。

调查的结果同第一次一模一样，所有的环节都没有差错，大家都是朋友，每一个人都依旧信誓旦旦地为对方作保，但我们最终陷入了一个骗局。

问题出在哪里呢？我久久地沉思。如果我们摔倒了，却不知道是哪一块石头绊倒了我们，这难道不是比摔倒更为懊丧的事情吗？

那条友谊链在我的脑海里闪闪发光，它终于使我怀疑起它的含金量来了。

这世上究竟有多少东西可以毫不走样地一代一代地传递下去？嫡亲的骨肉，长相已不完全像他的父母。孪生的姊妹，品行可以天壤之别。遗传的子孙，血缘能够稀释到 1/16、1/32。同床的伴侣，脑海中缥缈的梦境往往是南辕北辙。高大的乔木，可以因为环境的变迁，异化为矮小的草丛。橘树在淮南为橘而甜，移至淮北变枳而酸。甚至极具杀伤性的放射元素，也有一个不可抗拒的衰变过程，在亿万年的黑暗中，蜕变为无害的石头……

人世间有多少不以人的意志为转移的规律，其中也包括了我们最珍爱的友谊。

友情不是血吸虫病，不能凭借口口相传的钉螺感染他人。兵无常势，水无常形。变是常法，要求友谊在传递的过程中，像复印一般的不走样，原是我们一厢情愿的幼稚。

道理虽是想通了，但情感上总是挽着大而坚硬的疙瘩。我看到友情的传送带，在寒风中变色。信任的含量，第一环是金，第二环是锡，第三环是木头，到了C到D的第四环，已是蜡做的圈套，在火焰下化作烛泪。

现代人的友谊如链如鞭。它羁绊着我们，抽打着我们。世上处处是朋友，我们一天在各式各样友情的旋涡中浮沉。几乎每一个现代人，都曾被友谊之链套牢，都曾被友谊之鞭击打出血痕。

于是，我常常在白日嘈杂的人群中厌恶友情，羡慕没有友谊只有利益的世界。虽然冷酷，然而简洁。

到了月朗星稀的夜半，当孤寂的灵魂无处安歇时，我又如承露的铜人一般，渴盼着友人自九天之上洒下琼浆。

现代人的友谊，很坚固又很脆弱。它是人间的宝藏，须我们珍爱。友谊的不可传递性，决定了它是一部孤本的书。我们可以和不同的人有不同的友谊，但我们不会和同一个人有不同的友谊。友谊是一条越掘越深的巷道，没有回头路可以走的。刻骨铭心的友谊也如仇恨一样，没齿难忘。

友谊是一种易变的东西，假如它不是变得更好，就是不可抑制地变坏了，甚至极快地消亡。有时，在很长一段岁月里，友谊似乎是一成不变的，保持很稳定的状态。这是友谊正在承受时间的考验。

这个世界日新月异。在什么都是越现代越好的年代里，唯有友谊，人们保持着古老的准则。朋友就像文物，越老越珍贵。

友谊是一种生长缓慢的植物，砍伐它只需要一斧一瞬，培育它则需一世一生。仿佛也有像泡桐一样速生的友谊，但它也像泡桐一样，算不得上好的木材。当然，也有在刹那间酿出友谊的醇酒的，但那多需要极严酷的环境，或是泰山压顶，或是血刃封喉，于平常人是不大相干的。

友谊说起来是极宽广极忠厚的襟怀，其实又是很自私的。它的不可转让性就是明证。它只是一个个体对另一个个体单枪匹马的承诺，时间都有严格的限制，是馈赠不得的。

在老家是朋友，到了深圳就不一定是朋友。穷的时候是朋友，富了以后很可能就谁也不认识谁了。小的时候是朋友，老的时候或许形同陌路。不信掏出我们每个人的电话簿，你就会发现，前些年经常联系的友人，现在已不知他们飘零何方。有些人已经反目，我们甚至不愿意再看到他们的名字。人为什么要不断地更换电话簿，我以为这是其中一个很重要的原因。

友谊还需滋养。有的人用钱，有的人用汗，还有的人用血。友谊是很贪婪的，绝不会满足于餐风饮露。友谊最简朴同时也是最奢侈的营养，是需要用时间去灌溉的。友谊必须述说，友谊必须倾听。友谊必须交谈的时刻双目凝视，友谊必须倾听的时分全神贯注。友谊有的时候是那样脆弱，一个不经意的言辞，就会使大厦顷刻倒塌。友谊有的时候是那样容易变质，一个未经证实的传言，就会让整盆牛奶变酸。

友谊之链不可继承，不可转让，不可贴上封条保存起来而不腐烂，不可冷冻在冰箱里永远新鲜。

正确地讲，友谊是没有链的，有的只是一个个孤立的小环。它为我们度身而做，就像童话中的水晶鞋，换一只脚就套不进去。它是一种纯粹个人栽植的情感树，树上只结一个果子，叫作信任。

红苹果只留给灌溉果树的人品尝。

别的人摘下来尝一口，很可能酸倒了牙。

保持惊奇

保持惊奇，保持对于世界的热爱。

惊奇，是天性的一种流露。

生命的第一瞬就是惊奇。我们周围的世界，为什么由黑暗变得明朗？周围为什么由水变成了气？温度为什么由温暖变得清凉？外界的声音为何如此响亮？那个不断俯视我们亲吻我们的女人是谁？

……

从此我们在惊奇中成长。

这个世界上，有多少值得惊奇的事情啊。苹果为什么落地，流星为什么下雨，人为什么兵戎相见，史为什么世代更迭……

孩子大睁着纯洁的双眼，面对着未知的世界，不断地惊奇着，探索着，在惊奇中渐渐长大。

惊奇是幼稚的特权，惊奇是一张白纸。

但人是不可以总是惊奇着的。在生命的某一个时辰，你突然因为你的惊奇，遭逢尴尬与嘲笑。你惊奇地发现——惊奇在更多的时候，是稚弱的表现，是少见多怪的代名词，是一种原始蛮荒的状态。

对于我们这个崇尚见怪不怪其怪自败，尊重老练成熟的民族心理中，惊奇是如胎发一般的标志。

你想成功吗？你首先须成功地把自己的惊奇掩盖起来。

我们的辞典里，印着许多诸如处变不惊、宠辱不惊的词汇，使不惊镀着大将风度的金辉，而惊则屈于永久的贬义。

翻那辞典，后面更有了惊慌失措、大惊失色、惊恐万分的形容，惊堕落着，简直就是怯懦、退缩、畏葸的同义词了。

于是人们开始厌恶惊奇。你想做大事吗？一个必备的基本功，就是训练自己丧失惊奇。

你看到爱情远不是传说中那般纯洁，你不要惊奇。

你看到生活远没有书本上描写的那么美好，你不要惊奇。

你看到友谊根本不是故事中那般忠诚，你不要惊奇。

你看到日子绝不如想象中那般绚烂，你不要惊奇……

如果你惊奇了，你就违反了一条透明的规则，会遭到别人阳光下或是暗影里的嘲笑：这个孩子还嫩着呢。

你在一次次碰壁后省悟到：即使你对这个世界还一知半解，你还搞不清问题的全部，但有一点你现在就能做到——那就是——埋葬你的惊奇。

你看到丑恶，假装没有看到，依旧面不改色谈笑风生，人们就会送你人情练达的评价。你听到秽闻，仿佛在那一刻患了突发性的耳聋，脸上毫无表情，人们会感觉你老于世故可以信赖。你被美丽美好美妙的景色感动，只可以默默地藏在心底，脸上切不可露出少见多怪的惊异，人们就会以为你少年老成，有大谋略大气魄，是可做将帅的优良材料。你碰到可歌可泣的人间至情，要把心肠练得硬如钻石，脸不变色心不跳。就算真搅得肝肠寸断，只可夜晚躲在无人处暗自咀嚼，切不可叫人觑了去，落得个柔情寡断的罪名……

现代社会是一只飞速旋转的风火轮，把无数信息强行灌输给我们。见多不怪，我们的心灵渐渐在震颤中麻痹，更不消说有意识地掩饰我们的惊讶，会更猛烈地加速心灵粗糙。在纷繁的灯红酒绿和人为的打磨中，我们必将极快地丧失掉惊奇的本能。

于是我们看到太多矜持的面孔。我们遭遇无数微笑后面的冷淡。我们把惊奇视作一种性格缺憾，我们以为永不惊讶才是人生的至高境界。

细细分析起来，惊奇是由两部分组成的，先有了惊，其次才是奇。如果说惊属于一种对陌生事物认识局限的愕然，奇则是对未知事物积极探讨的萌芽了。

否认了惊，就扼杀了它的同胞兄弟。我们将在无意之中，失去众多丰富自己的机遇。

假如牛顿不惊奇，他也许就把那个包裹着真理的金苹果，吃到自己的小肚子里面了。人类与伟大的万有引力相逢，也许还要迟滞很多年。

假如瓦特不惊奇，水壶盖噗噗响着，一个划时代的发现，就蒸发到厨房的空气中了。我们的蒸汽火车头，也许还要在牛车漫长的辙道里蹒跚亿万公里。

即使对普通人来说，掩盖惊奇，也易闹笑话。一位乡下朋友，第一次住进城里的宾馆。面对盥洗室里那些式样别致的洁具，他想不通人洗一个脸，何至于要如此麻烦。他不会使用这些物件，本来请教一下服务小姐，也就迎刃而解了。可是他不想暴露自己的惊奇，就用地上一个雪白的盛着半盆水的瓷器，洗了脸。后来他才知道，那是马桶。

这当然是一个极端的例子了。我之所以把它写在这里，绝无幸灾乐祸之意。现代社会令人眼花缭乱，每个人在某种意义上说，都是孤陋寡闻的。你在你的行业里是专家里手，在其他领域，完全可能是白痴。这不是羞愧的事情，坦率地流露惊奇，表示自己对这一方面的无知以及求知的探索，是一种可嘉的勇气。

我认识一位老人，一天兴致勃勃地同我探讨电脑的种种输入方法。他整整 82 岁了，肾脏功能已经衰竭，我坚信他这一辈子也不可能在电脑键盘上敲出一个字。他在自己的专业范畴里，是一位德高望重的长者，但对电脑的理解多有谬误，就连我这个二把刀也听出了许多破绽。但是老人家充满探索之光的惊奇的眼神，却在这一瞬像探照灯一样扫过我的灵魂。面对他青筋暴突微微颤抖的手，我想，不知我这一生可否活得这样高寿？不论我生命的历程有多长，我一定要记得这目光炯炯的惊奇，学习他对世界的这份挚爱。绝不仅仅沉浸在熟悉的航道，要始终保持对辽阔海域的探索，直到我最后一次呼吸。

惊奇是一种天然，而不是制造出来的。它是真情实感的火花。一块滚圆的鹅卵石，便不再会惊讶江河的波涛。惊奇蕴含着奋进的活力。

惊奇不仅仅是幼稚，惊奇不仅仅是无知，惊奇是在它们基础上的深化和挺进。

你既然惊奇了，你就要探索这奥妙。你既然惊奇了，你就不能仅仅止于惊奇。爱好惊奇的人，也须将惊奇转化为平凡。消灭惊奇的过程，也就是学习的过程，惊奇在熟悉中淡化，才干在惊奇中成长。

世界是没有止境的，惊奇也是没有止境的。惊奇是流动的水，它使我们的思想翻滚着，散发着清新，抗拒着腐烂。

在城市里待得久了，常常使我们丧失惊奇的本能。我们蟮一样滑行着，浑身黏满市侩的黏液。

到自然中去，造化永远给我们以大惊喜。和寥廓的宇宙相比，个人的得失是怎样的微不足道啊。不要小看山水的洗涤，假如真正同天地对一次话，我们定会惊奇自己重新获得活力。

如果无法到自然中去，就同与自己没有利害关系的从小的朋友，做一次促膝的谈心。利害关系这件事，实在是交友的大敌。我不相信有永久的利益，我更珍视患难与共的友谊。长留史册的，不是锱铢必较的利益，而是肝胆相照的情分。和朋友坦诚地交往，会使我们留存着对真情的敏感，会使我们的眼睛抹去云翳，心境重新开朗，惊奇就在这清明的心境中，翩翩来临了。

假如既没有自然可以依傍，又没有朋友可以信赖，真是人生的大憾事。只有在静夜中同自己对话，回忆那些经历中最美好的片段，温习曾经使心灵震撼的镜头。它也许是很小的一朵旷野花，也许是冬天的一盏红灯笼，也许是苍茫的大漠暮色，也许是雄浑激荡的乐曲……总之，那是独属于你的一份秘密，只有你才知道它对于你的惊奇的意义。古语说：学而时习之，不亦说乎。复习以往我们情感中最精彩的片段，常常会使我们整旧如新。

保持惊奇，我常常这样对自己说。它是一眼永不干涸的温泉，会有汩汩的对于世界的热爱，蒸腾而起，滋润着我们的心灵。

佑护灾难中的孩子

要最大限度地保护孩子稚嫩的心灵。

朋友给我讲过这样一个故事。

一个年轻的母亲，抱着三岁的女儿，乘坐长途汽车。旷野的高速公路上突然起了浓雾，气团包抄过来，好像牛奶翻滚。司机就把车靠在紧急停车带，耐心等待。过了许久，雾渐渐稀薄些，为了赶时间，司机就上路了。雾大，管理站封锁了高速公路，路面上几乎没有一辆车。司机就很放心地加快了速度。惨案就在此时发生。当司机发现前面有一辆货车抛锚时，尽管把刹车全力踩死，客车车头还是拱入了货车车厢。

货车上满载着的钢筋，在客车巨大的惯性之下，化成锋利的长矛，将客车前三排座位齐刷刷戳透，无数鲜血喷溅而出……

那位抱着孩子的母亲，当场死了。也许是生命的本能，也许是冥冥中的神灵指点，总之，在那电光石火的恐怖刹那，母亲把女儿猛地往下一压，一根钢筋擦着小姑娘的头皮刺了过去，小女孩连一根头发都没有伤着。

客车停住了，后排座位上幸免于难的人们，在庆幸自己命大的同时，竭力抢救着前排的乘客。

听人说，那三岁的小姑娘，爬起来仔细地看了看自己的母亲，对别人说的第一句话是——我妈妈流了这么多的血，她死了。

她默默地看着人们翻动妈妈的尸体，过了一会儿，当人们放弃抢救的希望，抱起孩子时，听到她清清楚楚地说的第二句话是——我妈妈死了之后，我不要后妈。

给我转述这个悲剧的朋友发着感慨：你看看如今的孩子，真是小精灵！当时就知道她妈妈死了，也不哭。然后马上就想到了后妈的事，心眼可真多啊！都是看电视学来的。大伙听说了，都不信这么大的孩子，就这么能琢磨。有的人不信，后来见了面就当场试验。问那孩子，你知道发生了什么事吗？

我说，那孩子是怎么回答的呢？

朋友说，还真像别人学的那样，你一问，那小姑娘就说，我妈流了好多好多血……一下子就死了……我听见头顶上轰的一声……我不要后妈……

我说，后来呢？

后来问的人太多了，小姑娘好像觉出了什么，就不说了。什么都不说，充满仇恨地看着你。

我说，事件怎么处理的？

朋友说，客车和货车打官司，都说对方的责任大。死者家属不让火化尸体，人就一直在冰柜里冻着。为了催促解决，死者家属联名上访，拖家带口地集体告状……

我焦虑地问，在大家做这些事的时候，那个小姑娘在哪儿呢？

朋友说，她在哪儿？她还能在哪儿？当然是跟着她爸爸了。大伙说什么，她就听着呗。上访的时候，大伙教她跟领导说，要是不赔我们家钱，就不把我妈妈从冰柜里拉出来。

我说，小姑娘说了吗？

朋友说，她说了啊。她爸、她姥姥姥爷、爷爷奶奶都让她这么说，她哪能不说啊。你还别说，这孩子一出动，哀兵动人，就是管事。领导当时就批了——从厚抚恤。家里人领了一笔钱，后事就办了。

我说，后来呢？

朋友说，还有什么后来？后来就一切都结束了呗！该上班的上班，该上学的上学，各就各位。

我说，那个小姑娘呢？

朋友说，不知道，可能一切都好吧。

我的心，被搅得深深不宁。直觉告诉我，绝不是一切都好！在那个女孩身上，发生了巨大的断裂和混乱。

我相信那聪慧过人的小姑娘，会对她三岁时经历的这一惨案，留下刻骨铭心的记忆。

也许她会遗忘，忘得一干二净。从此，不记得那喷溅流淌的滚烫鲜血，那呼啸而过的恐怖之声，那骨肉横飞的悲惨场面，那被人传授的鹦鹉学舌……这些悲怆的恐惧和无与伦比的失落，被人体的本能的保护机制，不由分说地压入了混沌的潜意识。

一片空白。因为这种猛烈的负面刺激，已远远超过了一个幼童的心灵所能承载的负荷。然而，空白之下，依然汩汩地流淌着不息的血流。未经妥善处理的哀痛，绝不会无声无息地消解。它们潜伏在我们心灵的最底层，腐蚀着风化着灵魂的基石，日日夜夜睁着一只怪眼，折磨得我们永无安宁。

也许她什么都记得，但她什么都不说。对一个孩子来说，顿失母爱，是多么严酷陡峭的跌落！没有人能够替代母亲温暖的怀抱，没有人能够补起塌陷的太阳。孩子的世界，在这一瞬永远地变了颜色！从此，她沉默寡言，自卑自弃或是自怜自恋，她怨天尤人，不能从容接受别人的爱，也不能慷慨施予他人以爱，乖戾暴躁喜怒无常……世上游荡着一个冷漠孤寂的独影，到处洒下点点凄苦的清泪或是——永不流泪。

当然，事情也许会有另外的可能性，但我不敢盲目乐观。上述的发展趋势，并非危言耸听。我们曾在无数成人的心理障碍中，看到幼年不幸的浓重阴影。

天灾人祸之中，谁是最痛楚的受难者？是失去丈夫的妻子还是失去妻子的丈夫？是失去子女的父母还是失去父母的子女？

这样的比较，也许最终是无法完成的，旋涡中的每一个都椎心泣血。但我还是要说，那个三岁的女孩，是最最需要佑护的人啊！

因为她稚弱，因为她敏感，因为她聪慧，因为她是惨案的最近目击者，因为她的心灵是一朵刚刚孕育的蓓蕾。

也许她的身上没有血痕，但我知道，她的心被洞穿。也许她的神经没有折断，但我知道，她的大脑激烈震荡。也许她的视力依然完整，但我知道，她的眼前出现了拂不去的昏暗。也许她的呼吸并不困难，但我知道，她的灵魂一次次地窒息……

我由此呼吁，在一切灾难的现场，我们不但要在第一时间，全力救助孩子身体上的创伤，而且要最大限度地保护他们稚嫩的心灵。尽快地将他们从恐怖的现场抱离，给他们以温暖的安全的庇护。不要诱发他们对悲惨处境无休止的回忆，不要出于成人的功利目的，将未成年人拉入处理后事的复杂局面。要由训练有素的人员，对突发灾难中的孩子，进行系统的医救和后续的治疗……

我不知那个三岁的女孩，现在何处。我希望她的家人能给予她无尽的关爱。我希望她能从悲怆中站起来，我希望她安宁享有明媚的人生。

挖掘心灵第一图

心灵深处对世界最初的图画，是性格之书打开的目录。

一位睿智老人说，在每个人的心灵深处，都珍藏着一幅对这个世界最初的印象图画。它储存在脑海的褶皱中，平时被繁杂的信息遮挡着，好像昏睡的幽灵，不理晨昏。但它无所不在地笼罩着我们，统领着每个人对世界的基本视点。好像一纸符咒，规定了我们探询世界的角度。

这话挺玄秘的，有点巫术的味道。我不服，挑战地问，可以当场试试吗？

老人很谦和地一笑，说，一家之言。你可以信，也可以不信。

我说，我恰好知道一个人的心底图像。您若说中了，我就信。

老人淡然回答，行啊。

我说，这个人啊，脑海里留下的最朦胧也就是最原始的印象是——一片无边的荒漠，尘沙漫天，苍黄渺茫。但他周围的小环境不错，好像是一个温暖的怀抱，有袅袅的香气环绕……

说完，我定定地看着老人，且听他如何分解。

老人缓缓地说，他的精神世界对立而单纯，沉重而简明。对世界本质的认识充满疑惧，觉得人力无法胜天。宇宙不可知。人是孤独渺小的生物，基调混沌而迷茫。但他还会快乐而努力地活着，时时感受到温情和带着暖意的希望，寻找一个光亮安静芬芳的所在……

说完后，老人问我，他是这样一个人吗？

我抑制住自己的大惊异，说，对与不对，以后我再告诉您。现在，我最想知道的，就是您这种分析的基本方法。能教我一些吗？

老人说，少许心得，不值多说。有点占卜的意味，但并不是街头的摆摊算卦。首先，你让被试者静静地躺下，拼命想早先的事。意识好比柳絮，能飞多远飞多远。回忆的触角竭力向脑仁深处钻，最后变得似睡非睡似醒非醒，一片混沌最好。让人由眼前的明明白白，泡入米汤样的童年。到了再也沉不下去的时候，他的心里就会猛地浮出一幅画。让他把这幅画讲给你听，然后……

老人一一道来，我全身心紧急动员，照单接收。老人说，喏，基本思路就这些。剩下的事，看你的悟性了。

我说，您可要传帮带啊。

其后的一段时间，我像个居心叵测的探子，不断启发诱导各色人等，把他们脑海中留下的生命原初印象，挖掘出来，一一告我，由我再转达老人。老人娓娓道出其中蕴含的深意，好似隔山买牛。至于那人真实生活中的脾气品行，老人完全不感兴趣，也绝不想知道。在他的眼里，每个人的图谱，就是性格之书打开的目录，他不过是读出来而已。

开头不顺利。第一位男人所谈，简陋得像撕下的小人书碎片。

那幅图像嘛，好像是一个黑夜，不知是灯灭了，还是眼睛得了病，总之黑暗包绕……完了，就这些。他干巴巴地舔舔嘴唇说。

他那时黑暗，我此时也黑暗。到处像泼了墨汁，如何分析？只好拼命启发他再想深入些。搜肠刮肚半晌，他补充如下：我摸着黑，仿佛找到一碗粥，就把它喝下去了。我妈妈走过来，眼泪洒在我脸上。很凉……喔，就这些，再也没有了。他坚决地结束了回忆。

真是老虎吃天啊。我沮丧地请教老人，老人说，唔，足够了。他是个悲观主义者，一生都在寻找。他对自己终极寻找的东西究竟是什么，也闹不清楚。在这寻找的途中，他会得到温暖和利益的回报，他会很珍视亲情。但这些并不能缓解他寻找的焦虑，冲淡他与生俱来的悲哀，稀释充满他周围的茫茫黑色。

我频频点头，最终也没有告诉老人，那是一位苦苦求索的哲学家的心底图像。反正老人并不需要他人的验证。

一个矮小的年轻人不好意思地说，我的第一图像，似乎没什么好说的，支离破碎。那是我和我弟弟在抢被窝。你知道，我小的时候，家里很穷，打通腿，就是两人合盖一个被筒。谁都想把自己盖得暖和些，就拼命把被子朝自己身上裹……就这些，整夜抢啊抢的。穷人家的被子，小，遮了这头捂不了那头。我比弟弟个大，总是占上风的时候多些。这就是全部了。

老人分析：这个年轻人竞争性很强，在他的眼里，弱肉强食是生存的基本状态。他信奉实力决定一切。因此他会不遗余力地为自己争夺尽可能多的物质利益和生存空间。但他一般不会害人，不会使用特别凶残的手段。在他的内心里，还残存着普天之下皆兄弟的道义。

实际情况：那年轻人个子不高，说苛刻点几乎要算其貌不扬了，加上家境贫寒，按照常理，该是比较自卑的。但他不，一点都不。整天意气风发精神抖擞的，上大学，考研究生，什么都不落空。每当竞争的时候，他总是毫不退却，奋勇向前。计谋算不上很光明正大，但手段也并不卑劣，懂得趋利避害，适可而止。也许是天助加上人和，他的运气一直不错。

一位依旧美丽的中年女企业家告诉我，世界在她眼里，是盘根错节的森林，热带雨林，遮天蔽日的。她在摸索着走，有时是爬，到处都有陷阱和叫不出名字的昆虫，很华丽也很狰狞……下着雨，很冷，有大毛虫发育成的极冷艳的蝴蝶在脖子后面盘旋……

我对这幅图像的真实性，抱有深刻的怀疑。她祖籍北方，从未踏到北回归线以南。再说一个幼小婴孩，想象得出热带雨林的具体模样吗？还有，毛虫和蝴蝶，这样复杂重叠的象征物，也是孩童鞭长莫及的。她的叙述，更像一场成人梦境，一个幻觉。

但女企业家谈话时的郑重神态，使我无法贸然认定她在说谎。

老人听完我的转述与疑问，首先说，这是真实的。心灵的真实，不仅仅是亲眼所见，更多的时候，是一种浓缩升华后的感受。哪怕你说图像尽头，是一幅外星球人联欢的图画，我也确信无疑。人的感受有一种特质——无比忠诚。出于种种的利害关系，它可以欺骗别人，但它为自己保留下的图谱，却不会是赝品。这位女性对世界的看法，是荒诞奇诡而又不乏夺人心魄的诱惑与美丽，她应该擅长打拼，奋斗出了很好的成就。她好强，勇于挑战。但在不断的挣扎寻觅中，又感到巨大的孤独与人世的险恶。她臆造了一片热带雨林……

我无话可说。老人就像与那女人相识了 100 年，用电脑扫描了她的整个人生，留下一纸谶语。

随着积累人们心底第一幅图像数量的增多，我渐渐发觉探索源头的奥秘，对每个人是一次心灵的剖析和飞跃。知道了自己眺望世界的基本视角，便有了揭示自身很多特点的钥匙。我们也许不能改变它，却可以因此变得更加理智和从容。

老人有一天对我说，你第一次对我描述的那个人，就是在沙漠中睁开眼睛看世界的人，是谁啊？你还没有告诉我。

我说，那个人就是我。我母亲抱着我，行进在从新疆到北京天地一色的途中。

图书在版编目(CIP)数据

女子心智图 / 毕淑敏著. — 桂林 : 漓江出版社,
2016.7
ISBN 978-7-5407-7811-8
Ⅰ. ①女… Ⅱ. ①毕… Ⅲ. ①散文集— 中国— 当代
Ⅳ. ①I267
中国版本图书馆CIP数据核字(2016)第089241号

女子心智图
作者：毕淑敏

策划组稿：文龙玉
责任编辑：章勤璐
内文设计：石绍康
封面设计：北京吴勇设计事务所
封面绘图：罗孜孜
责任监印：周　萍

漓江出版社有限公司出版发行
广西桂林市南环路22号　邮政编码：541002
网址：http://www.lijiangbook.com
全国新华书店经销
销售热线：010－85893190
印制：北京大运河印刷有限责任公司
开本：710×980　1/16
印张：17
字数：220千字
版次：2016年7月第1版
印次：2016年8月第2次印刷
书号：ISBN 978-7-5407-7811-8
定价：39.80元